천년 전부터 당신에게

밤이
선생이다

황현산 산문집

ㄴㄴ〉〈ㄷㄴ

책을 펴내며

문학에 관한 논문이나 문학비평이 아닌 글로는 내가 처음 엮는 책이다. 지난 4년간 한겨레신문에, 그리고 2000년대 초엽에 국민일보에 실었던 칼럼이 주를 이루고 있지만, 지난 세기의 80년대와 90년대에 썼던 글도 여러 편 들어 있다. 결과적으로 삼십여 년에 걸쳐 쓴 글이지만, 어조와 문체에 크게 변함이 없고, 이제나저제나 같은 방식으로 생각하고 있다는 것이 내가 보기에도 신기하다. 발전이 없었던 것 같기도 하고, 그동안 포기할 수 없는 전망 하나와 줄곧 드잡이를 해온 것 같기도 하다.

나는 내가 품고 있던 때로는 막연하고 때로는 구체적인 생각들을 더듬어내어, 합당한 언어와 정직한 수사법으로 그것을 가능하다면 아름답게 표현하고 싶었다. 그 생각들이 특별한 것은 아니다. 존경받고 사랑받아야 할 내 친구들과 마찬가지로 나도 사람들이 자유롭고 평등하게 사는 세상을 그리워했다. 이 그리움 속에서 나는 나를 길러준 이 강산을 사랑하였다. 도시와 마을을 사랑하였고 밤하늘과 골목길을 사랑하였으며, 모든 생명이 어우러져 건강하고 행복하게 사는 꿈을 꾸었다. 천년 전에도, 수수만년 전에도, 사람들이 어두운 밤마다 꾸고 있었을 이 꿈을 아직도 우리가 안타깝게 꾸고 있다. 나는 내 글에 탁월한 경륜이나 심오한 철학을 담을 형편이 아니었지만, 오직 저 꿈이 잊히거나 군소리로 들리지 않기를 바라며 작은 재주를 바쳤다고는 말할 수 있겠다.

문학동네의 편집진과 김민정 시인에게 감사한다. 이 놀라운 재능들이 아니었더라면 이 책은 출간되지 못했거나 어쭙잖게만 출간되었을 것이다.

2013년 6월
황현산

차례

제
1
부

과거도
착취당한다

　지난 70년대에, 한국 땅에서 외국 책으로 공부한 사람은 서대문 국제우체국의 '미스 아무개'를 기억할 것이다. 지금이야 외서를 사는 일이 믿어지지 않을 만큼 쉽다. 아무 인터넷 서점에나 들어가 원하는 책을 찍어 장바구니에 담고 신용카드로 계산을 끝내면 보통은 보름 안에, 늦어도 한 달 안에 책이 집이나 학교로 배달된다. 이 절차가 너무 간편해서 나쁜 추억을 가진 사람을 오히려 눈물겹게 한다. 그 시절에는 외국에서 책을 들여오는 일이 '꿈은 이루어진다' 같은 표어를 내걸고 감행해야 하는 일대 사업이었다. 먼저 외국의 서적상에게 구입할 책의 목록과 편지를 보내 청구서를 받은 다음 외환관리 당국에 외환사용허가를 받아야 한다. 그러고는 은행에서 송금수표를 끊어 외국의 서적상에게 보낸다. 이 과정이 순조롭게 진행된다는 보장은 물론 없지만, 아무튼 수표를 보내고 나면, 책은 선편으로 빠르면 3개월 뒤에, 늦으면 반년 뒤에 한국 땅에 들어온다. 그렇다고 책이 바로 수중에 들어오는 것은 아니다. 또하나의 절차, 거의 투쟁에 가까운 절차가 남아 있다.

구입한 책은 서대문 국제우체국에서 찾아와야 한다. 국제우체국은 책을 전달하는 일 외에 통관 업무를 담당했는데, 이 업무의 마지막 부분이 바로 '미스 아무개'의 소관이었다. 우체국에서 보낸 통지서와 주민등록증을 가로지른 시멘트 대 위에 내밀면, 그녀는 한 번 힐끗 얼굴을 들어 거들떠보고는, 마지못한 듯 입을 연다. "이거 서적이지요? 다음 주일에 한번 더 와보세요." 다음 주일이라고 책을 내준다는 확답이 없으니 발길이 더욱 처참하다.

어느 날 나는 그렇게도 읽고 싶은 책을 눈앞에 두고도 읽지 못하는 안타까움을 조심스럽게 말했더니, 도리어 그쪽에서, 서적 통관이 쉬운지 아느냐, 사회주의를 찬양하는 책이라도 있으면 어쩔 거냐고 공격한다. 이 책들은 그런 책하고는 거리가 멀며, 문학에 관한 이론서일 뿐이라는 내 설명을 무지르고 다시 돌아오는 대답이 이렇다. "책 내용을 그렇게 잘 알면서 왜 책은 사세요?" 나는 어떻게 하겠다는 생각도 없이 창구의 가로대를 뛰어넘었다. 다행히 그녀의 뒷자리에서 나이든 직원이 달려나와 내 팔을 붙들고는 책 꾸러미를 손에 쥐여주었다. 나는 미친 사람처럼 소리를 지르면서 밖으로 나왔다. 내가 공부를 하는데 국가가 왜 방해를 하느냐, 아마 이런 말이었으리라.

생각하면 우습다. 내 아내에게 이 이야기를 했더니 "커피라도 한 잔 뽑아다 미스 아무개에게 권했어야지"라고 했다. 그러나 그럴 수 없었던 것이, 당시에는 자판기가 없었을뿐더러, 무엇보다도 그때가 유신시대였기 때문이다. 그 시절에 우리는 모두 괴물이었다. 불의를 불의라고 말하는 것이 금지된 시대에 사람들은 분노를 내장에 쌓아두고 살았다. 전두환의 시대가 혹독했다 하나 사람들을 한데 묶는 의기가 벌써 솟아오르고 있었다. 유신시대의 젊은이들은 자기 안의 무력한 분노 때문에 더욱 불행했다.

그래서 나는 요즘 대학생들의 편에서 박정희를 가장 훌륭한 대통령으로 존경한다는 말을 들으면 저 우체국 창구를 뛰어넘을 때와 같은 충동을 다시 느낀다. 학생들의 입장에서라면, 한때의 압제와 불의는 세월의 강 저편으로 물러나 더이상 두려울 것이 없으니, 그렇게 어떻게 이루어졌다는 경제적 성과를 두 손으로 거머쥐기만 하면 그만일 것이다. 과거는 바로 그렇게 착취당한다.

어떤 사람에게는 눈앞의 보자기만한 시간이 현재이지만, 어떤 사람에게는 조선시대에 노비들이 당했던 고통도 현재다. 미학적이건 정치적이건 한 사람이 지닌 감수성의 질은 그 사람의 현재가 얼마나 두터우냐에 따라 가름될 것만 같다. (2009)

모자 쓴
사람은
누구인가

벌써 오래된 이야기고, 따라서 그만큼 진부한 이야기이기도 한데, 초중고생들의 '웃기는 답안지'가 이런저런 인터넷 사이트에 떠돈 적이 있다. 질문자의 의도를 잘못 파악하여 엉뚱한 답을 쓰는 바람에 뜻하지 않게 희극적인 효과를 얻게 된 답안지들이다. 그 가운데서 어느 초등학교 1학년 학생의 답안지는 그저 웃고 넘길 수만은 없는 어떤 것을 담고 있다.

황소가 손에 거울을 들고 제 얼굴을 비춰보는 그림 아래 "황소가 □□□ 봅니다"라고 적혀 있다. 문제는 이 네모 칸을 채워넣는 것이고, 정답은 물론 '거울을'이다. 그런데 어린 학생은 '미쳤나'라고 썼다. 이 답은 문제를 낸 선생의 의도와 동떨어진 것이지만, 그것을 틀렸다고 말하기는 어렵다. 학생은 문제의 조건에 어긋나지 않게 적절한 문장을 만들어내었다. '미쳤나'를 쓸 수 있는 학생이 '거울을'을 쓰지 못할 리가 없으며, 그가 그림 속의 상황을 인지하지 못했다고 말할 수도 없다. 게다가 이 어린 학생은 동사 '보다'의 용법을 폭넓게 알고 있다. 교사의 입장에서는 야속한 일일 수도 있겠으나, 학생은 다만 어른들이 기대하는 '동심의 유희'를 눈치채지 못했거나, 거기 참여하려 하지 않았을 뿐이다. 이것이 그에게 불이익을 주어야 할 이유가 될 수는 없다.

비슷한 경우가 하나 더 있다. 유아용 학습지 업체에서는 방문교사들을 내보내 아직 학교에 들어가지 않은 어린이들의 적성이나 학습 능력을 무료로 검사해준다. 학습지 판로를 개척하는 한 방법이다. 내가 아는 어느 젊은 엄마가 이 방문교사들을 맞아들여 네 살 난 아이의 능력을 검사하게 했다. 아이에게 그림을 보여주고 그 내용을 얼마큼 이해했는지 알아내는 시험이다. 아이는 시험지옥의 첫 관문에서 높은 점수를 받지 못했지만, 엄마는 오히려 아이를 대견하게 여겼다. 그 실상은 대체로 이런 것이었다. 책을 읽는 사람과 모자를 쓴 사람과 낚시질을 하는 사람을 함께 그린 그림이 있다. 문제는 "이 그림에서 모자를 쓴 사람은 누구인가"를 알아내는 것이고, 요구하는 답은 그 모자 쓴 사람의 그림을 손가락으로 짚으며 "이 사람이에요"라고 말하는 것이다. 벌써 한글을 읽고 쓸 줄 알며, 간단한 셈도 곧잘 해내는 이 아이가 모자 쓴 사람을 못 알아볼 수는 없다. 그러나 아이는 매우 난감한 얼굴을 하더니 이렇게 되물었다. "내가 어떻게 모자 쓴 사람의 이름을 알겠어요?"

이렇게 반문하는 아이의 생각은 질문자들의 요구 수준을 훨씬 넘어선 것이지만, 방문교사는 그 점을 인정하면서도 높이 평가하려 하지 않았다. 그가 생각하는, 또는 학교가 요구하는 학습 능력은 모자 쓴 사람을 손가락으로 가리키는 수준의 능력이어야 하기 때문이다. 중요한 것은 진실이 아니라 학교 교육의 코드를 알아차리는 '눈치'이기 때문이다. 중요한 것은 학생의 생각이나 의문이 아니라 이미 정해져 있는 문제와 대답의 각본이기 때문이다. 사람들은 토론식 수업의 중요성을 역설하고, 학생이 질문을 많이 해야 한다고 말한다. 그러나 코드는 토론되는 것이 아니라 규정되는 것이고, 각본에는 질문이 끼어들 틈이 없다.

그런데 내가 보기에 더 큰 문제는 틀림없이 외국의 학습지에서 번역했을 저 질문의 말 자체에 있다. 방문교사는 "모자를 쓴 사람은 누구인가요?"라고 물을 것이 아니라 "어느 사람이 모자를 쓰고 있나요?"라거나, 최소한 "누가 모자를 쓰고 있나요?"라고 물었어야 한다. 코드의 바탕 자체가 문제라는 이야기다. 잘못된 코드는 잘못된 그만큼 더 강압적이다. 삶의 진실과 따로 노는 코드는 결코 자신을 반성하지 않는다. (2009)

상상력
또는
비겁함

　어머니가 전자오락에 빠져 있는 아들을 앞에 앉히고 타이른다. 오락의 폐해를 조목조목 늘어놓고 나서 아이를 설득하는 말이 그럴듯하다. "공부보다 더 재미있는 오락은 없다. 너는 갈수록 규칙이 복잡하고 쉽게 끝나지 않는 오락을 찾는데, 공부가 그렇지 않냐? 갈수록 수준이 높아지고 평생을 해도 끝나지 않고." 다소곳이 듣던 아이가 대답한다. "저도 그건 알아요. 그러나 다른 점도 있어요. 오락은 이기건 지건 판이 끝나면 다시 시작할 수 있지만, 공부는 그럴 수 없으니 아득해요." 대단한 말이다. 아이는 오락과 공부의 차이를 따지면서, 현실의 삶과 가상세계가 어떻게 다르고, 도박과 노동이 어디서 갈리는지를 꿰뚫어 본 것이다. 유희와 노름은 늘 출발점에서 다시 시작하지만,

삶과 노동은 이미 이루어놓은 결과에 줄곧 얽매여야 한다.

　한때는 '막장 드라마'가 입길에 오르더니, 최근에는 역사극들을 놓고 이런저런 이야기가 오간다. 특히 역사극 〈선덕여왕〉의 여러 장면들은 사학자들의 전문적인 고증까지 갈 것 없이 우리가 두루 알고 있는 기본 상식과도 자주 어긋난다. 아직 진위 논쟁이 끝나지 않은 『화랑세기』의 내용을 적극적으로 수용한다고 하더라도 그렇다. 앞으로 여왕으로 등극할 덕만 공주가 몽골의 사막에서 벌이는 모험은 흥미롭지만 사실감이 부족하고, 공주의 적대 세력인 미실 일파의 위세를 말할 때는 작가의 상상력이 너무 높이 날아오른다. 그러나 막장 드라마에 대해서건 역사극에 대해서건 드라마를 옹호하는 사람들은 단 한마디 말로 까다로운 사람들의 입을 막는다. "드라마는 드라마일 뿐이다."

　훌륭한 말이다. 드라마는 드라마일 뿐이다. 그러나 논의가 거기서 끝날 수 있을까. 아닌 말로 불량 색소를 사용해 만든 빵을 놓고 빵은 빵일 뿐이라고 말할 수 있을까. 치수가 맞지 않는 옷을 놓고 옷은 옷일 뿐이라고 말할 수 있을까. 물론 드라마는 빵이나 옷과는 경우가 다르다. 빵이나 옷은 우리의 삶과 곧바로 연결되어 우리의 삶 자체를 이룬다고 말할 수 있지만, 드라마는 저 아이의 전자오락과 마찬가지로 현실의 법칙과는 다른 법칙을 가진 별도의 세계이며, 이 현실의 직접적인 억압과 고통에서 벗어난 일종의 해방구다. 현실의 말이 시시콜콜 이 해방구를 간섭하여 그것마저 '아득한' 것으로 만들 필요는 없을 것이다. 그래도 문제는 남는다. 오락, 노름, 드라마의 세계는 현실의 법칙에 얽매이지 않는 세계이지만, 그 해방구에 잠시 살기 위해서는 현실에서 그 대가를 치러야 한다. 아이는 운동할 시간을 빼앗기고, 노름꾼은 패가망신하고, 드라마에 넋을 잃은 가족은 솥을 태우기도 한다. 공짜 점심이 없다지만, 해방구도 공짜로는 주어지지 않는다.

다른 의미에서도 공짜는 없다. 전자오락을 하는 아이는 오락의 솜씨가 늘어갈수록 더욱 복잡한 게임을 찾는다. 때로는 게임에 이기기 위해 바친 수고가 현실에서 노동하는 고통을 넘어설 때도 있다. 아이가 게임에서 더욱 많은 덫을 요구하는 것은 게임에서 거둔 승리가 현실에서 거둔 승리와 같은 것이 되기를 바라기 때문이다. 이 점에서는 역사 드라마도 이 아이를 본받아야 할 것 같다. 드라마가 역사를 앞에 내세울 때는 그 역사의 승리를 되새기고, 그 좌절에서 승리의 약속을 발견하자는 것이다. 하나의 승리 앞에서, 또는 승리의 약속 앞에서 우리는 그 승리가 공정한 것인가를 묻게 된다. 말하자면 주어진 현실의 조건들을 제대로 지켰는지 묻는 것이다. 현실을 현실 아닌 것으로 바꾸고, 역사의 사실을 사실 아닌 것으로 눈가림한다면, 그것은 우리가 상상력이 뛰어나기 때문이 아니라 비겁하기 때문이다. (2009)

소금과
죽음

며칠 전 현대시에 특별한 관심이 있는 대학원 학생들과 함께 보들레르의 시 「죽음의 춤」을 읽었다. 부르주아들의 흥청망청한 잔치판에 난입하여 무섭고도 멋진 춤을 추는 해골의 장난을 능숙한 선율로 길게 읊어내는 이 시는 화려하고 풍요로운 미래의 환상에 젖어 자신들이 영원히 살 것으로 착각하는 속물 군상들을 통렬하게 야유하는 노래로 흔히 해석된다. 그런데 저녁 회식 자리에서 화제가 어떻게 물꼬를 틀었는지 죽음 이야기가 어느새 고향 이야기로 바뀌어 있었다.

내 고향은 전라남도 신안군에 속하는 작은 섬 비금도이다. 인구가 3천이 조금 넘는 영락없는 낙도이지만 자랑할 것이 없지 않다. 천재 소년 기사 이세돌의 고향이며, 맛이

26

특별한 시금치 ‘섬초’와 국내에서 가장 질이 좋다는 천일염 ‘비금소금’의 생산지이다. 무엇보다도 소금에 관해서 이야기해야 한다.

일제 말에 우리 고향의 박삼만이라는 어른이 징용으로 끌려나가 일본인들이 운영하던 평안도의 한 염전에서 몇 년 동안 노역을 했다. 위대하다고 말해야 할 이 인물은 글자도 깨치지 못한 처지였지만 사람됨이 총명하고 곡진해서 염전의 구조와 소금의 생산과정, 도구의 제작방법과 사용법 등을 낱낱이 마음속에 새겨넣을 수 있었다. 해방이 되어 집에 돌아온 이 어른은 염전에 대해 자기가 아는 바를 구술하여 글을 아는 사람들에게 적게 했다. 고향 사람들은 이 기록을 토대로 그 너른 갯벌에 염전을 만들어 중부 이남에서 최초로 천일염을 생산하였다.

정부도 이 작은 섬을 주목하였다. 토목 기술자들을 내려보내 염전의 확장을 독려하고, 전매청을 통해 생산된 소금을 전량 수매하였다. 게다가 내 모교인 비금초등학교를 ‘염부양성국민학교’로 지정하기까지 했다. 염부양성을 위해 특별한 교과과정을 설치한 것도 아니고, 사후 조치 같

은 것도 전혀 없었지만, 서류상으로라도 학교에 그런 이름
이 붙어 있었으니, 내가 '특목초등학교' 출신인 것을 부정
할 수 없다.

그 후 정부의 소금 정책이 바뀌어 많은 염전이 폐지되고,
소금 생산방식도 소금의 때깔만 좋게 하고 질과 맛을 나쁘
게 하는 편으로 바뀌었다. 염전의 결정지에 비닐 장판을
깔아 '장판염'을 생산하고, 도자기 타일을 깔아 '도판염'을
긁어 들였다. 가장 좋은 천일염은 맨흙에서 얻어내는 '토
판염'이지만, 소금에 흙빛이 남아 있어 시장에서 팔리지
않았다.

도시 사람들은 자연을 그리워한다. 그러나 자연보다 더
두려워하는 것도 없다. 도시민들은 늘 '자연산'을 구하지
만 벌레 먹은 소채에 손을 내밀지는 않는다. 자연에는 삶
과 함께 죽음이 깃들어 있다. 도시민들은 그 죽음을 견디
지 못한다. 사람들은 자신들의 거처에서 죽음의 그림자를
철저하게 막아내려 한다. 그러나 죽음을 끌어안지 않는 삶
은 없기에, 죽음을 막다보면 결과적으로 삶까지도 막아버
린다. 죽음을 견디지 못하는 곳에는 죽음만 남는다. 사람

들이 좋은 소금을 산답시고, 우리 고향 마을의 표현을 빌리자면, '죽은 소금'을 고르게 되는 것도 따지고 보면 같은 이치다. 살아 있는 삶, 다시 말해서 죽음이 함께 깃들어 있는 삶을 고르기 위해서는 용기가 필요하다. 좋은 식품을 고르기 위해서도, 사람 사는 동네에 이른바 혐오시설이 들어서는 것을 용납하기 위해서도 용기가 필요하다. 우리 고향 비금 사람들이 염전에서 장판과 타일을 걷어낼 때도 그런 용기가 필요했다.

내 이야기로 다시 돌아오면, '특목초'를 졸업한 나는 염부가 되기는커녕, 손에 흙을 묻히지 않고 짠물에 발을 적시지 않고 살기를 바라는 집안 어른들의 소망대로 책상 앞에서 살게 되었다. 그러나 「죽음의 춤」 같은 시에서 해방되지는 못했다. (2009)

군대
문제

불문학자 김붕구 선생이 세상을 뜨기 전에 쓴, 더 정확히 말하면 그 긴 투병 생활을 하기 전에 쓴, 그러니까 1960년대 말에 쓴, 「한국의 대학생들」이라는 수필이 있다. 그 시절 한국의 젊은이들이, 그나마 형편이 조금 나은 편에 속하는 대학생들까지, 얼마나 불행한 삶을 살고 있었는지 그 실정을 조목조목 들추어내는 이 글은 선생의 열정적인 문체와 현실을 바라보는 안타까운 시선이 어울려 이상한 시정을 자아냈다. 소를 팔아 대학에 들어와서도 학비와 생활비를 벌기 위해서 아르바이트하는 시간이 공부하는 시간보다 더 많다. 서울 생활이 어려워도 고향의 가족을 생각하면 늘 죄의식에 사로잡혀 살아야 한다. 책과 현실의 괴리는 큰데 현명한 말을 해주는 스승은 없다. 이런 내용들을 줄줄이 열거하고 나서 선생은 다음과 같은 문장으로 끝을 맺었다. "아, 그리고 군대에 가야 한다."

내가 40년도 넘게 이 글을 기억하고 있는 것은 나 자신이 "아, 그리고 군대에 가야" 할 사람으로서 감동이 컸기 때문이다. 문제는 하던 공부를 중단해야 한다는 것만이 아니었다. 군대를 마친 선배들의 '모험담'을 나는 너무 많이 들었다. 그 시절 군대의 폭압적인 질서와 열악한 복무 환경도 두려웠지만, 폐쇄된 조직 내에서 자행되고 있다는 온갖 비리가 나를 더욱 떨게 했다.

나는 무사하다고 말할 수 있는 상태로 현역 복무를 마쳤지만, 정말로 사건이 없었던 것은 아니다. 내 건의를 묵살한 상급자의 실수로 내가 일주일간 영창 생활을 해야 했던 것은 작은 일화일 뿐이고, 정작 크게 입은 상처는 누구에게도 고백할 수 없는 종류에 속한다. 전역 후에 재향군인회가 내 의사와 관계없이 나를 회원으로 가입시키고, 내 의사와 전혀 다른 정치적 성명을 발표할 때, 내가 느낀 모욕감도 그 고통의 연장이었다. 그런 중에도, 심신이 건강한 대한민국의 남자라면 누구도 빠짐없이 국방의 의무를 이행한다는 생각이 위안이라면 위안이었다. 그 생각은 내가 당하는 고통을 우리가 함께 나누는 고통으로, 그래서 견딜 만한 고통으로 바꿔준다.

세상도 군대도 많이 바뀌었다. 그러나 군대 문제는 여전히 젊은이들을 괴롭힌다. 대학에 입학한 남학생들이 한두 해를 방황 속에 허송하다가 '복학생 아저씨'가 되고 나서야 공부에 전념하는 경우가 적지 않다. 이를 두고 어떤 사람은 군대 생활이 사람을 만들었기 때문이라고 주장하지만, 그보다는 오히려 군대 문제가 해결되기 전까지 사람이 사람답게 살 수 없었기 때문이라고 보는 편이 옳다.

우리에게서 군대 문제는 많은 모순을 담고 있는 것이 사실이지만, 그것이 사회적 의제로 떠오르기는 쉽지 않다. 우선 막강한 힘을 가진 국가 이데올로기도 있지만, '누구나 다 겪는 고통'이라는 생각도 군대 문제를 의제로 내걸 수 있는 길을 막는다. 방위산업체 근무자나 이공계 대학원생들, 특별히 국위를 선양한 젊은 인재들에게 군 입대를 면제해주는 정책도 사실상 의제화의 길을 막는다. 그러나 '누구나'가 실은 '누구나'가 아니라는 사실이 알려지면 억눌렸던 의제는 가짜 의제가 되어 폭발한다. 가수 유승준씨의 경우는 군대 문제가 전면에 걸려 있었지만, 최근에 미국으로 돌아간 가수 박재범씨의 불행에도 그 이면에는 '누구나 겪는 고통'에서 면제된 사람에 대한 원한이 있다고 생각한다.

최근에 자신의 종교적 신념이나 세계관에 반해서 군대에 입대하기보다는 차라리 감옥행을 선택하는 젊은이들이 나타났다. 내가 그들에게 기대를 거는 이유는 그들의 용기와 희생이 자주 원한 폭발의 형식으로 나타나는 가짜 의제를 마침내 진짜 의제로 바꿔줄 것이라고 믿기 때문이다. (2009)

몽유도원도
관람기

　한국 박물관 개관 백 주년 기념 특별전에 전시되었던 몽유도원도는 다시 일본으로 돌아갔을 것이다. 아흐레 동안만 전시된다는 그 그림을 보려고 우리 식구들은 제법 일찍 서둘러 전시장을 찾았지만 먼저 온 관람객들이 벌써 전시장 건물 밖으로 백 미터도 넘게 줄을 짓고 있었다. 그것이 몽유도원도로 연결되는 줄인 것을 우리는 묻지 않고도 알았다. 기다린 지 10분여가 지났을 때 우리는 광장의 줄보다 더 긴 줄이 건물 안에 있다는 것을 알게 되었고, 30분이 지났을 때부터는 우리 앞에서 줄어드는 줄의 길이보다 우리 뒤쪽으로 벌써 복잡한 곡선을 그리며 늘어나는 줄의 길이에서 더 많은 위안을 얻었다.

　여기저기서 안내원들이 기다려야 할 시간을 가늠해주

며, 기다리지 않고도 옆문으로 들어가서 볼 수 있는 다른 전시품들에 관심을 유도하기도 하고, 상설 전시장에 전시된 몽유도원도의 복제품을 보도록 권유하기도 하였다. 그러고는 몇 시간을 바쳐 그림에 이르러도 그림을 감상할 수 있는 시간은 2분을 넘지 못할 것이라고 말을 덧붙였다. 그러나 서 있던 줄에서 벗어나는 사람은 보이지 않았다. 줄을 지어 기다리는 관람객 가운데는 몽유도원도에 관해 상당한 지식을 가진 사람들이 많았다. 바로 우리 앞에 선 노인은 줄어드는 줄을 따라 서둘러 걸음을 옮길 수도 없을 만큼 지쳐 있었지만 다른 관람객들에게 상설 전시장의 위치를 손으로 가리켜 알려주었고, 우리 뒤편의 중학생 남자아이는 제 어머니에게 "엄마도 공부 좀 하세요"라는 말을 섞어가며 몽유도원도의 역사를 줄줄이 풀어내었다. 그들은 모든 사정을 미리 알고 단단히 각오를 하고 나온 사람들이었다.

안내원의 말은 엄포가 아니었다. 몽유도원도에 가까이 갔을 때는 두 시간이 조금 넘은 뒤였다.(나중에 들은 이야기지만 어떤 사람들은 여섯 시간을 기다렸다고 한다.) 메트로폴

리탄 박물관에서 가져온 수월관음도 앞을 아쉽게 지나, 통로를 따라 작은 모퉁이를 돌자 거기 유리관 속에 몽유도원도와 그 찬문이 길게 펼쳐져 있었지만, 황홀한 빛 같은 것은 없었다. 그림을 보호하기 위해서인 듯 조명은 오히려 어두웠으며, 누가 떠밀지 않아도 떠밀리는 것처럼 자리는 불편했다. 그림의 이 구석 저 구석을 살펴볼 여유는 말할 것도 없고, 그 긴 제서와 찬문의 처음 몇 글자라도 뜯어 읽어보려고 애쓸 시간마저 허락되지 않았다. 몽유도원도를 보았다기보다 그 앞을 조금 천천히 지나갔다고 말해야 한다.

다른 관람객들 처지도 물론 우리와 다를 것이 없었다. 진품 앞에서라고 해서 저 복제품 앞에서보다 더 많은 것을 본 사람은 필경 없었다. 그러나 줄을 서서 기다리던 두 시간 내지 여섯 시간과 그림 앞에서 보낸 2분을 견주며 후회하는 사람도 없었다. 통로를 빠져나와 다른 전시품 앞으로 걸어가는 관람객들의 말을 엿들어보면 낡은 그림 한 점을 보기 위해 줄을 서서 기다렸던 그 긴 시간을 스스로 대견하게들 여기고 있었다.

그래서 몽유도원도의 관람은 일종의 순례 행렬이 되었
다. 사람들은 반드시 몽유도원도가 아니라 해도 위대한 어
떤 것에 존경을 바치려 했으며, 이 삶보다 더 나은 삶이 있
다고 믿고 싶어했다. 저마다 자기들이 서 있는 자리보다
조금 앞선 자리에 특별하게 가치 있는 어떤 것이 있기를
바랐고, 자신의 끈기로 그것을 증명했다. 특별한 것은 사
실 그 끈기의 시간이었다. 그 시간은 두텁고 불투명한 일
상과 비루한 삶의 시간을 헤치고 저마다의 믿음으로 만들
어낸 일종의 전리품이었기 때문이다. 아흐레 동안 국립중
앙박물관의 광장에 구절양장을 그린 긴 행렬은 이 삶을 다
른 삶과 연결시키려는 사람들의 끈질긴 시위였다. (2009)

김지하
선생을
추억한다

　소년이 어른으로 성장할 무렵에 김지하 선생이 놀던 곳은 내가 놀던 곳이었다. 선생의 고향 마을인 목포시 성자동은 우리 동네와 작은 고개 하나를 사이에 두고 있었고, 그 거리는 5리가 채 되지 않았다. 그러나 선생과 나 사이에는 5년이라는 나이 차이가 있고, 다니던 고등학교가 달라, 내가 선생을 직접 대면할 수 있었던 것은 오랜 훗날의 일이다.

　내가 고교 1학년일 때, 서울대 미학과 학생이었던 김지하 선생은 방학중에 목포에 내려와 자기 모교의 문예반 후배들을 이끌고 사무엘 베케트의 〈고도를 기다리며〉를 상연했다. 나도 그 연극을 구경했지만, 그때는 지하라는 필명은 물론 김영일이라는 본명도 알지 못했다. 내가 그 연극에서 알아들을 수 있는 것은 아무것도 없었지만, 감명을 받은 것도 사실이다. 이해할 수는 없어도 거기에 중요한 무언가가 있다는 것은 알았으며, 우리가 일상 쓰는 언어로 우리가 사는 세계와 전혀 다른 세계를 만들어낼 수 있다는 사실에 놀랐다. 그 연극은 내가 대학으로 진학할 때 학과를 선택하는 데도 크게 영향을 미쳤다.

지하 선생의 담시 「오적」과 첫 시집 『황토』가 세상에 나온 것은 내가 사병으로 군복무를 할 때의 일이다. 환상적일 정도로 엄혹했던 저 유신독재 시절에, 그것도 병영에서, 내가 이 '반역'의 시와 시집을 읽을 수 있었던 것은 다른 사람들의 위험하고 기적 같은 도움이 있었던 덕택이다. 「오적」은 서울에 있는 친구들이 그 등사본을 다른 책들 사이에 넣어서 보내주었다. 『황토』는 우리 부대에 유신체제를 홍보하러 나온 정훈장교의 가방 속에서 나왔다. 내가 그 책에서 눈길을 떼지 못하자 장교는 그것을 내 책상머리에 놔두고는 다시 찾지 않고 가버렸다. 나는 몸을 떨면서 지하 선생의 시를 읽었다.

내가 군에서 전역한 지 얼마 후에 지하 선생은 민청학련

사건으로 사형 선고를 받고 영어의 몸이 되었다. 그 무렵 고향 집에서 대학원 입학을 준비하며 프랑스 소설 하나를 번역하고 있던 나는 틈만 나면 지하 선생의 동네를 둘러싸고 있는 비녀산과 안장산에 오르고 바닷가의 개펄로 나갔다. 나는 내 고향 시인 지하 선생의 눈으로 산과 바다를 바라보고 싶었으며, 거기서 선생이 했을 생각을 나도 하려고 애썼다. 하늘이 거대한 절망으로 땅을 덮을 때, 땅 밑에서 돋아 올라오는 고독하고도 치열한 기운에 몸을 맡길 수만 있다면 더 바랄 것이 없었다.

박경리 선생의 『토지』가 완간된 1994년 초가을에 그것을 기념하여 열린 학술 행사에서 나는 지하 선생과 첫 대면을 했다. 선생은 내 발표를 칭찬하며 '생명의 소설'이라는 말에 특히 관심을 보였다. 나로서는 땅과 하늘과 사람을 모두 포괄하는 지하 선생의 생명철학에 비해 촌부들의 삶에 불과한 내 생명이 너무 초라해서 오직 민망할 뿐이었다. 그리고 몇 년 후, 김현 선생을 기리는 문학비 제막식에 참석하려고 문단 사람들이 목포에 내려갔을 때, 지하 선생과 길게 이야기할 기회가 있었다. 공식 행사가 끝난 후 술

자리에선데, 내가 비녀산과 안장산 이야기를 꺼냈더니, 선생이 그런 산도 있었다는 식으로 겨우 생각난 듯이 대답하여 나는 조금 실망했다. 그러나 선생은 마침내 "아, 우리가 같은 마을 사람이네" 하면서 내게 술 한잔을 더 권했다.

선생은 요즘 납득하기 어려운 글도 쓰고, 이해하고 싶지 않은 인터뷰도 종종 한다. 선생은 하고 싶은 말을 할 자유가 있으며, 그 자유를 위해 싸워왔다. 그런데, 선생의 이상한 말들이 저 초라한 비녀산과 안장산에서 고독하면서도 찬란하게 돋아오르던 풀잎들을 때아닌 황사처럼 덮을 때는 가슴이 송곳에 찔리는 듯 아프다. (2009)

그 세상의
이름은
무엇일까

　이제 1년이 다 되어가니 혹시라도 잊은 사람이 있을지 모르겠다. 2009년 1월 20일, 용산4구역 철거 현장에서, 제 삶의 터전을 지키려고 망루에 올라 몸을 떨며 시위를 하던 다섯 사람과 경찰 한 사람이 불에 타서 숨졌다. 사람들은 이를 참사라고 부르지만, 추운 겨울에 그 무리한 철거를 주도했던 사람들이나, 이 문제를 해결할 힘을 지닌 사람들이 크게 충격을 받지는 않은 것 같다. 정부는 정부가 간여할 일이 아니라고 했고, 고위관료 한 사람은 '개인적으로' 이 사건을 무마할 계책을 적어 산하기관에 이메일로 보냈으며, 경찰은 거의 동일한 상황을 연출하여 진압 훈련을 했다. 그런데 사법부는? 검찰은 시위자들 가운데 불에 타 숨지지 않은 사람들을 찾아내어 기소했으며, 판사들은 그들에게 이 참사의 책임을 물어 중형을 선고했다. 물론 행정부가 이들 철거민을 위해 한 일이 전혀 없는 것은 아니다. 국무총리는 한 번 빈손으로 참사 현장을 찾아가 인사를 했다.

이 참상 앞에서 자발적으로 모인 시인, 소설가, 비평가 192인이 각기 한 줄 선언을 써서 '작가 선언'을 발표한 것은 지난 6월 9일이다. 이 선언은 그달 말에『이것은 사람의 말』이라는 제목의 책으로 발간되었다. 언제나 끝까지 잊어버리지 않는 것은 글 쓰는 사람들이다. 사실은 잊어버리지 않는 사람만 글 쓰는 사람이 된다. 작가들은 7월부터 용산참사 현장에서 릴레이 1인 시위를 시작하고, 각종 매체에 릴레이 기고를 시작하여, 이 릴레이를 지금까지 계속하고 있다. 이달 초에 발간된 용산참사 헌정문집『지금 내리실 역은 용산참사역입니다』도 이 진행중인 릴레이 시위와 기고 활동의 보고서이다. 시를 쓸 사람은 시를 쓰고 산문을 쓸 사람은 산문을 썼다. 그리고 전국시사만화협회 회원들이 그림을 그렸다. 80년의 광주 이후 한 사건을 중심으로 이렇게 많은 글과 그림이 모인 것은 이번이 처음이다. 이 높고도 활달한 감수성의 인간들이 용산에서 그 열정을 거둬들이지 못하는 것은 우리 시대의 가장 진한 슬픔과 가장 깊은 상처가 거기 있기 때문이다. 그 슬픔과 상처가 글 쓰고 그림 그리는 사람들 자신의 슬픔이고 상처이며, 이 땅에 사는 '사람들'의 슬픔이고 상처인 것을 알기 때문이다. 그것을 잊어버릴 수 없기 때문이다.

이 일을 해결할 수 있고, 해야 할 사람들은 지금 무엇을 기대하고 있을까. 이 참사가 잊히기를 기대하는 것일까. 주검이 땅에 묻히고, 애통해하는 사람들이 제풀에 지치고, 릴레이를 하는 사람들의 힘이 바닥나고, 그래서 갑자기 국가의 품격이 높아지기를 기대하는 것일까. 살라는 대로 살지 않고 옳고 그름을 따져봤자 결국은 '저만 손해'라는 것을 만천하에 똑똑히 보여주려는 것일까.

그러나 정작 비극은 그다음에 올 것이다. "마치 아무 일도 없었던 것처럼, 죽음도 시신도 슬픔도 전혀 없었던 것처럼 완벽하게 청소되어, 다른 비슷한 사연을 지닌 동네와 거리들이 예전에 그랬던 것처럼 세련된 빌딩과 고층 아파트들의 아무것도 모른다는 듯 그 번들거리고 말쑥한 표정으로 치장"(진은영 시인,「용산 멜랑콜리아」)될 때 올 것이다. 그때부터 사람들은 부끄러움이 무엇인지 모를 것이다. 사람이 억울한 일을 당하면, 사람이 불타면, 사람이 어이없이 죽으면, 사람들은 자기가 그 사람이 아닌 것을 다행으로만 여길 것이다. 그리고는 내일이라도 자신이 그 사람이 될까봐 저마다 몸서리치며 잠자리에 누울 것이다. 그것을 정의라고, 평화라고 부르는 세상이 올 것이다. 그 세상의 이름이 무엇인지는 독실한 기독교 신자이기도 한 이명박 대통령이 누구보다도 잘 알 것이다. (2009)

영어 강의도
사회문제다

십수 년 전에 우리 사회에 잠시 풍파를 일으켰던 영어공용화론은 이제 잠잠해졌지만 그 생명이 완전히 끊어진 것은 아니다. 숙였던 고개를 다시 들기 위해 늘 기회를 노리고 있을 뿐만 아니라, 어쩌면 사회적 의제가 되기 어려운 방식으로 벌써 상체를 들어올린 성싶다. 무엇보다도 대학에서의 영어 강의를 염두에 두고 하는 말이다. 몇 년 전부터, 내가 소속된 대학을 비롯하여 이름 있는 대학들이 앞다투어 영어 강의의 비율을 높이고 있고, 학교 밖에서도 그 비율로 대학을 평가하려는 풍조가 나타났다. 나로서는 그 폐해가 적지 않다고 보며, 자칫하다간 벌써 위기를 겪고 있는 우리 인문학이 패망의 길로 몰릴 수도 있다고 생각한다. 그 조짐은 이미 나타났다.

영어 강의가 대대적으로 시행되기 시작할 때, 그 내용이 부실할 것을 걱정하는 목소리가 많았지만 정작 중요한 문제는 다른 데 있다. 먼저 염려해야 할 것은 학문 활동과 우리말의 관계이다. 누구나 알다시피 인간의 지식과 생각은 그것이 어떤 것이건 결국은 말로 정리되고, 말을 통해 가장 효과적으로 전달된다. 게다가 말은 정리와 전달의 수단일 뿐만 아니라, 생각과 지식을 발견하고 만들어내는 발판이기도 하기에, 결국은 지식과 생각 그 자체라고까지 말할 수도 있다. 생각이 발전하고 지식이 쌓이면 말도 발전한다. 내 경우를 예로 든다면, 내 전공 분야에서 선배 교수들이 반세기 전에 쓴 책을 지금 읽으려 하면, 프랑스어나 영어로 된 책을 읽기보다 더 힘들 때가 종종 있다. 그것은 선배들의 능력이 부족해서라기보다는 당시의 우리말이 그들의 지식과 생각을 담거나 격려할 준비가 되어 있지 않은 데 더 큰 원인이 있다. 그 후 우리 사회는 지식에 대한 열정이 드높아 학문이 짧은 시간에 적잖은 발전을 이루었으며 우리말도 성장하는 쪽으로 크게 변화했다. 사회의 발전이 그에 힘입은 것은 말할 것도 없다. 이제 중요한 논문과 강의가 오직 외국어에 의지하게 된다면, 이 발전은 중단될 것이다. 아니, 중단되기만 하는 것이 아니라 마침내는 조선시대처럼 언문의 위치로 떨어질 것이다.

한 집단이 오래 사용해온 언어, 이를테면 모국어는 그 언어 사용자들의 생활과 문화 전반에 걸쳐 측량할 수 없이 많은 경험을 축적하고 있다. 외국어에 의존하는 강의는 이 깊은 경험을 이용할 수 없다는 데도 문제가 있다. 학술활동은 연구행위와 교수행위로 나뉜다지만 강의도 연구행위의 중요한 한 부분이다. 강의하는 사람은 수업을 준비하면서 그 실마리만 붙잡았던 생각을 강의중에 학생들과 공동주체가 되어 생각하는 가운데 정리하고 발전시켜 새로운 의견을 만들어낼 때가 많다. 이것은 누구나 지니고 있는 모국어적 직관의 덕택이다. 외국어 강의가 이 직관을 처음부터 포기하고 있다는 것은 그 강의가 주로 프레젠테이션의 형식으로 이루어진다는 것이 그 증거이기도 할 것이다. (물론 외국어 강의를 철저한 교안 준비의 한 방법으로 이용하는 교수가 없지 않다는 점도 밝혀둔다.) 외국어 강의는 선생과 학생이 함께 자기 생각을 발전시키는 현장이 되기 어렵다.

어떤 부당한 일을 놓고 '그것은 평등의 원칙에 위배된다'고도, '누구는 인삼 뿌리 먹고 누구는 배추 뿌리 먹나'라고도 말할 수 있지만, 그 두 말의 구체적 효과가 다르고, 그 앞에서 우리 몸의 반응이 다르다. '인삼 뿌리'와 '배추 뿌리'가 학술활동의 도구로 사용되기는 어렵겠지만, 어떤 첨단의 사고도 어떤 섬세한 말도 이 뿌리들에 이르지 못할 때 학문은, 적어도 인문학은, 죽은 학문이 된다. 이 사태를 사회적 비극이라고 하지 않을 수 없다. (2010)

30만 원으로
사는 사람

한국 시와 외국 시를 함께 읽는 수업 중에 한 학생이 질문을 했다. 시만 써서 먹고사는 사람이 있는가? 나는 조금 생각해보다가 짧게 대답했다. 많지는 않지만 있다. 다시 묻는다. 얼마를 버는가? 질문이 얄궂다고 대답을 피할 수는 없다. 시인마다 다르다. 어떤 시인은 시도 쓰고 길지 않은 산문도 써서 한 달에 평균 30만 원을 벌고 그것으로 생활한다. 학생들은 무슨 농담이 그러냐는 얼굴로 나를 쳐다본다. 나는 사실을 말한 것이지 농담을 한 것은 아니다. 그러나 내 대답은 사실을 다 말한 것도, 정확하게 말한 것도 아니다. 그 시인이 시인이기 때문에 30만 원을 버는 것이 아니라, 시인이기 때문에 30만 원으로 당당하게 살 수 있는 것이라고 대답했어야 한다. 그는 구차한 사람이 아니다. 그는 성공한 사람이다. 그는 친구가 많으며, 그와 친분이 있는 것을 영예로 여기는 사람들도 적지 않다.

시인들이 쓰는 시의 주제는 각기 다르고, 쓰는 기술도 다르지만, 그들이 시의 길에 들어섰던 계기나 방식은 거의 같다. 한 젊은이가 어느 날 문득 자신에게 '시 같은 것'을 쓸 수 있는 재능이 있다는 것을 알게 된다. 그리고 그 재능이 매우 귀중한 것이라고 생각한다. 그는 막연하게 느낀 이 재능을 통해서, 이 세상에는 그가 이제까지 이루려 했던 일의 가치보다 비교할 수도 없이 더 높은 가치가 있다는 것을 안다. 순결한 그 젊은이는 자기가 꿈꾸어온 좋은 삶도 그 가치를 저버리고는 이루어질 수 없다는 것을 깨닫기에 그 재능은 일종의 의무가 된다. 그는 떨면서 그 의무를 이행하기 시작한다. 서정주가 그렇게 시인이 되었고 김수영이 그렇게 시인이 되었다.

젊은 시인은 이 세상의 모든 어둠을 일시에 밝게 비춰줄 한 광채의 존재를 손에 잡힐 듯이 가까이서 보았으며, 자신이 그 빛을 본 첫번째 사람이 아니란 것도 배워서 안다. 그래서 그는 착하고 진실한 삶이 저기 있는데 왜 우리는 이렇게 비루하게 살아야 하는지를 날마다 묻게 된다. 어쩌면 그가 쓰는 시는 아무것도 아닐지 모른다. 그는 제가 좋아하는 말을 골라 이리저리 조합했을지 모른다. 제가 무엇을 썼는지 자기도 정확하게 알지 못하기에 제목을 붙이기 어려울지도 모른다. 그러나 그는 이렇게 진지할 것이 없어 보이는 말장난을 할 때조차도 때로는 울고 때로는 웃는다. 그는 자기 자신도 누구도 속인 것이 아니다. 그는 벌써 포기할 수 없는 것을 보았기에, 그가 쓰는 말들이 그 포기할 수 없는 것과 늘 새롭게 관계를 맺기에, 그의 시는 이 모욕 속에서, 이 비루함 속에서 이렇게밖에 살 수 없다고 생각하려던 사람들을 다시 고쳐 생각하게 한다.

인간이 수수 천년 사용해온 말 속에는 죽은 자들과 산 자들의 고통과 슬픔이, 그리고 희망이 들어 있다. 제가 쓰는 말을 통해, 그 길고 깊은 어둠 속에서 그친 적이 없이 빛났던, 그리고 지금도 빛나는 작은 불빛들을 저 광채의 세계와 연결하려는, 또한 그 세계가 드문드문이라도 한 뼘씩 가까워지는 것을 보았던 시인에게 30만 원과 3백만 원의 차이 같은 것은 없다. 그의 용기는 당신이 한순간이라도 꿈꾸었던 세계가 허망한 것이 아니라는 것을 말하기로 결심한 사람의 용기이다. 어떤 파락호라도 그 용기를 욕되게 하고 싶지는 않을 것이다.

그런데 사실 나는 무슨 시인론을 펼치려던 것이 아니었다. 우리 예술위원회가 한국작가회의에 주어야 할 지원금을 붙들고 앉아서 어떤 모욕적인 서류에 도장을 찍으라고 한다기에 이런 이야기까지 하게 된다. 그러면 벌받는다. 도장 찍으라고 한 사람이 벌받는 것이 아니라 이 시대를 사는 모든 사람들이 벌받는다. (2010)

김연아가
대학생이
되려면

　김연아 선수는 밴쿠버 동계올림픽에서 금메달을 목에 걸었고 뒤이은 세계선수권대회에서도 밝은 모습을 보여 주었다. 아마 지금쯤은 앞날의 거취에 대해 여러 가지 생각을 하고 있을 것이다. 영화평론가 심영섭 교수가 어느 매체에 실린 '연아에게 보내는 편지'라는 글에서, 김 선수에게 공부를 하라며, "스무 살 나이에 할 수 있는 것들", "역설적으로 소소한 실패와 좌절을 지금 하라고" 곡진한 말로 권고했다. 그 좋은 글을 읽고 나도 마음이 움직여 조금 흉내를 내서 이 글을 쓴다.

　지금의 대학 풍속에서는 김연아가 강의에 출석하지 않고도 다른 방법으로 학점을 얻어내는 데는 별로 어려움이 없을 것이며, 대학을 그만둔다고 하더라도 사회 활동에 크게 지장을 받지는 않을 것이다. 그는 이룰 만한 것을 이루었으며, 그것이 그의 미래를 보장해줄 것은 당연하다. 그러나 대학 생활을 정상적으로 하려고 든다면 그것은 쉬운 일이 아니다. 정상적인 것은 평범한 것인데 그는 평범한 학생이 아니다. 그의 편에서야 그 강한 성격으로 사람들의 시선을 이겨낼 수 있겠지만, 동료 학생들은 말할 것도 없고 교수들까지도 그를 의식하지 않을 수 없을 터이다. 평범한 학생은 학교 근처 식당에서 싸고 양 많은 밥을 먹으며, 술을 마시고 토하지는 않는다 하더라도 토하는 학생의 등을 두드려주기도 한다. 광장의 잔디밭에 앉아, 지나가는 얼굴 하얀 남학생을 곁눈질로 훑어보기도 하고, 수줍은 시선을 느끼기도 한다. 새벽같이 도서관에 나가 맡아놓은 좌석을 책가방이 지키게도 하고, 공들인 보고서와 벼락치기 보고서를 번갈아 제출하고, 친구에게 대리 출석을 부탁했다가 젊은 선생을 펄펄 뛰게도 한다. 이런 일이 김연아에게는 쉽지 않다.

말 그대로의 공부도 김연아에게는 쉬운 것이 아니다. 그에게 능력이 모자라서가 아니라, 어쩌면 넘치기 때문이다.

동계올림픽 직후의 한 인터뷰에서 김 선수는 체육심리학에 흥미가 있다고 말했는데, 그런 과목이건 다른 과목이건 그 내용은, 여러 경기에서 사람으로 할 수 없는 긴장을 이겨냈던 그에게, 매우 지루하고 시들한 것이기 쉬우며, 그래서 포기되기 쉽다. 지루하고 시들한 것의 진수가 나타날 때까지 기다리는 것도 역시 평범한 학생의 일이기 때문이다. 그러나 평범하지 않은 김연아가 그를 평범하지 않게 만들었던 그 자질로 이 어려운 일들에 어느 정도라도 성공하게 된다면, 돈이 될 수도 없고, 영예를 안겨주지도 않으며, 당장은 업적이 될 수도 없는 일에 턱없이 진지하게 매달려 있는 사람들을 만나기도 할 것이다. 개인적으로건 사회적으로건 미래를 준비하는 곳이 대학이라고들 하는데, 대학에는 미래의 직접적인 압박에서 벗어나서 그 일을 하는 사람들이 있다.

우리에게 과거의 상처는 너무 악착스럽고, 미래의 걱정은 갈수록 두터워질 뿐이다. 그래서 현재는 그만큼 줄어들고 눈앞의 삶을 깊이 있게 누리는 것이 용서되지 않는다. 과거의 상처가 미래의 걱정거리로 확장되는 것을 막기 위해, 대학은 지금 이 자리의 삶에 자신을 자유롭게 바칠 수 있는 공간과 시간을 마련하려고 오랫동안 노력해왔다. 대학의 목적이 무엇이든지 간에, 이 자유의 시간과 공간이 없이는 그 목적을 달성할 수 없다. 그러나 여러 가지 구실 아래 그 자유는 줄어들었으며 이제는 거의 폐기되기까지 했다. 김연아가 적을 둔 대학이며 내가 강의하는 대학의 김예슬 학생이 "대학을 거부한다"고 선언하고, 서울대의 한 학생이 그에 호응하여 대자보를 붙이게 된 것도 필경 대학의 없어져버린 이 자유와 관련이 있다. 김연아가 평범한 대학생이 되기 위해서는 이들 대자보 앞에도 서 있어야 할 것이다. (2010)

불문과에서는
무얼
하는가

　우리 세대가 대학을 다닐 때 지방에서 상경한 학생들은
주로 두 사람이 방 하나를 사용하는 하숙집에서 기거했다.
내가 만난 '룸메이트' 가운데 법대생이 둘 있었다. 하나는
노무현 대통령 시절 노동부 장관을 지낸 이상수 변호사다.
이 변호사는 학창 시절 온갖 책을 가리지 않는 독서광이었
고, 글을 잘 썼으며, 입을 열면 시정이 넘치는 말을 쏟아냈
다. 이름을 밝힐 수 없는 또 한 사람은 오로지 고시 공부에
만 전념하는 학생이었다. 새벽부터 밤까지 도서관에서 살
았다. 나도 책상에 앉아 있는 시간은 크게 뒤지지 않았지
만 그에 비하면 내 공부는 늘 산만했다. 어느 날 그가 나한
테 왜 고시 공부를 하지 않느냐고 물었다. 자기도 그 질문
이 뜬금없다고 느꼈던지 어조를 갑자기 힐난조로 바꾸었

다. 불문과에서는 도대체 뭘 하는 거지? 나는 고작 이렇게 대답했다. 불문학과니까 불문학을 하지. 대답이 아니라 대답의 회피였다. 그러나 저 고시생의 확실하고 단단한 신념 앞에서 내 공부의 내용과 목표를 차근차근 이야기한다는 것이 나로서는 너무나 아득한 일이었다. 문제는 내 생애에서 이렇게 질문해오는 사람이 그 사람으로 끝난 것이 아니란 것이다.

언젠가는 교육부의 관리가 프랑스의 불문학 박사보다 한국의 불문학 박사가 더 많다는 얼토당토않은 낭설을 TV 방송으로 퍼뜨렸으며, 가끔은 대학 안에서 만나는 사람들도 이제는 영어 하나면 어디서나 통하니까 프랑스어 교육은 필요 없지 않느냐고 넌지시 묻는다. 교육부 관리의 말이야 그렇다 치더라도, 프랑스어 교육 불필요론 앞에서 나는 프랑스어가 무역이나 여행을 하기 위해서만 필요한 것이 아니라거나(실은 그런 일에도 여전히 필요하지만), 불어불문학과에서 프랑스어만 배우는 것이 아니라는 말을 먼저 해야 하는데, 상대방은 뒤이어질 말을 듣고 싶은 기색이 아니다. 프랑스의 역사가 현재 세계의 문화적·정치적

지형도의 형성에서 차지하는 비중이나, 프랑스어로 작성되었으며 지금도 작성되고 있는 많고도 중요한 문헌에 관해서는 말할 틈조차 없다. 그 질문은 처음부터 내 의견을 듣기 위한 것이 아니라 봉쇄하기 위한 것이기 때문이다. 더구나 내가 사회의 발전에서 앞으로 오게 될 세계의 그림을 문학이 항상 먼저 그려왔으며, 우리 사회의 민주화 과정에서도 그 점은 마찬가지라고 말한다면, 그는 어쩌면 자신의 세계관에 적대할 사람들을 불어불문학과에서 기르고 있다고 아연 긴장하게 될지도 모른다.

사실 불어불문학과를 비롯한 유럽 어문학과는 졸업 후 취직이 특별히 어려운 학과도 아니다. 대기업에 무더기로 취직하는 것은 아니지만, 언론계에서 연예계까지 각종 문화산업의 미묘한 자리에는 유럽 문학과 출신들이 어김없이 끼어 있다. 다양한 장르의 문필가들은 말할 것도 없고, 유럽 문학으로 함양한 개성과 재능을 토대로 특별한 작품을 만들어내는 영화감독, 작곡가, 디자이너도 적지 않다. 외국 문학을 포함한 인문학의 효과는 우리가 마시는 공기처럼 이 삶의 안팎에 퍼져 있으나 그것을 의식하는 사람은 적다. 그 효과가 어디서 오는지 아는 사람은 더욱 적다. 불어불문학과에서 무엇을 공부하는지 설명하기가 그만큼 어렵다.

그러나 이 말은 해두자. 어느 젊은 출판인이 교수 신문에 칼럼을 기고하여, 근래 프랑스에서 발간된 인문학 서적들을 번역하는 일이 시급한데, 마땅한 번역자를 구할 수 없다고 한탄했다. 그 까다로운 문장을 읽어내고, 그 의미를 깊이 파악하고, 그것을 우리의 구체적인 삶과 연결지어, 이 서적들을 번역해낼 만한 소수의 사람들은 저 모욕적인 질문을 자주 받으며, 제 공부의 터전에 위기까지 느끼면서 노력해온 사람들이다. (2010)

나는
전쟁이
무섭다

남북관계가 또다시 불행한 국면으로 치닫고 있다. 애써 쌓아올린 화해의 분위기는 물거품이 되고, 분노가 용기를 대신하려들고, 불신이 지혜를 가장한다. 어느 원로가 전쟁을 두려워하지 말자고 했다는데 나는 전쟁이 무섭다.

유럽에서 세계대전의 우려가 현실이 되려 하던 1930년대 중반에 프랑스의 극작가 장 지로두는 희곡『트로이 전쟁은 일어나지 않으리라』를 발표했다. 트로이의 왕자 파리스가 그리스의 미녀 헬레나를 유혹하여 자기 나라로 데려오자, 그리스 연합군이 전함을 몰고 트로이 해안으로 쳐들어왔다. 헬레나를 되돌려주면 전쟁을 피할 수 있을 텐데, 트로이의 주민들은 지상 최고의 미녀인 그녀의 거취에 자신들의 자존심이 걸려 있다고 생각한다. 그리스 측에서도 까다로운 조건을 붙인다. 파리스와 헬레나 사이에 아직 육체관계가 없었음이 증명되어야 한다는 것이다. 간단한 문제가 아니다. 그것은 파리스를 비롯한 트로이의 남자들이 성불능자들임을 고백하는 꼴이기에 트로이 측은 오히려 두 사람이 동침했다는 증거를 찾으려든다. 원로들은 벌써 군가를 제정하고 그리스 군을 '암소의 새끼들'로 부르기로 결정한다.

신들도 이 위기에 당연히 개입하나, 그들은 두 나라의 행복과 안녕보다는 이 기회에 자신들의 권위를 유지하고 세력 판도를 넓히는 일에 더 관심이 있다. 그러나 제우스는 트로이의 맹장 헥토르와 그리스의 지장 율리시스를 협상 테이블에 앉힐 수 있었다. 평화를 갈구하는 헥토르의 뜻을 받아들여 율리시스는 헬레나가 아직 '순결'한 상태임을 그녀의 남편 메넬라오스에게 설득하기로 약속한다. 헥토르는 이제 트로이 전쟁이 일어나지 않으리라고 믿지만, 율리시스는 비관적이다. 협상 테이블이 아무리 현명해도, 그것은 오만함과 증오의 바다에 떠 있는 쪽배에 불과하다는 것을 그는 알고 있기 때문이다. 율리시스의 예견은 옳았다.

헥토르는 호전적인 그리스 장군 오이악스가 자기 뺨을 때리고, 면전에서 자기 아내 안드로마케를 끌어안아도 인내할 수 있었지만, 문제는 트로이 쪽에서 일어났다. 호전적인 계관 시인 데모코스가 평화주의자들을 비겁하다고 탄핵하며 민중들에게 전쟁을 부추긴다. 헥토르는 선동을 막기 위해 그를 창으로 찌른다. 비명 소리에 양측의 사람들이 몰려들자, 데모코스는 죽어가면서, 자기를 찌른 것이 그리스의 장군 오이악스라고 외친다. 트로이는 분노하고 전쟁은 돌이킬 수 없게 된다.

희곡 하나를 간추린다는 게 너무 길어졌지만, 전쟁은 늘 이렇게 일어난다는 것을 나는 말하고 싶었다. 전쟁은 바보짓이다. 분쟁의 해결책 가운데 전쟁보다 더 많은 비용을 치르게 하는 것은 없다. 전쟁은 우리의 삶을 파괴하고 인간을 인간 아닌 것으로 만든다. 어떤 명분도 이 비극을 정당화할 수는 없다. 핍박받는 민족의 독립전쟁 같은 것을 거론하는 사람이 있겠지만, 민족이 민족을, 나라가 나라를 핍박하는 일도 실은 전쟁으로부터 시작한다. 전쟁은 단순한 추상명사가 아니다. 그것은 사람들의 머리 위로 떨어지는 포탄이며, 구덩이에 파묻히는 시체 더미이며, 파괴되는 보금자리이며, 생사를 모른 채 흩어지는 가족이다. 이 5월에 강변에서 자전거를 타는 소년들은 어느 골목을 헤맬까. 지금 축제를 벌이는 젊은이들의 소식을 어느 골짜기에서 듣게 될까. 공부하고 일하고 춤추는 아이들은 어디로 갈까. 그들이 훈장을 뽐내며 돌아온다 한들 무슨 소용이 있겠는가. 젊은 날의 꿈이 사라진 자리에는 마음의 상처만 남아 있을 것이다. 그들은 이미 자신에게서 다른 사람을 볼 것이다. 우리에게 그것은 민족의 절망일 뿐 다른 것이 아니다. 우리는 우리의 정신 능력을 스스로 멸시하고, 우리가 이 민족이었던 것을 저주할 것이다.

나는 전쟁이 무섭다. 오만과 증오에 눈이 가려 심각한 것을 가볍게 여길 것이 무섭다. 전쟁을 막을 지혜와 역량이 우리에게서 발휘되지 못할 것이 무섭다. (2010)

산딸기
있는 곳에
뱀이 있다고

"산딸기 있는 곳에 뱀이 있다고 오빠는 그러지만 나는 안 속아." 지금도 아이들이 이런 노래를 부를까. 어쩌다 부른 다고 하더라도 그 부모 세대와 같은 마음으로 부르지는 않 을 것이다. 아이들은 대부분 도시 환경에서 학교에 다니고 있고, 농촌에 사는 아이들이라 해도 이제는 복분자라는 이 름으로 밭에서 더 많이 생산해내는 산딸기를 따겠다고 마 을 뒷산 위험한 곳을 헤매지는 않을 테니까 말이다. 더구 나 오늘날의 가족 관계에서는 산딸기의 유혹과 뱀의 위험 을 사이에 둔 오누이의 미묘한 심리적 갈등을 이해하기도 쉽지 않을 것이다.

사내아이들의 드센 모험 길에 나서는 오빠는 뱀의 위험 을 들먹여서 귀찮은 누이를 떼어버리고 싶기도 하겠지만,

이참에 형과 동생의 서열을 상기시키고 남녀 간의 역할을 확실하게 구분 지으려는 마음도 없지 않을 것이다. 오빠의 말이 물론 거짓은 아니다. 음습한 땅에서 잘 자라는 산딸기나무 덤불은 작은 동물들이 서식하기에 알맞고 따라서 뱀들이 꾀어들기 마련이다. 오빠는 그 위험한 자리에 어린 누이까지 끌고 들어갈 수는 없다. 그는 동생을 보호해야 할 책임이 있다. 누이가 언제까지나 밝은 자리에 남아 그 행동이 훤히 파악될 수 있기를 그는 바라지만, 누이는 자신을 흥분시킬 만한 것이 그 밝은 자리에는 없다는 것을 잘 알고 있다. 찾아야 할 것을 찾으려면 위험 앞에서 용감해야 할 것이며, 찾아야 할 것이 위험 속에만 있다면 그 위험이야말로 감동스러운 것이다. 그런데 이렇게 이야기하다 보면, 이 오누이의 갈등은 벌써 저 정치적 근대성과 미학적 근대성의 대립을 설명해주는 것 같기도 하다.

정치가 근대화를 지향할 때 거기에는 무엇보다도 모든 삶을 환하게 들여다보면서 백성들을 빈틈없이 다스리려는 의도가 있다. 19세기 중엽 프랑스의 오스만 같은 사람이 파리 시에 대규모의 토목공사를 벌여 낡은 시가지를 허물어

길을 닦고 새로운 건물들을 세울 때, 거기에는 산업화와 함께 불어난 인구를 수용할 수 있도록 도시를 정비·확장하자는 뜻만 있는 것이 아니었다. 오스만으로 대표되는 정책 당국은 화려한 건물과 반듯한 도로로 가난한 삶의 고통스런 흔적을 덮어 가리는 한편, 모든 동네를 구획으로 정리하여 정부에 저항하는 반란 음모자들의 근거지를 평정하기 위해 이 토목공사를 이용했다.

당시에 현대 예술을 창도했던 보들레르 같은 사람은 이 새로 정비된 도시에서 삶의 폐허를 보았다. 그는 "삶이 살고, 삶이 꿈꾸고, 삶이 고통을 견디던" 그 어둡고 뱀처럼 구불구불한 골목길이 광장으로 바뀐 자리에서 제 삶의 기억이 송두리째 사라져버린 것을 알게 된다. 그는 제 땅에서 망명객이 되었다고 생각한다. 이 밝고 깨끗하고 번쩍거리는 폐허에서는 어떤 감동스러운 일도 일어날 수 없다. 현대 예술은 이 도시라는 이름의 폐허에서 사라진 기억을 복원하는 일로부터 출발한다.

똑같은 일이 우리의 정치적 근대화에서도 벌어졌으며, 여전히 진행중에 있다. 박정희 시절의 새마을운동은 잘살기 전에 못살았던 흔적을 시멘트로, 슬레이트로 덮는 일부터 시작했다. 청계천을 복개하여 그 시궁창을 거기 그대로 남겨둔 채 감추었다. 모든 것이 환해졌다. 그 후 청계천은 다시 열렸지만 그것이 감춰진 것을 보여주기 위한 것은 아니었다. 개천이 긴 어항으로 바뀌었을 때, 거기 등을 붙였던 중소 상인들의 삶도, 한국 예술에 새로운 감수성을 불어넣던 언더그라운드 예술의 터전도 함께 사라졌다.

정부는 이제 모든 강을 빈틈없이 다스리겠다고 전 국토에 토목공사를 벌이고 있다. 이른바 4대강 사업이다. 뱀처럼 구불구불한 강은 이제 볼 수 없을 것이다. 그 구불구불한 뱀이 삶에 미치던 위험은 아마 사라졌을 것이다. 그 전에 강의 삶도, 거기 몸 붙였던 생명의 삶도, 사람의 삶까지도 사라지고 없을 테니까 말이다. 뱀이 없는 곳에는 산딸기도 없다. (2010)

마음이
무거워져야 할
의무

"개야 짖지 마라. 밤 사람 다 도둑인가? 조목지 호고려님
이 계신 곳 다녀올세라. 그 개도 호고려 개로구나, 듣고 잠
잠하노라." 이는 국립중앙박물관 기증자료실의 한 찻사발
에 적힌 시를 현대의 우리말에 가깝게 옮겨 쓴 것이다. 일
본인 고미술품 수집가의 유족들이 한국에 기증한 이 찻사
발은 일본의 옛 도자기에 한글이 적혀 있다는 점에서 상당
한 화제를 불러일으켰다. 찻사발은 임진왜란 때 일본에 끌
려간 도공이나 그 후손 가운데 한 사람이 만든 것으로 추
정된다. 이 시는 원래 '망향가'로 알려졌으나, 이제는 이동
의 자유가 제한된 조선인 도공이 "자신의 처지를 빗대 푸
념한 말"이라는 것이 공식적인 의견이다. 조선인 도공들
은 일본 땅에서 종살이의 신세로 낮에는 움직일 수 없고

밤에만 나다닐 수 있었다고 한다. 그러나 망향가가 갖춰야 할 조건이 무엇인지는 말하기 어려우나, 이 진솔한 글을 두고 '푸넘'이라는 평가는 확실히 야박하다. 조금 야박한 것이 아니라 많이 야박하다.

　도공은 밤에 길을 나설 수밖에 없는 자신을 향해 무턱대고 짖는 개를 보고 울분에 차서 말한다. 나는 너희들이 '호고려'라고, 즉 '오랑캐 고려'라고 부르는 사람이지만, 그렇다고 도둑은 아니다. 내가 밤길을 밟아야 하는 것은 내 잘못이 아니다. 그런데 무슨 조홧속이었는지 그 말에 개가 잠잠해졌다. 이 이국의 개가 도공의 심정을 이해했던 것일까. 도공은 사람인 제 주인도 귀를 기울여주지 않는 제 말을 한낱 미물인 개가 알아들어주었다는 생각에 깊이 감동했을 것이 분명하다. 그는 이 특별한 사건에 시조의 형식을 부여했다. 사람다운 삶이 허용되지 않았던 이 도공으로서는 제 손으로 빚는 그릇에 오직 저를 위해 이 시를 쓰면서 그 생애에 가장 깊이 있는 시간을 체험하기도 했을 것이다. 그는 누구나 제 진정을 드러낼 수 있는 세계, 그래서 마침내 사람과 사람이, 사람과 만물이 오롯이 서로 소통하는 세계를 내다보기도 했을 것이다. 한 사람의 포로가 고향을 그리워한다는 것은 그 세계를 그리워하는 것이나 같다.

도공이 그 시를 쓴 것은 벌써 3백 년 전의 일이지만, 사람들은 저마다 진솔하게 드러내고 싶으나 드러내지 못하는 것을 가슴속에 억눌러 담고 산다. 이창동 감독의 영화 〈시〉에서 김용탁 시인으로 나오는 김용택 시인은 시를 쓰고 싶어하는 사람들 앞에서 사물을 이모저모로 잘 보아야 저마다 마음에 품고 있는 시를 끌어낼 수 있다고 강의한다. 영화에서 원로 배우 윤정희씨의 몸과 재능을 빌린 양미자 할머니가 그 강의를 듣는다. 꽃을 좋아하고 이상한 말도 잘하는 양 할머니는 자신에게 시를 쓸 재능이 있다고 생각하지만, 시인 선생의 말이 쉽게 이해되지 않는다. 가슴속에 있다는 시는 무엇이며, 그것이 어떻게 새장을 벗어난 새처럼 날아오를 것인가. 사실 김 시인의 저 말이야 백 번 지당한 말이지만, 그 말을 할 때 시인의 얼굴에도 안타까움 같은 것이 조금 끼어 있다. 그 말이 어떻게 이해되느냐에 따라 신실한 말이 되기도 하고 허망한 말이 되기도 할 것이기 때문이다. 마침내 양 할머니는 자신에게 가장 귀중한 것을 내놓기로 결심한 다음에 비로소 선생의 말을 실천하고 시 한 편을 쓰게 된다. 그 시는 삶을 삶답게 살려는 한국 사람 이면 누구나 할 수 있는 말이지만, 거의 대부분은 한 번도 해보지 못한 말이다.

영화는 흥행에 실패했다. 가슴속에 있는 시를 우리가 두려워하기 때문일까. 내 아내만 하더라도 이 영화를 보지 않았다. 상영관을 찾기 어렵고 시간대가 맞지 않아서라고 하지만, 실은 영화를 보고 나서 마음이 무거워질 것을 두려워했기 때문이다. 이 유례없는 경쟁사회에서 우리는 조금씩 지쳐 있다. 그렇더라도 마음이 무거워져야 할 때 그 무거운 마음을 나누어 짊어지는 것도 우리의 의무다. 엄마가 아이를 키우듯이, 나라 잃은 백성이 독립운동하듯이. (2010)

삼학도의
비극

　목포 앞바다에 삼학도라는 섬이 있었다. 바다가 끝나고 강이 시작되는 곳에 아담한 봉우리 셋을 푸른 새처럼 앉혀 놓았던 섬 삼학도가 그 아름다운 자태를 잃고 시가지 끝에 매달린 초라한 둔덕으로 바뀌게 된 것은 내가 중학교와 고등학교를 다니던 시절이었다. 우리 학교는 삼학도를 마주 보는 바닷가에 있었다. 밀물일 때는 바닷물이 운동장 가에 찰랑거렸고, 멀리 삼학도 주변에서는 영산강으로 올라가는 돌고래 떼의 검은 등이 물보라를 일으켰다. 어느 사진사가 학교의 석조 건물과 바다, 삼학도와 유달산을 한 장의 사진에 담기에 성공하여, 학교는 그 아름다운 사진을 홍보용으로 사용했다. 썰물일 때는 학교와 삼학도 사이 중간이 넘는 지점까지 개펄이 펼쳐졌다. 여기저기서 사람들이 조개를 잡기도 했지만, 너무나 하찮은 일로만 보였다. 수업을 하다 말고 창밖을 내다보며 "저게 논이라면"이라는 말로 아쉬워하는 교사들도 있었다. 당시만 해도 논보다 더 경제성 높은 땅은 없었다.

정치가들은 뭍에서 삼학도까지 제방을 쌓아 그 개펄을 간척해야만 도시가 발전할 수 있다고 선전했다. 그 사업이 여태 이루어지지 못한 것은 목포가 만년 야당 도시인 때문이라고도 했다. 표를 얻어야 할 사람들은 관리들과 합작하여 거리에 거대한 입간판을 세우고, 그 개펄에 들어설 화려한 건물들을 그려넣었다.

둑 쌓기는 시작되었으나 선거철이 다가올 때만 흙 몇 삽을 퍼다 붓는 식이었으니 공사는 지지부진했다. 그래도 선거가 잦아서 둑은 이어졌고, 둑을 쌓는 데는 흙이 필요해서 삼학도의 산 하나와 다른 산의 반쪽이 허물어졌다. 영산강에는 하구언을 축조해 돌고래들은 다시 오지 않았다. 개펄에는 민가와 상가가 들어섰지만, 정치가들이 입간판에 그려 선전했던 것처럼 화려한 거리는 아니었다. 사람들은 곧 후회했다. 그 이유를 설명할 필요는 없겠다.

목포시는 재정이 넉넉지 못한 지자체로서는 감당하기 어려운 예산을 세워 삼학도를 섬으로 복원하고 그 본모습을 되찾으려 애쓰고 있다. 지난봄에 삼학도와 간척지 사이에 물길을 내었다는 소식을 듣고 찾아가보았다. 쉽지 않은 일이었을 것이다. 그러나 실망스러웠던 것이 사실이다. 물길은 개울의 수준을 넘지 못했다. 내가 학교의 유리창에서 바라보던 그 삼학도를 기대할 수는 없는 일이지만, 인환의 거리에서 조금 떨어진 바다에 또다른 삶이 있으리라는 상념 하나를 만들어주기에도 그 개울로는 턱없이 부족했다. 게다가 무너뜨린 산을 다시 쌓아 숲을 조성하고 거기 들어선 공장들을 이전하려면 또 몇천억의 돈이 필요하다고 한다.

썰물 때 드러난 개펄을 보고 "저게 논이라면"이라고 말했던 사람들과 망가진 삼학도를 원통하게 여기는 사람들은 사실 같은 사람들이다. 그러나 사람들의 변덕을 말할 수는 없다. 한 시절, 이 나라의 두뇌가 사람들에게 제시할 수 있는 전망이 그것밖에 없었다고 해야 할 것이다. 시민들이 삼학도를 파괴하는 일에 동참했다기보다는 가난의

볼모로 잡혀 동원되었을 뿐이라고 해야 할 것이다.

　이런저런 사건들이 늘 '어느 날 갑자기'의 형식으로 찾아 오는 곳에서, 사람들의 생각이 변덕스럽지 않기는 어렵다. '어느 날 갑자기' 앞에서 놀라지 않게 하는 일은 인문학이 늘 내세우는 일이고, 사실 내세워야 할 일이다. 그렇다고 인문학이 미래학을 해야 한다는 뜻은 아니다. 지금 이 자 리를 모면하기 위해서만 필요한 것이 아닌 일, 언제 어디 에 소용될지 모르는 일에도 전념하는 사람이 많아야 한다 는 말이다. 실은 내가 인문학을 공부하는 사람이어서 인문 학이라고 말하지만, 모든 공부가 많게건 적게건 그 일과 관련을 맺는다. 인문학의 위기는 오래전에 찾아왔고, 그 뒤를 이어 이공계의 위기가 걱정거리다. 따지고 보면 학문 의 위기고, 대학의 위기다. 생각을 생산하는 일이 아니라 생각을 소비하는 일에만 매달릴 때 그 위기는 피할 수 없 다. 삼학도의 비극은 그렇게 계속된다. (2010)

기억과
장소

학교에서 삼청동 쪽으로 가기 위해 차를 끌고 삼선교를 지나 성북동 길을 오르다보면 나도 모르게 고개가 왼쪽으로 돌아가곤 한다. 대개의 경우는 의식하지 못하지만, 가끔은 다른 사람을 찍은 사진에서 내 뒷모습을 볼 때처럼 혼자 머쓱해지기도 한다. 별다른 이유가 있는 것은 아니다. 만해 한용운 선생이 말년을 보냈다는 북향집 심우장이 그 어름에 있다는 것을 알기 때문이다. 사실 나는 선사의 시에 대해 자랑하기 어려운 글을 써서 두어 번 발표하기도 했지만, 심우장을 찾아가본 적은 없다. 발등에 떨어진 일도 미처 챙기지 못하는 나 같은 사람이 특별한 계기도 없이 심우장을 찾기는 어려운 일이다. 그래서 내 고개 돌림 속에는 별로 깊지 않은 죄책감도 스며들어 있다.

그렇다고 돌아간 내 고개를 내가 의식할 때, 마음이 불편한 것만은 아니다. 머리는 만해 선생의 시 한 편을 제대로 이해하지 못해도, 몸이 그 대신 작은 정성이라도 바치고 있다는 생각에 흐뭇할 때가 더 많다. 마음이 들떠 있는 날은 그 작은 일을 부풀려 이 땅의 한 역사와 내 몸이 공조하고 있다는 망상에 젖기까지 한다. 고인이 이 땅에 깊은 흔적을 남겼고, 그 흔적이 이제 내 용렬한 마음의 한구석을 조금 높은 자리로 들어올린다고 해야 할 것이다.

모든 시간이 같은 시간은 아니며, 모든 땅이 같은 땅은 아니다. 사람들은 시간을 같은 길이로 쪼개서 달력을 만들지만 어떤 날은 다른 날과 다르고 어떤 시간은 다른 시간과 다르다. 어떤 독재 권력이 추석을 양력 9월 18일로 바꾸고 그날에 차례를 지내라고 강압할 수는 있어도, 이 나라 사람들을 남북으로 이동하게 할 수는 없을 것이다. 추석인 날을 추석 아닌 날과 다르게 하여, 그 많은 사람들을 제 고향으로 달려가게 하는 것은 이 나라 사람들이 이 나라의 시간 속에 쌓아놓은 기억이다. 땅이라고 다를까. 어느 부자가 어느 언덕에 아무리 호화로운 집을 지어놓았다 하더라도 그것이 하루이틀도 아닌 오랜 세월에 걸쳐 내 고개를 나도 모르는 사이에 왼쪽이나 오른쪽으로 돌아가게 할 수는 없다. 비옥한 땅에서건 척박한 땅에서건 사람들이 살고, 꿈꾸고, 고뇌하는 가운데 조금 특별한 일을 실천하려 했던 기억이 한 땅을 다른 땅과 다르게 하고, 내 몸을 나도 모르게 움직이게 한다. 땅이 그 기억을 간직하지 못한다면, 이 나라 사람이 이 땅에서 반만년을 살았다 한들, 한 사람이 이 땅에서 백년을 산다 한들, 단 한순간도 살지 않은 것이나 같다. 이 말은 과장이 아니다.

이제는 다른 세상 사람이 된 소설가 홍성원 선생에게서 들은 말이 있다. 선생은 개항 무렵의 강상江商들에 관한 소설을 쓰려고 경기도와 충청도 지역의 강나루를 답사한 적이 있다. 마지막 강상들과 함께 일했던 사공들이 아직 남아 있을 때였다. 그러나 사공들에게서 기대하던 대답을 얻을 수는 없었다. 강에 댐을 쌓고 하안 공사를 하고 난 후 나루터가 없어지고 나니 거기서 일하던 기억도 사라지고 말았다고 늙은 사공들은 대답했다. 내가 무엇을 하고 살았던가. 선생은 대답 대신 한탄을 들었다.

문학 하는 사람으로서 내가 서울에서 부지불식간에 고개를 돌려야 할 곳은 한두 군데가 아니다. 염상섭이 살던 집과 현진건의 마지막 집필실은 무사한가. 이태준의 수연산방에서는 아직도 차를 팔고 있는가. 문필가들과 마찬가지로 건축가들도 관심을 가졌을 이상의 집터는 지금 누구의 소유일까. 그리고 또, 그리고 또.

바닷가의 갯바위에는 이상한 이끼가 있다. 썰물일 때 뜨거운 햇볕 아래서는 줄기와 뿌리가 죽어 있는 마른풀처럼 보이지만, 밀려온 바닷물에 다시 적시면 순식간에 푸른 풀처럼 살아난다. 지금 서울시는 서울을 디자인하느라고 바쁘다. 그 디자인이 기억의 땅을 백지로 만들고 통속적인 그림을 그려넣는 일이 아니기를 바란다. 마른 기억의 이끼를 싱싱한 풀로 일으켜 세우는 밀물이길 바란다. (2010)

태백
석탄
박물관

　월간 『현대시』가 주관하고 태백시가 후원하는 문학제가 지난 주말 태백에서 열렸다. 나는 그 행사의 일환인 문학 토론회에 발표자로 참석했다. 내가 태백을 찾은 것은 이번이 처음은 아니다. 그 추억은 다른 지면에서도 상세히 이야기한 바 있지만, 나는 대학교 3학년 때, 지금은 태백시가 된 황지의 여인숙에서 하룻밤을 보낸 적이 있다. 벌써 반세기가 다 되어가는 옛날의 일이고 내가 황지에 머문 시간은 하루가 채 안 되지만 그때 내가 보았던 풍경과 느꼈던 감정은 지금도 기억 속에 생생하다.

　아마도 10월 하순경이었을 터인데, 두꺼운 옷도 준비하지 못한 나에게 황지는 서울의 한겨울 못지않게 추웠다. 작고 낮은 집들, 포장이 안 된 도로, 거리는 온통 시커멓게 탄가루를 둘러쓰고 있었고, 마을을 둘러싼 솔밭에서는 길고 날카로운 바람소리가 들렸다. 검은 길바닥에는 여기저기 개숫물이 얼어붙어 있고, 거기 함께 얼어 있는 밥풀을 떼어 먹으려는 듯 역시 탄가루를 둘러쓴 여윈 개들이 안타까운 혀로 검은 얼음을 핥고 있었다. 모든 것이 적막하고 적막한 만큼 아름다웠다. 어둡도록 검은 풍경과 추운 날씨에도 불구하고 하늘은 새파랗고 햇빛은 다른 세상의 햇빛처럼 찬란했다. 나는 춥고 배가 고팠지만 마음은 어느 때보다도 더 고양되어 있었다. 아마도 인간에게 전혀 호의를 내보이지 않는 자연, 날카롭게 날이 선 돌과 바람과 흙에 자기 육체를 직접 부딪치고 사는 그런 삶의 개념을 그 풍경 속에서 얻었기 때문일 것이다.

다시 찾아간 태백시에 옛 황지의 모습은 남아 있지 않았다. 작은 마을은 시가지의 윤곽을 완연히 갖추었고, 화려하지는 않으나 제법 높은 현대식 건물들이 촘촘히 들어서 있었다. 낙동강의 발원지로 알려진 시내 한복판의 작은 못 황지를 기준으로, 내가 하룻밤을 기숙했던 여인숙의 방향을 겨우 가늠할 수 있을 정도였다. 그러나 그 풍경의 편린이라도 내게 다시 보여준 것은 행사 뒤에 방문한 '태백석탄박물관'이었다. 석탄 산업이 퇴조하고 탄광촌이 고원 휴양도시로 바뀌면서, '이 나라 산업 발전의 원동력'이 되어온 그 긍지와 고통이 '관광문화자원'으로 탈바꿈한 것이다.

석탄박물관으로는 동양 최대를 운위해도 좋을 만큼 거대한 이 박물관은 온갖 종류의 광물과 동식물의 화석부터 소개했다. 석탄의 과학, 석탄의 경제, 석탄의 문화, 석탄의 모든 것이 거기 있었다. 석탄과 관련하여 우리가 알아야 할 것이 그렇게 많다는 것은 참으로 놀라운 일이다. 그러나 이 백과사전적 전시는 갑자기 한 편의 드라마로 바뀌었다. 이 화석연료를 캐던 광산의 역사가 전개된 것이다. 조선시대에 베잠방이를 걸치고 괭이와 지게로 석탄을 캐어 나르던 선조 광부들의 그림, 징용을 당해 일본의 광산에서 인간의 삶이 아닌 삶을 살아야 했던 젊은 광부들의 사진과 아직도 이역의 절간에 쌓여 있는 그들의 유골 사진이 벽에 붙어 있고, "탄굴 파서 벌어봐야 햇빛 보면 맥 못 추고 첫날부터 외상술에 퇴직금은 빚잔치"라는 〈탄광 아리랑〉의 노랫말처럼, 지난 시절 희망도 없이 막장에서 육체를 소모하던 광부들의 노동 현장과 생활상이 파라핀 인형으로 재현되어 있었다. 내가 옛날에 보았던 방 하나 부엌 하나 지붕 낮은 판잣집도 거기 있었고, 그 작은 마당에서 땅에 금을 긋고 놀던 아이들도 거기 있었다. 그 거대한 박물관은 우리 역사의 화석이었다. 그 무심한 돌들은 거기에 지긋하게 눈길을 주는 사람을 만나면 그 마음을 타고 물이 되어 흘러나온다. 울고 나오는 영화관은 많지만 울고 나오는 박물관을 다른 데서 찾기는 어려울 것이다.

이 화석의 슬픔에 감히 문화자원이라는 이름을 붙일 수 있는 것은 그나마 이 사회가 발전한 덕분일 것이다. 저 광부들의 고통과 거기 감춰져 있는 작은 희망과 함께 민주 의식이 크게 성장하였고, 인의의 귀중함도 알게 되었다. 과거를 영예롭게도 비열하게도 만드는 것은 언제나 현재다. (2010)

방법과
치성

　인터넷에 한때 '방법'이라는 말이 떠돌아다녔다. 거리에서 행상을 하던 한 할머니가 깔개를 자주 잃어버리자, 다음에 또 이런 일이 벌어지면 '방법을 하겠다'는 말을 서투른 글씨로 써서 내걸었고, 누가 그 글자판을 사진으로 찍어 인터넷에 게시했던 것이다. 젊은이들은 '방법'의 뜻을 알고 싶어했으나, 지금은 별로 쓰지 않는 이 말을 설명해 줄 사람은 별로 없었다. 이 말을 등재한 사전도 보이지 않는다. 비슷한 뜻의 '방술'이라는 말만 올려놓고, 도교에서 행하는 신선의 술법이라는 뜻으로 설명하고 있다. 그러나 나같이 반농반어촌의 미신적 분위기에서 자란 사람에게는 이 말이 매우 친숙하다. 무당이 경을 읽어 축원하거나 방비하는 일을 모두 방법 한다고 했는데, 일상에서는 이 말이 훨씬 광범위하게 쓰였다. 이를테면 생선 가시가 걸린 사람이 목에 그물을 두르는 것도 방법이고, 안질에 걸린 사람이 얼굴을 그리고 그 눈에 바늘을 꽂는 것도 방법이다. 문설주에 액막이 부적을 붙이는 것도 방법이다.

　물론 저 할머니의 경우처럼, 도둑질한 사람의 '손발을 오그라뜨리는 방법' 도 있다. 어렸을 때 들은 이야기가 있다. 새로 산 농기구 한 벌을 잃어버린 사람이 무당을 불러 방법을 했다. 마을 사람들을 불러 쇠스랑을 가운데 두고 경을 읽었더니, 그 쇠스랑이 저절로 솟아올라서 도둑의 엉덩이를 찍었다고 한다. 사실이 아닐 것이다. 돌아가신 내 어머니가 목격했다는 사건은 더 극적이다. 딸의 혼사를 앞둔 집안에서 비단 다섯 필을 사들였는데, 그 가운데 두 필이 없어졌다. 무당을 불러 굿을 했다. 무당이 상 앞에서 노래를 부르고 춤을 추고 사설을 하여, 굿이 절정에 올랐을 때, 그 집 며느리가 대숲에 감춰둔 비단을 머리에 이고 춤을 추며 나왔다. 시어머니가 땅을 치고 통곡을 했다. "굿이나 하지 말 것을. 굿이나 하지 말 것을."

　영검 있는 존재와 교섭하는 일이 이렇듯 저주 어린 방법에 그치는 것은 아니다. 집안에 큰일이 있을 때 할머니들은 새벽녘에 마당으로 나가 샘물 한 그릇을 상 위에 올려놓고 치성을 드렸다. 그 기도를 비손이라고 하는데, 거룩한 존재의 영검을 빌리자는 것보다는 대사를 앞두고 마음을 경건하게 닦는 데 더 목적이 있었다. 그 시간에는 지극히 회의적인 남정네들도 기침 소리까지 조심했다. 내가 한동안 살았던 해안 도시는 7백 미터가 넘는 산이 시가지와 접해 있다. 옛날 서원이 있었다는 계곡은 길고 아름답다. 오십 보 백 보마다 샘이 솟는다. 샘가의 바윗돌에는 타다 남은 초와 촛농이 있다. 아랫마을의 아낙들이 치성을 드린 것이다. 나같이 신령이나 정령을 믿지 않는 사람도 그 앞에서는 마음이 달라져서 샘물을 마시는 일이 조금 조심스러웠다. 내가 강의하던 학과의 여학생 둘이 저녁 무렵에 그 계곡으로 산보를 갔다. 날이 어두워지는데 불량해 보이는 젊은 사내들이 밑에서 올라왔다. 아름다우나 외져서 가끔 나쁜 일이 일어나기도 하는 곳이다. 여학생들은 꾀를 내어 가지고 있던 보자기를 둘러쓰고, 샘가에 남은 초에 불을 붙여 비손을 하는 척했다. 사내들이 부르던 노래를 멈추고 여학생들을 에둘러 지나가더란다. 어느 날은 그 계곡을 찾았더니 바윗돌들이 온통 벌겋다. 샘이 있는 곳마다 붉은 페인트로 십자가가 그려져 있다. 지나가는 등산객의 말로는 근처 기도원의 원장이 사람들을 데리고 와 그 페인트칠을 했다는 것이다. 나는 그 광경을 보고 오랫동안 잊고 있던 낱말이 생각났다. 기도원 사람들이 방법을 했구나!

교회 다니는 사람 몇 사람이 봉은사를 비롯한 여러 절에서 땅 밟기를 했다고 한다. 미얀마의 불교 사원까지 찾아가 그 일을 했다니 용맹하기도 하다. 땅 밟기는 구약에 그 근거가 있다는데, 그것은 방법에 해당할까 치성에 해당할까. 종교가 맞닥뜨려 싸워야 할 것은 다른 종교가 아니라 경건함이 깃들 수 없는, 그것이 아예 무엇인지 모르는 마음이어야 할 것이다. (2010)

또다시
군대
문제

　내가 사병으로 복무할 때 우리 부대의 선임하사는 "군대 생활이 헐렁해져서 요사이 사병들은 군인 정신이 쏙 빠졌다"는 말을 입에 달고 사는 사람이었다. 사병들에게는 한겨울에도 내의를 입히지 않은 채 훈련을 시켜야 한다는 것이었고, 식사 시간을 5분 이상 주어서는 안 된다는 것이었다. 그렇다고 해서 내 기억에 그가 군인 정신이 충만한 사람은 아니었다. 사병들에게 부식으로 나오는 곰보빵을 보따리에 싸서 집에 가져가는 사람이었고, 부대의 연료를 팔아서 나온 돈을 부대장이 나누어주지 않는다고 불평하는 사람이었다.

　'연료를 팔아서 나온 돈'에 대해서는 설명이 필요하다. 통신부대인 우리 부대는 여러 통신소를 거느렸고, 통신소마다 몇 기의 발전기가 있었다. 외부에서 공급하는 전력에 문제가 발생할 때, 그에 대비하기 위해 마련된 발전기였다. 그때만 해도 전력이 안정되어 있을 때라, 정전 사태는 거의 일어나지 않았지만, 이 발전기를 매일 30분씩 시험가동해야 하는 것이 규정이었다. 부대는 발전기를 가동하지 않았다. 발전기 관리일지는 허위로 작성되었고, 연료도 장부상에서만 소비되었다. 그렇게 해서 남은 기름은 비밀리에 처분되었다. 이는 여러 개의 죄목이 복합되어 있는 명백한 범죄행위였지만, 내가 그에 대해 큰소리칠 수 있는 처지는 아니다. 그 연료소모대장을 정리한 사람이 바로 나였기 때문이다. 내부자 고발 같은 것은 꿈도 꿀 수 없었다. 나는 전역 후에도 몸이 불편할 때는 꿈에 연료소모대장을 편 채 앉아 있곤 했으니, 그런 나에게 군인 정신 같은 것을 운위할 일은 아니다.

내 군대 생활을 불행하게 했던 것으로는 기분 내키는 대로 떨어지는 지시사항도 있었다. 겨울날 들이닥친 어떤 검열관은 내무반의 시커먼 석탄난로를 보고 은색 페인트칠을 하라고 지시했다. 일주일 후에 다른 고위 장교가 와서

무식한 짓을 했다며, 은색 페인트를 벗기라고 했다. 흑연을 바르고 돼지비계를 구해 기름칠을 했다. 그해 겨울에 우리 내무반은 난로에 은색 페인트를 두 번 칠하고 흑연을 세 번 발랐다. 그 정도는 사소한 일이었고, 난로는 꿈에 나타나지 않았다. 까라면 까는 것과 복종은 다르다. 나는 하라는 대로 열심히 했지만 마음 깊이 복종한 적은 한 번도 없었다. 군인 정신 같은 것은 없었다. 전역 후 나는 내가 얼마나 비굴한 인간이 되었는지 알아차릴 수 없을 정도로 비굴한 인간이 되어 있었다.

그것은 40년 전의 일이고, 그 후 군대의 복무 환경이 크게 바뀌었다고 들었다. 그러나 여전히 군대 생활이 행복하지 않다는 것은 젊은이들이 입에 거품을 물고 떠들어대는 군대 이야기, 특히 축구 시합 이야기를 들어보면 알 수 있다. 그 이상한 자랑 속에는 자조적 한탄이 교묘하게 숨어 있다. 누구에게 들어도 똑같은 그 군대 이야기는 저 깊은 외상에 대한 자기치료 방식의 하나일 뿐이다. 이 외상과 이 외상을 입힌 사람들의 은밀한 죄의식은 생각이 될 수 없는 생각을 생각처럼 만들어버린다는 데에 또하나의 사회적인 문제가 있다.

나는 안상수 의원이 연평도에서 보온병과 포탄을 혼동한 것이 그렇게 크게 조롱을 받아야 할 실수라고는 생각하지 않는다. 그 많은 포탄의 종류와 그 모양새를 속속들이 알고 있는 사람은 드물다. 문제는 안 의원이 어떤 연유에서인지 군대를 가지 않았다는 것이고, 어쩌면 군대를 가지 않았기 때문에 그 높은 자리에 남보다 먼저 올라갈 수 있었으리라고 생각하는 사람들이 적지 않다는 것이다. 그는 군대에 가지 않았지만 이 점에서는 그도 역시 군대 문제의 희생자이다.

단축된 복무연한을 되돌린다는 생각은 북한과의 관계를 제대로 관리하지 못한 결과를 가장 만만한 사병들의 책임으로 돌린다는 점에서 역시 생각이 될 수 없는 생각이다. 가산점 제도를 되살린다는 생각은 더욱 심각하다. 군인으로 복무하는 젊은이는 수십만인데, 그 혜택을 받는 것은 한 해에 삼사백 명을 넘지 못할 터이니 그 혜택을 사병들이 체감할 수 있는 수준은 아니다. 반면에 여성들이 공직에 들어갈 수 있는 길을 막아버린다는 나쁜 효과는 확실하다. 이 제안이 깊은 생각 없이 만들어졌다는 것을 짐작하기 위해서는 "여성들도 군인의 어머니이고 장모이니 반대하지 않을 것"이라고 했다는 어떤 당국자의 말로도 충분하다. 그는 여성들이 딸들의 어머니이고 며느리들의 시어머니라는 생각은 왜 하지 않았을까.

　민족의 화해가 크게 진전을 이루기 전까지는 이 나라의 젊고 건전한 남자들이 상당 기간 군인으로 복무하는 것이 당연한 일이기도 한데, 한국의 모든 남자들이 군대 외상으로 시달리지 않기 위해서는 그 복무가 행복해야 할 것이다. 그 행복은 가산점 같은 면피 수준의 제도로 이루어지는 것이 아니라, 조국에 긍지를 느끼고 복무 기간을 자기 발전의 기회로도 삼을 수 있는 환경에서 비롯된다. (2010)

승리의
서사

젊었을 때 중국 무협소설을 키 높이로 쌓아놓고 읽은 적이 있는데, 연전에는 미국 드라마를 보느라고 여러 밤을 지새웠다. 미국은 나라가 커서 좋겠다! 5백 기가 외장 하드에 가득 찬 드라마를 다 보고 나서 내가 지른 탄성이 이것이다. 드라마에 투입된 막대한 물량에만 감탄한 것은 아니다. 복잡하기 그지없는 줄거리, 이중 삼중으로 얽혀 있는 음모, 가까운 거리 먼 거리에서 숨 돌릴 사이도 없이 연이어서, 또는 동시에 일어나는 사건들, 거대하고 층층으로 연결된 재난과 그 안에서 엇갈리는 개인의 운명들, 이런 모든 것을 한국 사회에 옮겨놓을 수도 없지만, 옮겨놓더라도 설득력을 얻기 어렵다. 상상하기 어려운 것을 상상하기 위해서도, 그것을 관객 앞에 내놓기 위해서도, 어떤 사건이건 예상하고 받아들일 수 있는 물적 토대가 우선 필요할 것 같다. 중국 무협 드라마도 그렇다. 그 황당한 이야기를 볼만한 것으로 만드는 것은 언제까지나 측량이 끝나지 않을 것 같은 그 대륙이다. 누가 어디 사는지 모르는 땅에만 날아다니는 사람도 하나쯤 숨을 자리가 있다.

그러나 한국의 영화나 드라마가 재미없다거나 볼만하지 않다는 이야기는 전혀 아니다. 아내와 딸아이가 드라마를 보고 있으면, 한심하다 싶어 혀를 차다가도 금방 화면에 눈길을 빼앗길뿐더러, 먼저 눈물을 흘려 체면을 구길 때가 여러 번이다. 전해들은 말이지만, 우리말도 모르는 어느 독일 아주머니가 한국 드라마에 빠져서 석 달 체류 기간 내내 하루도 빠지지 않고 텔레비전 앞에 앉아 있었다고 한다. 우리 드라마는 연기자의 연기도, 연출가의 안목도, 촬영기사의 시선도 지극히 세련된 덕분에 어느 장면이나 빼놓을 것 없이 훌륭하다. 그러나 그 전체를 보면 늘 그 이야기가 그 이야기여서 아무리 희미한 빛이라도 이 막막한 삶을 조명해줄 만한 빛을 만난 적은 거의 없다. 전투에서 이기고 전쟁에는 지는 형국이 우리의 서사에도 있다고 해야 할까.

　내가 생각하는 바의 좋은 서사는 승리의 서사이다. 세상을 턱없이 낙관하자는 말은 물론 아니다. 우리의 삶에서 행복과 불행은 늘 균형이 맞지 않는다. 유쾌한 일이 하나면 답답한 일이 아홉이고, 승리가 하나면 패배가 아홉이다. 그래서 유쾌한 승리에만 눈을 돌리자는 이야기는 더욱 아니다. 어떤 승리도 패배의 순간과 연결되어 있는 것이 사실이고, 그 역도 사실이다. 우리의 드라마가 증명하듯 작은 승리 속에 큰 것의 패배가 숨어 있는 것과 마찬가지로 큰 승리의 약속이 없는 작은 패배는 없다.

　드라마에 고종 황제가 얼굴을 한 번 비추면 시청률이 몇 프로씩 떨어진다는 기사를 읽은 적이 있다. 당연한 일이다. 아무리 발버둥을 쳐도 국권은 빼앗기게 되어 있고 나라가 망하게 되어 있는 것이 결국 한말의 이야기다. 막다른 골목을 누가 알고서야 가려고 하겠으며, 입구가 닫힐 항아리 속에 누가 알고서야 들어가려 하겠는가. 그런데 나는 최근에 한말의 번역 활동을 정리한 논문을 읽으면서, 그 시절에 이 나라를 뜨겁게 달구었던 지적 열기에 놀랐다.

사람들은 한 조각의 글에서도 새 세상을 보려고 애썼고, 제가 읽은 것이 한줌의 절미로 바뀌어 나라를 구하는 데 도움이 되기를 바랐다. 나라가 망했다고 그 열기가 헛된 것은 아니다. 그것은 온갖 수단으로 독립운동을 하던 사람들의 열정으로 이어졌고, 광복 후에는 민주적인 문화와 사회를 건설하려는 노력의 토대가 되었다. 열정의 시간 속에서 막다른 골목은 멀리 흐르는 강이 되었다.

그러나 그 강의 물줄기가 되는 것은 결국 우리들이다. 막힌 것이 뚫린 것이 되고, 패배가 승리로 바뀌는 지점이 시간 속에 있다고 믿는다면, 시간이 곧 대륙이라고 믿는다면, 가령 봉준호 감독의 〈마더〉를 보며, 그 불행한 어머니의 막막한 열정과 그 이기적인 광기에서까지 내 승리의 불빛을 본다고 해서 두려울 것이 없겠다. (2011)

체벌
없는
교실

  한 학생이 연필 한 자루를 도둑맞았다. 교사는 교실의 문을 닫아걸고 학생들에게 책상 위에 올라가 무릎을 꿇고 앉으라고 했다. 모두 눈을 감으라고 했다. 연필을 훔쳐간 학생은 손을 들라고 했다. 손을 들면 벌써 자신의 잘못을 반성한 것이니, 연필만 돌려받고 일체의 죄를 묻지 않겠다고 부드럽고 엄숙하게 말했다. 시간이 무겁게 흘러갔으나 손을 드는 학생은 없었다. 굳어지는 어깨라도 잘못 움직였다간 도둑으로 몰릴까봐 몸을 떠는 소심한 아이도 있었다. 교사는 마침내 반장을 불러내서 둘이 함께 학생들의 소지품을 검사했다. 바닷가의 가난한 마을에 사는 한 아이의 책 보따리에서 그 연필이 나왔다. 선생은 비의 자루를 뽑아들고 그 아이를 마구 때리기 시작했다. 학생은 책상 사이로 기어서 몸을 피했으나 매는 등허리와 어깨에 사정없이 떨어졌다. 아이가 두 손을 비비며 소리질렀다. "미역 갖다줄게, 때리지 마세요. 김 갖다줄게, 때리지 마세요." 선생은 몽둥이를 버리고 밖으로 나가 학교 시간이 파할 때까지 돌아오지 않았다. 교무실에 다녀온 반장이 집에 돌아가도 된다고 말했다. 이 사건은 내가 초등학교 4학년일 때, 우리 반 교실에서 일어났던 일이다. 가난했던 시절이다.

몇 년 전 초등학교 동기 모임에서 친구들이 모여 옛 추억을 꿰맞추는데 서로 간에 기억이 같지 않았다. 그러나 이 끔찍한 사건에 대해서는 모두 그 세부까지 기억하고 있었다. 너나없이 그 사건에서 받은 충격과 상처가 그렇게 컸던 것이다. '미역'과 '김'에 관해서도 이야기를 나누었다. 매를 맞던 동무에게 선생은 산림감시반원이나 밀주단속을 나온 세무서원과 다르지 않았을 것이며, 온갖 핑계로 돈을 뜯어가던 주재소의 경찰처럼 달래야 할 사람이지 존경해야 할 사람이 아니었을 것이다. 그래서 자신에게 떨어진 매가 자신의 소행 탓이 아니라 알맞은 방법으로 권력자의 환심을 사지 못했기 때문이라고 생각했을 것이 틀림없다.

교육 현장에서 체벌을 금지하라는 곽노현 서울시 교육 감의 지시가 떨어진 후 그에 관한 찬반의 논의가 계속되고 있다. 위의 이야기가 이 논의를 위한 적절한 예가 될 수 없다는 점은 나도 물론 알고 있다. 그것은 한 교사의 체벌 사건이라기보다는 극심한 가난 속에서 한 아이가 벌인 생존 투쟁의 참극이었다고 말하는 편이 더 나을지 모르겠다. 그렇더라도 그날의 교실이 우리가 살아야 할 세상의 한 면을 미리 보여주었다는 점에서는 여전히 교육의 문제가 거기 숨어 있다. 우리는 어린 마음에도 우리가 살아야 할 세상이 결코 행복할 수 없을 것이라고 생각했다. 지금 이 자리에서 나를 포함한 내 동기들의 삶을 놓고 그 행불행을 판단하기는 어렵지만, 우리가 오랫동안 '우리는 안 돼'라는 식의 패배주의를 안고 살아온 것은 사실이다.

체벌 없는 교실을 만든다는 것은 쉬운 일이 아니다. 몇 달 전에도 한 중학교 교사와 체벌 금지에 관해 의견을 나누었다. 실력과 인품과 열정을 두루 갖춘 젊은 교사다. 노력하겠지만 성공할 자신이 없다고 그는 말했다. 중고등학생들의 사회는 '동물의 세계'라고도 했다. 그의 말을 이해하지 못할 한국 사람은 아마 없을 것이다. 그러나 바로 그 때문에 체벌에 의지하는 교육을 문제삼아야 하는 것이 아닐까. 난폭한 아이들에게 먼저 가르쳐야 할 것은 폭력에 의지하지 않고 살아야 할 삶이 아니고 무엇이겠는가. 내 초등학교 시절의 교실이 우리 동기들의 자아관에 심대한 영향을 끼쳤듯이, 지금의 교실도 학생들이 앞으로 살게 될 세상의 그림이 아닐 것인가.

학생들에게 언제까지나 폭력은 폭력으로 다스릴 수밖에 없다거나, 맞지 않고는 사람다운 사람이 될 수 없다는 생각을 심어줄 수는 없는 일이다. 남들이 벌써 하는 일을 우리만 불가능하다고 처음부터 패배주의에 젖어 있을 이유는 없다. 우리 사회의 지성을 총동원하여 체벌 없는 교실을 상상해내야 할 시간은 바로 지금이다. (2011)

두
국사
선생

정부와 여당이 국사 교육을 강화하겠다고 한다. 돌이켜 보면 국사 교육을 폐지하다시피 한 것이 이 정부와 여당 인데, 그사이에 무슨 바람이 어떻게 불었는지 알 길이 없 다. 이제나 그제나 국사 교육과 관련하여 이런 소동을 겪 으면서 나는 내가 만난 국사 선생들 가운데 두 사람을 떠 올리게 된다. 중요하지도 않고 유명한 사람들도 아니지 만, 우리의 국사관 속에 여전히 한자리를 차지하고 있는 두 가지 극단적인 이데올로기를 그들이 우의한다고 여겨 지기 때문이다.

한 사람은 내 고등학교 시절의 국사 선생이다. 말과 행동 이 빨라 제트기라는 별명이 붙었던 이 선생은 젊고 의기 높 은 민족주의자였다. 그는 신라의 삼국통일을 매우 안타깝게 생각했으며, 그 통일이 고구려에 의해 이루어졌으면 만주 대륙이 우리의 영토가 되었을 것이라고 단언했다. 선생의 말은 어린 학생이었던 내 피를 끓게 했지만, 한 가지 의문을 떨쳐버릴 수 없었다.

그 당시 당나라가 한반도와 만주를 모두 병합하여 그 상태가 지속되었더라면 중국 대륙이 모두 우리나라가 아닐 것인가. 우리는 중국인이 되어 있을 것이며, 이 땅의 사람들이 모두 중국어를 사용할 것이다. 중국 대륙이 모두 우리나라라는 생각은 솔깃했지만, 내가 중국인이 되는 것은 싫었다. 그 가상의 나라는 '우리나라'가 아닐 것이다. 그러나 고구려가 삼국을 통일하여 한반도와 만주에 걸치는 거대한 나라를 건설했다 하더라도 그것을 우리나라라고 할수 있을까. 풍속과 문화가 지금과 같지 않을 것이며, 따라서 언어도 다를 것이다. 내가 좋아했던 소월의 시는 없을 것이다. 아니, 사람살이 형편이 달라지고 서로 사귀는 범위가 달라졌을 것이니, 내가 태어나지 않은 것은 말할 것도 없고, 소월이라는 재능도 태어나지 않았을 것이다. 고구려의 힘으로 이 땅에 지금보다 더 부강하고 살기 좋은 나라가 이룩되어, 거기서 수많은 다른 재능이 태어났다 하더라도, 그 나라가 '내' 나라일 수는 없는 것이 확실했다. 고구려가 건설했을 큰 나라를 그리워한다는 것은 내가 한국인이 아니라 미국인이기를 바란다는 생각과 무엇이 다를까. "역사는 가정을 허용하지 않는다"는 말을 그때는 알지 못했지만, 이 나라의 역사가 어떤 역사이건 이 역사를 있는 그대로 사랑해야 한다는 생각은 그때에도 할 수 있었다.

근년에 만난 국사 선생은 사실 국사 선생으로 짐작되는 사람이다. 국립박물관의 고려청자 전시실에서 시간을 보내고 있는데, 한 무리의 중학생과 인솔 교사가 들어왔다. 그때 나는 놀라운 말을 들었다. "이 도자기들은 고려의 도공들이 억압 속에서 노예적으로 만든 것이기 때문에 아무 가치가 없으며, 차라리 증오해야 할 물건들"이라고 그 젊은 교사가 학생들에게 단언했던 것이다.

도공들이 뼈저린 고통 속에 살았다는 것은 어김없는 사실이다. 그들의 신분은 비천했으며 그들의 작업은 사회적으로나 경제적으로 정당한 대접을 받지 못했다. 그들은 제 손목을 자르기도 했다. 그러나 문제는 그렇게 단순한 것이 아니다. 비록 노예라고 하더라도, 한 사람이 이룩한 작업의 가치를 그 생산제도의 성격으로만 따질 수 있을까. 도공들이 그 아름다운 그릇들을 억압과 고통 속에서, 원한과 분노 속에서 만들었지만, 도공들은 또한 그 도자기를 통해 자기 재능을 실현하고, 자기가 살고 싶은 세계에 대해 그 나름의 개념을 얻기도 했을 것이다. 그 소망이 없었다면 도공들은 그 아름다움을 어디서 끌어왔겠는가. 그리고 그 소망은 우리의 소망이 아닐 것인가. 교사는 도공들의 편에 서서 말한 것이 아니라 도공들을 모욕한 것이다.

역사는 과거와 나누는 대화라고 흔히 말한다. 유령의 역사와 이야기를 나눌 수는 없다. 우리 시대의 편협한 주관성으로 역사의 입을 틀어막고도 대화를 할 수는 없다. 그러나 더욱 위험한 것은 이번 국사 교육 번복 소동에서 보듯이, 역사의 입을 막았다 열었다 하며 그 눈치를 보는 사람들의 이상한 대화법이다. (2011)

죽은
시인의
사회

　'죽은 시인'이라는 말이 특별한 뜻으로 쓰이게 된 것은 어제오늘의 일이 아니다. 현대 비평의 아버지로 알려진 생트뵈브를 두고 그를 폄하하려던 사람들이 이 말을 사용하였던 것이 19세기 중엽의 일이다. 그때 이 말은 한 문인이 이론에 경도하고 남을 헐뜯기에 바쁜 나머지 타고난 시인의 자질을 죽이고 말았다는 뜻을 담고 있다. 그러나 생트뵈브는 비평가일 뿐만 아니라 시인이었다. 자본주의와 산업화의 길로 들어선 근대도시의 불행한 일상생활을 냉철하게 들여다보려 했던 그의 시는 대중적인 성공을 거두지는 못했지만, 현대 시의 성립에 결정적인 영향을 입혔다.

　피터 위어 감독의 영화 〈죽은 시인의 사회〉에서도 방향은 다르나 거의 같은 뜻으로 이 말이 쓰인다. 입시 교육 내지 출세 교육에 파묻힌 학교에서 자신들의 창조적 열정과 자질이 죽어가고 있다고 생각하는 학생들이 모여 '죽은 시인 클럽'을 조직한다. 영화의 주인공 가운데 한 사람인 닐 학생은 그가 바라는 연극배우가 될 수는 없어도 그 열정만은 간직하고 싶어 권총 자살을 감행한다. 비유적인 의미에서 죽어가던 시인은 그렇게 실제로 죽은 시인이 된다. 그러나 비유적 죽음보다 실제적 죽음이 먼저 찾아온 경우에 비교한다면 닐 학생의 불행은 차라리 호강이라고 해야 할지 모르겠다.

우리 시대에 문화 창조의 본거지에서 일하다가 가난과 병고에 시달려 세상을 떠난 경우는 독립영화 감독이었던 최고은씨가 처음은 아니다. 진이정 시인이 유명을 달리한 것은 지난 1993년의 일이다. 그는 출판사에서 편집중이던 자신의 첫 시집이 출간되는 것을 보지 못한 채 눈을 감았다. 폐결핵 말기 환자였던 시인은 변변하게 식사도 하지 못한 것으로 알려져 있다. 인문학에 대한 지식이 두터웠고, 말을 다루는 재간이 출중했던 이 사람이 생전에 편집자들이나 비평가들의 눈에 쉽게 띄지 않았던 것은 그의 완벽주의에도 원인이 있었다. 그의 이름과 작품은 널리 알려지지 않았지만, 문학 전선의 제1선 기지에서는 그의 시를 숙독하지 않는 사람이 없다. 그의 유작 「거꾸로 선 꿈을 위하여」 연작이나 「아트만의 나날들」 「엘 살롱 드 멕시코」 같은 뛰어난 시편들은 그렇게 2000년대에 젊은 시인들이 벌인 새로운 서정시 운동의 밑거름이 되었다.

한국이 시와 담을 쌓고 사는 나라는 아니다. 사실은 시가 넘쳐난다. 시인이라는 직함을 가진 사람이 많고, 시집이 그나마 많이 팔리는 나라가 이 나라라는 사실만을 두고 하는 말이 아니다. 대중가요에 시가 들어 있는 것은 당연한 일이지만, TV드라마의 '톡톡 튀는 대사'의 연원을 우리 시대의 시에서 찾아내는 일은 어렵지 않으며, 광고도 시가 창출한 이미지에 기대고 시를 통해 새롭게 힘을 얻은 말들을 이용한다. 몇백만의 관객을 불러들이는 영화도 시와 소설이 개발한 감수성 없이는 만들어질 수 없다. 실제로 최근에 크게 인기를 누리고 끝난 TV드라마에서 어쩌다 소개된 몇 권의 시집은 때아닌 호황을 누렸다. 공기처럼 누리던 시의 원산지가 어디였는지를 갑자기 깨달은 사람이 적지 않았던 것이다.

 우리 사회에서 시는 대량으로 소비되지만 그 원산지에서 일하는 시인들의 삶은 여전히 고단하다. 진이정의 경우처럼 특별히 독창성이 있는 작업, 그래서 미래의 생산성을 크게 기약할 수 있는 작업에 몰두하는 시인일수록 그 고단함이 더하다. 이 점은 시의 유통경로가 복잡하기 때문이기도 하겠지만, 그 사태를 파악해야 할 사람들이 눈을 감고 있기 때문이기도 하다. 근년에 들어서는 문학 단체에 지원하는 공적 자금까지도 상식을 가진 사람으로서는 생각할 수도 없는 조건을 붙이고 있다. 하기야 저항의 문학을 말하는 사람들에게 다른 정부도 아닌 이 정부가 돈을 주고 싶지는 않을 것이다. 그러나 이 저항 없이는 한국 사회를 꿈에 부풀게 했던 한류 같은 것도 없다. 공짜 점심이 없다는 말은 이 경우에나 써야 할 말이다. (2011)

〈고향의 봄〉
앞에서

　동요 〈고향의 봄〉의 첫 소절은 '나의 살던 고향'이다. 쓰기는 그렇게 쓰고 노래로는 '나에 살던 고향'이라고 부른다. 민족어의 순수성을 염려하는 사람들은 '나의 살던'을 '내가 살던'으로 바꾸어야 한다고 말하지만, 두 말이 완전히 같은 것은 아니다. '나의 살던' 또는 '나에 살던 고향'은 '내 경우 고향에 대해 말한다면'으로 들려 '내가 살던 고향'보다 더 겸손한 맛이 있다.

　올해는 이원수 선생의 탄생 백 주년이 되는 해이다. 선생이 초등학생이던 열네 살에 노랫말을 썼던 〈고향의 봄〉은 한때 국민 애창곡의 하나이기도 하였지만 선생의 친일 전력이 알려지면서 그 빛을 많이 잃었다. 우리에게는 국민 모두에게 깊은 사랑을 받았으나 그 작사자나 작곡자의 정치적 이력 때문에 이와 비슷한 운명을 가진 노래들이 많다. 노래를 떠나서 문학 일반으로 넘어가면 그 사정이 더욱 심각하다. 작가회의와 민족연구소 등이 가려낸 42인의 친일 작가 외에도 친일 혐의에서 완전히 자유롭지 못한 작가들이 적지 않다. 우리말로 된 문화유산이 특별히 많다고 할 수도 없는 처지에서 그들의 작품을 떳떳하게 누릴 수 없는 사정은 안타깝다. 친일 작가 명단을 작성한 단체들이 그 작품 목록을 공개할 때 "제 아비를 고발하는 심정"을 말하며 "모국어를 위한 참회"의 형식을 취했던 것도 바로 이 안타까움 때문이었다.

그러나 어떤 사정으로도 진실을 덮어 가릴 수는 없을 것이다. 문학이 인간 의식의 맨 밑바닥까지 진실을 추구하는 작업임을 염두에 둔다면, 진실 가리기는 문학을 욕되게 하는 일이 되고, 그 작가들을 영원히 허위 속에 가둬놓는 일이 된다. 어떤 비평가는 작가의 윤리와 작품의 윤리를 구별해야 한다면서, 프랑스의 소설가 발자크는 윤리적으로 순결한 사람이 아니었지만 그가 훌륭한 작품을 썼기에 훌륭한 작가로 인정된다는 점을 예로 들었다. 이 예는 적절치 않다. 발자크는 자기 안에서 들끓는 자본주의적 욕망을 자기 시대 비판의 창조적 열망으로 바꿀 수 있었기에 훌륭한 작가로 성장하였다. 반면에 친일 작가들의 친일 행위는 그들이 애초에 지녔던 창조적 열망까지도 메마르게 만들었다.

친일 작가들이 모두 적극적으로 친일 행위를 한 것은 아니었으며, 전쟁에 광분하는 일제의 억압에 쫓겨, 작가들 간에 품앗이를 하듯 친일 작품을 몇 편씩 쓴 사람들이 있었다는 말은 아마도 사실과 부합할 것이다. 일례로 이화여전의 교수였던 김상용 시인은 시대의 칼날을 피하기 위해 학교를 그만두고 꽃집을 차렸으나 일제의 등쌀을 끝내 못 이겨 친일 수필 몇 편을 써야 했다. 이런 사정은 작가들의 친일 행위가 개인의 윤리적 과오이기도 하지만, 민족 수난사의 일부였다고 생각하게도 한다. 우리 시대의 작가들이 아버지 세대의 친일 행위를 자신들의 일로 참회하는 것도 실상은 나약한 개인들이 떠맡게 된 짐을 역사의 짐으로 여겨 함께 나눠 지자는 데 목적이 있다. 그 일은 물론 쉽지 않다.

여러 해 전에, 우리가 미국을 거들어 베트남전쟁에 끼어들었던 일을 사과하기 위해 한국작가회의가 베트남 작가들을 찾아간 적이 있는데, 나도 그 방문단의 일원으로 참가했다. 베트남 작가들은 우리의 방문을 고마워하면서도 크게 감동하는 것 같지는 않았다. 말은 하지 않았지만, 자기들이 승리한 전쟁인데 새삼스럽게 사과는 무슨 사과냐고 묻는 듯한 기색이었다. 우리에게도 이 승리가 필요하다. 우리가 친일의 상처에서 해방되려면 우리의 역사를 승리의 역사로 이끌어야 한다.

분단된 민족이 우애를 되찾고, 자유와 평등의 가치가 더욱 높게 받들어져, 사회의 민주적 토대가 굳건해지면, 어떤 나쁜 기억도 우리를 뒤흔들 수는 없을 것이다. 앞 세대 작가들의 의미 있는 작품들을 우리가 떳떳하게 누리는 일은 그들을 미화하고 그 과오를 숨기는 일로 이루어지지 않는다. 우리가 벌써 튼튼하다면 과거의 상처가 우리를 어찌 얽매겠는가. 숙제는 우리 앞에 있다. (2011)

봄날은
간다

 가수 백설희씨가 〈봄날은 간다〉를 부른 것이 1954년이라니 내가 초등학교 2학년일 때의 일이지만, 그 노래와 관련된 어린 날의 기억은 없다. 〈이별의 부산정거장〉에서부터 〈아리조나 카우보이〉까지 대중가요라면 모르는 것이 없던 중고등학교 시절의 친구들도 이 노래를 부르지는 않았다. 성장기의 거친 남학생들에게는 백설희씨의 청아하면서도 흐느끼는 듯한 음조를 흉내내는 일이 쉽지 않을뿐더러, 노래가 전하려는 사랑을 잃은 여자의 속절없는 마음도 그 나이에 이해될 수 있는 것이 아니었다. 그러나 나이 30이 넘어서 주변의 어느 사람이 이 노래로 청승을 떨었을 때 내가 그 곡조와 가사를 모두 기억하고 있었던 것을 보면, 그 노래를 알게 모르게 자주 들어왔던 것이 틀림없다.

이 노래는 최백호씨도 부르고, 한영애씨도 불렀다. 최 씨의 노래는 그 사람의 노래가 항상 그렇듯이 착실하고 진지해서 비애감을 의무처럼 떠맡기고, 한 씨의 노래는 그 나른한 권태감으로 사람의 속을 이상하게 긁는다. 그런데도 나는 이 노래를 들을 때마다 마음이 조금 불편했다. "꽃이 피면 같이 웃고 꽃이 지면 같이 울던 알뜰한 그 맹세"라는 말이 도무지 확연하게 이해되지 않았기 때문이다. '울던 맹세'가 아니라 '울자던 맹세'라고 해야 말이 되지 않을까. 음절의 수가 하나 더 많은 게 문제라면, '울자던'을 '울잔'으로 바꾸면 그만일 터이다. 그래서 나는 누가 가까이에서 이 노래를 부르면 그 사람을 돌려세우고 '울던'을 '울잔'으로 고쳐 불러야 한다고 말하고 싶은 심정이었다. 어구 하나에 목을 매다는 것이 내 직업의 특성이라고 하더라도, 직업병이 자못 심각하다고 하지 않을 수 없었다.

이 노래에 관하여, 내가 그 직업적 강박증에서 벗어난 것은 아마도 젊은 가수 김윤아씨의 〈봄날은 간다〉를 들으면서였던 것 같다. 노래가 "바람에 머물 수 없던 아름다운 사람들"이라고 말할 때, 저 거짓 맹세는 이제 지킬 수는 없어도 잊어버리지 않아야 할 약속이 된다. 이 새로운 약속 앞에서라면 '울자던'이나 '울던'이 더이상 문제 될 수 없다. 이 노래를 엔딩 타이틀의 배경음악으로 삼은 영화, 영화평론가 듀나씨의 말을 빌리자면 〈봄날은 간다〉라는 노래 제목을 "징그러울 정도로 지적으로" 끌어다 붙인 허진호 감독의 영화 〈봄날은 간다〉도 물론 한몫을 거들었다. 이 영화의 주인공인 순결한 청년은 "가만히 눈감으면 잡힐 것 같은" 것들이 항상 잡히는 것이 아님을 안다. 아무리 아름답고 거룩하게 여겨야 할 것이라도, 그 아름다움과 거룩함이 이 세상에서의 그 실현을 곧바로 보장해주는 힘이 되는 것은 아니다.

　이런 이야기를 하다보면 늘 성장통이란 말을 끄집어내게 된다. 그런데 합당한 말인가. 그 말이 비록 긍정적이고 미래지향적인 내용을 가득 안고 있다 하더라도, 젊은 날의 고뇌와 고투를 그 미숙함의 탓으로 돌려버리게 하기에도 십상이다. 젊은 날의 삶은 다른 삶을 준비하기 위한 삶이기만 한 것이 아니라, 그 자체를 위한 삶이기도 하며, 어쩌면 가장 아름다운 삶이 거기 있기도 하다. 내가 4·19와 5·18의 중간 어름에서 이 글을 쓰고 있기에도 하는 말이지만, 경무대 앞에서 그 많은 학생들이 무얼 몰라서 총 맞아 죽은 것이 아니며, 거대한 폭력에 에워싸인 광주의 젊은이들이 그 마지막 밤에 세상을 만만하게 보아서 도청을 사수하려 했던 것도 아니다.

허진호 감독의 〈봄날은 간다〉는 잘 만들어진 실패담이다. 성장통과 실패담은 다르다. 두 번 다시 저지르지 말아야 할 일이 있고, 늘 다시 시작해야 할 일이 있다. 어떤 아름답고 거룩한 일에 제힘을 다 바쳐 실패한 사람은 다른 사람이 그 일에 뛰어드는 것을 만류하지 않는다. 그 실패담이 제 능력을 극한까지 발휘하였다는 승리의 서사이기도 하기 때문이다. 봄날은 허망하게 가지 않는다. "바람에 머물 수 없던" 아름다운 것들은 조금 늦어지더라도 반드시 찾아오라고 말하면서 간다. (2011)

김기덕
감독의
한

　나는 김기덕 감독의 영화를 1996년의 〈악어〉부터 2008년의 〈비몽〉까지 거의 모두 보았지만, 고백하건대 영화관을 찾아가 관람권을 사서 본 경우는 한 번도 없다. 두세 편의 영화는 비디오테이프를 빌려다 보았고, 나머지는 모두 인터넷의 이런저런 사이트에서 불법인지 합법인지를 따져보지 않은 채 파일을 내려받아서 보았다. 내가 그 영화들의 흥행에 도움을 주지 못한 것은 늘 생각만 앞서고 실행이 따르지 못하는 성격 탓이 크지만, 그럴싸한 변명이 없는 것은 아니다. 김 감독의 영화를 보려면 특별한 마음의 준비가 필요한데, 내가 준비를 끝낼 때까지 영화관이 기다려주지 않았다고 말할 수도 있다.

　사실 나는 김 감독의 마니아가 아니다. 내가 그의 영화를 보고 길지 않은 메모라도 남겨놓은 경우는 〈수취인불명〉과 〈빈집〉을 보았을 때뿐이었던 것 같다. 그렇더라도 내가 김 감독의 영화를 뒤늦게라도 빠짐없이 보려고 애썼던 데는 몇 가지 이유가 있다. 한국 사회에서 변변치 못한 학력으로 제일급의 영화감독이 되었다는 사실만으로도 그는 존경해야 할 사람이었으며, 이런 경우에 늘 빠지기 쉬운 함정을 그가 거의 모두 뛰어넘었다는 생각을 하게 되면 존경하는 마음이 더욱 커졌다. 우리 시대의 한 사람이 저 자신의 야만성을 다 끄집어내어 우리가 눈감은 채 떠받들고 있는 이 삶의 밑바닥을 휘저어 고발하려 하는데, 그 처절한 분투를 모른 체하며 최소한의 행동도 취하지 않는다는 것은 범죄행위와 다르지 않다는 생각도 없지 않았다. 어쩌면 그것은 나와 같은 한국 사람이 잔인한 이야기를 만들어내고 그것을 구체적으로 보여줄 수 있는 한계가 어디까지인지를 부담스러워하면서도 알아보자는 속셈과 다른 것이 아닐지도 모르겠다.

그러나 문제는 잔인함이 아니라 그것을 생각해내고 설득력 있는 영상으로 옮겨놓을 수 있는 상상력의 튼튼함일 것이다. 잔인성이건 다른 것이건 간에, 우리 안에 자신의 것으로 인정하기 어려운 어떤 괴물이 웅크리고 있는 것이 사실이라면, 그것을 끌어내어 보여줄 수 있는 능력이 바로 주체의 역량이기도 하다. 김기덕 감독은 튼튼한 상상력을 지녔으며, 그 괴물을 외면하려는 비겁한 마음들과의 싸움에서도 우리 시대에 가장 높은 투지를 보여주었다. 그래서 우리의 문화적 상상력이 그에게 진 빚이 적지 않다. 그가 찍은 열다섯 편의 영화가 그때마다 화제를 불러 모으면서도 흥행에서는 모두 실패했기에 그는 희생자인 것이 분명하다.

최근에 김기덕 감독이 스스로 연출하고 연기자가 되어 찍은 영화 〈아리랑〉이 칸 영화제에서 '주목할 만한 시선' 부문으로 상영되었다고 한다. 들리는 말로는 김 감독이 이 영화에서 자기 자신을 주제로 삼아 자신에게 질문하는 사람으로, 그 질문에 대답하는 사람으로, 그것을 지켜보는 사람으로 여러 역할을 도맡고 있다고 한다. 그에게 이 영화는 복수였으며, 자기치료의 과정이었다고도 한다. 영화의 끝에서 목놓아 우리 민요 아리랑을 불렀다고도 한다.

복수라고 한다면 그것은 그에게 빚지고도 갚지 않는 사람들, 빚을 진지도 모르는 사람들에게 그 빚을 상기시키는 일이겠지만, 자기치료란 무엇일까.

그가 아리랑으로 희생자의 한을 표현하려 하였다면 그 한은 김 감독 개인의 한이 아닐 것이다. 우리는 지난 한 세기 동안 많은 빚을 졌다. 나라를 되찾아 민주화의 터전을 만들고, 주눅든 정신을 들어올리기 위해 몸과 마음을 다 바치고도 잊혀져버린 사람들이 많다. 김 감독은 자신이 받아야 할 빚을 우리가 치러야 할 저 큰 빚에 연결할 수 있었기에, 그 기이한 영화가 자기치료의 과정이라고 말할 수 있었으리라. (2011)

스위스
은행의
전설

안양에 볼일이 있어 1호선 신창행 전철을 탄다는 것이 인천행 전철을 탔다. 창밖을 내다보니 오류역이다. 서둘러 구로역으로 되돌아와 신창행을 기다리는데 서동탄행이 온다. 안양을 거쳐가는지 알 수 없다. 학생들에게 물어도 모른단다. 그때 감색 바지와 흰색 노타이 차림에 반듯하게 가르마를 탄 노인이 이 차를 타면 된다고 거듭 말하며 전철로 들어간다. 나도 따라 들어가 그 옆에 앉았다.

만나기로 한 사람에게 조금 늦겠다고 문자를 보내는데, 노인이 말을 걸어왔다. "한국에서 스위스가 먼가요?" 멀긴 하지만 비행기를 한 번 타면 갈 수 있다고 대답했다. 그가 나에게 베푼 친절도 있기에, 직항으로는 왕복 3백만 원이 조금 넘고, 경유해서 가면 그 반값이면 된다는 말도 덧붙였다. "실은 스위스 은행 전화번호만 알면 되는데." 내가 무슨 뜻이냐고 눈으로 묻자, 70년대에 최고위직에 있던 사람이 자기 이름으로 스위스 은행에 거금을 예치해두었다고 했는데 그가 곧 죽음을 당하고 말았다는 것이다. 자기 이름이 은행에 기록되어 있는지, 돈을 찾을 수 있는지 알아보겠다고 했다. 노인을 다시 살펴보니 운전기사나 이발사로, 요리사나 재단사로 권력자를 가까이에서 오랫동안 보살폈던 사람일 성싶기도 하다. 법률회사 같은 데를 찾아가보라고 했더니, 난감한 기색이다. 집안에 젊은 사람이 있으면 스위스 은행들을 검색해보고 이메일을 보내는 것도 방법일 것이라고 했더니, 결국 "선생이 그 일을 해줄 수 있을 것 같은데 어떠시냐"고 묻는다. 나는 웃음으로 대답하고 안양역에서 내렸다.

그는 필경 사기꾼일 것이다. 내가 관심을 보이고 조력하겠다고 나서면, 내 욕망을 부채질하고 무슨 핑계를 대서 이런저런 비용을 요구하게 될 터인데, 그 비용은 일이 성사되었을 때 내가 얻을 이익에 비하면 아무것도 아닐 것이다. 아니, 어쩌면 어느 한국인이 스위스에 예치해둔 비자금이 최근에 국내에 흘러들어왔다는 이야기도 있으니 전혀 근거가 없는 말은 아닐지도 모른다. 권력자가 제 손발인 사람에게 지나가는 소리로라도 그런 비슷한 말을 했을 수도 있고, 그가 반세기가 가깝도록 그 말을 철석같이 믿고 있을 수도 있다. 어쩌면 그는 단순하고 무해한 망상가일지도 모른다. 그는 어딘가에 자기를 위한 거금이 있다고 믿고, 그 허황한 믿음을 다른 사람을 통해 확인하려는 것일 수도 있다. 사실을 따지자면 사기도, 근거가 있는 믿음도, 없는 믿음도 그 뿌리는 모두 망상이라고 해야 하지 않을까.

　우리 사회에서 스위스 은행의 비자금 이야기는 거칠 것 없었던 군사독재 권력과 물론 관계가 있다. 권력을 휘둘렀거나 휘두르는 사람들에게 그 비자금은 엄연한 현실이겠지만, 가난한 서민들에게는 낭만적 전설처럼 들린다. 그것은 해적 선장 키드가 카리브 해의 어느 섬이나 해안절벽에 숨겨놓았다는 보물과 같기도 하다. 생텍쥐페리의 『어린 왕자』에는 집안에 보물이 숨겨져 있다는 전설이 그 집에 깊이를 준다는 말이 있다. 그렇다고 저 스위스 은행의 비자금이 깊이 없는 우리 사회에 깊이를 마련해준다고 해야 할 것인가.

스위스의 비자금에는 키드의 보물이 누리는 낭만적 깊이 같은 것은 없다. 어떤 농부나 양치기에게 발견된다면 좋고 안 되어도 그만인 키드의 보물은 어떤 풍경을 때로는 윤택하게 한다. 설령 그것이 제 것이라고 하더라도 가난한 서민으로는 접근도 할 수 없는 스위스의 비자금은 우리의 소박한 삶을 비웃고 우리의 상처를 들쑤시어 우리를 억압한다. 독재 권력에 대한 이상한 향수가 역사의 깊이일 수 없듯이 그것은 깊이가 아니다. 그것은 명백하게 깊이의 반대다. (2011)

맥락과
폭력

 보들레르의 시집 『악의 꽃』 초판이 1857년에 처음 발간되었을 때, 프랑스의 검찰은 공공풍기문란 죄로 그 저자를 기소하였다. 보들레르는 이 소송에서 패하여 당시로서는 큰돈인 3백 프랑의 벌금을 내야 했고, 시집에서 여섯 편의 시를 삭제해야 했다. 말이 여섯 편이지, 시집에서 문제의 시가 실린 페이지를 잘라내게 되면 그 뒷면에 인쇄된 시도 무사할 수 없으니 훨씬 더 많은 시편들이 참화를 입었다.

 그 여섯 편의 시 가운데 「레테」라는 제목의 시가 있다. 레테는 알다시피 그 물을 한모금만 마시면 이승의 기억을 잃게 된다는 저승 입구의 강이다. 『악의 꽃』 초판 전체에서 가장 선정적인 시구가 이 시에 들어 있는 것은 사실이다. "너의 체취 가득 배인 네 치마에 / 고통스런 내 머리를 묻고

/ 죽은 내 사랑의 달콤한 군내를 / 시든 꽃처럼 들이마시고 싶다." 그러나 이 시가 처벌을 받은 것은 이 시구 때문이 아니었다. 검사가 정작 문제로 삼은 것은 다음과 같은 이 시의 마지막 구절이었다. "내 원한을 빠뜨려 죽이기 위해 / 심장 하나 담아본 적 없는 / 네 날카로운 젖가슴의 뾰쪽한 끝에서 / 효험 좋은 독즙을 빨리라." 이 시구에 나오는 여자의 젖가슴은 여자가 옷을 벗었다는 정황을 말해준다. 검사에게 중요한 것은 시구에 담긴 내용이나 그 효과가 아니었다. 시가 여자의 나체를 보여준다는 사실이 오직 그를 분노하게 했다.

검사가 시의 맥락을 따졌더라면 여자의 젖가슴보다는 체취 배인 여자의 치마와 거기에 제 얼굴을 묻는 남자를 더 위험하게 여겼을 것이다. 아니, 그가 맥락을 더 깊이 따졌더라면, 그는 이 시에서 음란한 한 남자를 보기보다는 제 상처 많은 기억을 잊기 위해 높은 흥분 상태에서 제 정신을 마비시키려는 고뇌에 찬 한 남자를 보았을 것이다. 맥락을 따질 마음의 여유나 능력이 없다는 것은 그 검사로서는 잘된 일이기도 했을 터이다. 그런 여유나 능력이 있었더라면 그 남자를 기소하려 하기보다 그 고뇌에 한 가닥이라도 관심을 갖게 되었을 것이기 때문이다.

한 네티즌이 남자의 성기 사진 일곱 장을 자기 블로그에 올렸다. 방송통신심의위원회가 이 사진들을 음란물로 규정해 삭제 조치하기로 결정했다. 그런데 반대 의견을 개진했던 박경신 위원이 이 사진들을 자기 블로그에 올리고, "어떤 서사도 포함하지 않은 성기 이미지들이 그 자체로 음란물이 될 수 있는지"를 물었다. 박 위원이 서사를 말하는 것은 그 맥락을 따지자는 뜻이다. 인터넷 사이트 어디에나 널려 있는, 그렇다고 크게 문제 될 것도 없는 "여성이 만족하는 남성의 사이즈?" 같은 광고의 말과 이 사진들을 비교할 때 어느 쪽이 더 음란한지 알아보자는 뜻도 어쩌면 포함되겠다.

그러나 박 위원의 의도는 성공한 것 같지 않다. 사람살이의 속내가 어떤 것이며, 표현의 자유가 무엇인지를 진중하게 살펴보려는 노력들은 쉽게 나타나지 않고, 그가 민주주의 다수결 원칙을 지키지 않는다는 식으로 그를 비난하는 목소리들이 높아졌다. 이 일과는 관계없는 국적 문제로 그에게 시비를 거는 사람들까지 나타났다. 맥락을 따지자는 말의 맥락까지 묻혀버릴 판이다.

맥락을 따진다는 것은 사람과 그 삶을 존중한다는 것이다. 맥락 뒤에는 또다른 맥락이 있다. 이렇듯 삶의 깊이가 거기 있기에 맥락을 따지는 일은 쉽지 않다. 그 일에 시간과 정성을 바치기보다는 행정 규정을 폭력적으로 들이미는 편이 더 낫다고 생각하는 사람들도 있겠다. 한국을 이상 사회로 생각한다는 노르웨이의 한 청년이 이런 문제 저런 문제를 깊이 살피기보다 제가 생각한 세계와 맞지 않는 것을 한꺼번에 쓸어버리려 했을 때도 비슷한 생각을 했을지 모르겠다. (2011)

금지곡

　박정희의 유신독재는 온갖 것을 감시하고 규제하였다. 머리칼이 귀를 덮는 남자들은 파출소로 끌려갔고, 짧은 치마를 입은 여자들은 거리에서 잣대질과 가위질의 수모를 당했다. 음반에는 이른바 건전가요를 한 곡 이상 넣게 했고, 많은 노래를 금지곡으로 지정했다. 금지된 노래 중에 하나가 송창식씨의 〈왜 불러〉인데, 나는 아직까지도 그 노래가 왜 거기 끼었는지 알지 못한다. "왜 불러 왜 불러 왜 불러 돌아서서 가는 사람을 왜 불러", 이런 가사의 어느 대목이 독재자의 비위를 거슬렀을까. 떠돌아다니던 이야기가 있다. 전국의 모든 대학생이 교련을 받던 시절인데, 어느 대학에서 사열을 하던 대학생들이 대오를 지어 검열단 앞을 지나갈 때 '우로 봐' 구령이 떨어지자 일제히 고개를 돌리고 송창식씨의 저 노래를 불렀다. 그것도 가사를 변조하여 "왜 불러 왜 불러 공부하러 가는 사람을 왜 불러"라고 불렀다. 사복 경찰들이 덮쳐들어 학생들을 잡아갔고, 노래는 그 이튿날 금지곡이 되었다는 설이다. 물론 그 진위를 확인할 수는 없다.

유신 막바지에 부마민주항쟁이 일어났고, 독재자는 제 부하의 총에 맞아 죽었다. 나는 박정희가 죽은 다음해인 1980년 3월 마산의 한 대학에 정식 교원으로 임명되었다. 학교에는 부마항쟁의 주동자로 잡혀가 감옥 생활을 하다 돌아온 학생들이 많았다. 그 가운데 몸집이 단단한 여학생이 하나 있었다. 벌써 30년도 더 지난 일인데, 그 학생이 내 수업 시간에 했던 말을 나는 지금까지 잊어버리지 않았다. 정확하게 이런 말이었다. "군사독재가 없었더라면 팝송이 발달해도 얼마나 발달했겠어요." 최근에 〈나는 가수다〉를 시청하던 내 눈자위가 조금 붉어진 것도 노래에 감동해서라기보다는 그 말이 생각났기 때문이다. 이제는 50줄에 들어섰을 테고, 당시의 저보다 더 나이 많은 자녀를 두었을 그 여학생과 그의 친구들이 그때 감옥살이를 하지 않았더라면 저 가수가 저렇게 노래를 잘 부를 수 있을까, 제 자유와 사랑을 저렇게 당당하게 펼쳐낼 수 있을까.

여성가족부가 노랫말에 '술'이나 '담배'가 들어갔다는 이유로 많은 노래들을 금지곡으로 지정했다는 말이 들린다. 나는 이 조치가 청소년을 보호하겠다는 착한 마음에서 비롯하였을 것이라고 믿는다. 그런데 저 환상적으로 엄혹했던 유신 시절의 독재자도 국민들을 나태와 방종으로부터 보호하겠다는 착한 생각이 마음속에 가득했을 것이다. 그는 인간이 저마다 스스로 성장하고 스스로 다스릴 만한 판단력이 있다고 믿지 않았을뿐더러 그런 능력 자체가 위험하다고까지 생각했다. 그는 사람들이 먹고 입는 것을 간섭했고, 자고 일어나는 시간을 정했으며, 부르는 노래를 감시하는 데서 그치지 않고 불러야 할 노래를 스스로 만들어 가르쳤다. 그는 우리가 저마다 살아야 할 삶의 목표까지 정해주었지만, 사람들은 날마다 불안했고 나날이 주눅이 들어갔다.

지금 우리의 젊은이들은 노래도 잘 부르고 춤도 잘 춘다. 글도 잘 쓰고 멋도 잘 낸다. 그것은 이들이 누가 미리 지정해준 삶을 곱게 살고 있기 때문이 아니라, 우리가 자유로운 세상에 살고 있으며, 제가 저 자신을 자유롭게 이끌어 나갈 수 있다는 긍지를 지녔기 때문이다. 김수영 시인이 「사랑의 변주곡」에서 말했던 것처럼 제 마음속의 복숭아 씨와 살구 씨가 "사랑으로 만들어진 것"을 알고 그 힘을 창조력의 밑받침으로 삼고 있기 때문이다. 판단하고 선택하기 전에 모든 것을 보지도 듣지도 못하게 가려놓은 채, 생명에 삽질을 하고 시멘트를 발라 둑을 쌓아둔다면, 거기고이는 것은 창조하는 자의 사랑이 아니라 굴종하는 자의 증오일 것이다. (2011)

역사는
음악처럼
흐른다

김정환이 『음악의 세계사』를 최근에 출간하였다. '음악의'는 작은 글씨로, '세계사'는 크고 두터운 글씨로 써서 제목을 달았다. 음악이 세계보다 작다는 뜻이 아니라, 작게 보이는 음악의 역사가 곧 세계사라는 뜻이겠다. 거대한 역사를 촘촘하게 진술한 거작이다. 2백 자 원고지로 6천 매에 이르고, 책으로 1천 페이지를 훌쩍 뛰어넘는 이 방대한 저작을 손에 잡은 첫 소감은 '용맹정진하는 사람에게는 어떤 비루한 시대도 위대한 시대가 된다'이다. 표지는 김정환을 '전방위 예술가'라고 소개하는데, '전방위'라는 말이 틀린 말은 아니나 어느 정도는 상투적인 것이 사실이다. 그러나 대문자가 없는 우리 글자에서 그 말이 대문자를 대신한다고 생각하면, 예술의 총체성과 김정환의 총체적 정신 활동이 그 말로 드러난다고 할 수도 있겠다. 그는 벌써 시인으로, 소설가로, 문화와 예술 평론가로, 역사가로, 게다가 번역가로, 백 권이 넘는 책을 출간하여, 앉아 있는 독자들을 서게 하고, 서 있는 독자들을 주저앉혔으니, '예술가'밖에는 그를 통괄하여 부를 수 있는 이름이 없겠고, 이 책이 알려주는 바가 그것이기도 하다. 그가 근래 몇 년 동안에 저 5백 페이지가 넘는 3권의 장편 시집,『드러남과 드러냄』『거룩한 줄넘기』『유년의 시놉시스』를 펴내면서 인간의 정신과 육체의 비밀을 속속들이 훑어내던 시간이 필경 이 거작을 준비하는 과정과 겹쳤을 터인지라, 그가 진술하는 역사의 깊은 자리가 바로 그 삶의 자리라고도 할 수 있겠다.

이 육중하면서도 치밀한 책을 꼼꼼하게 읽는 일은 짧은 기간에 사전을 처음부터 끝까지 읽는 것만큼 어려운 일이 되겠지만, 들어가는 말과 나가는 말만 두어 차례 읽고도 짧으나마 소회를 말하게 하는 것이 또한 이 책의 힘이다. 저자에게 음악은 음악과 무용, 문학과 미술, 그리고 연극 등 모든 장르의 창의적 예술 활동을 줄여서, 또는 대표해서 쓰는 말이다. 훌륭한 정치가 지배의 악몽을, 풍요의 경제가 빈부의 악몽을, 문명 전달의 이기인 교육이 제도의 악몽을 벗어나지 못할 때, 예술 활동을 근간으로 하는 창의적 문화는 문명제도를 자연과 같은 것이 되게 하고, 자연을 인간과 소통하게 하여 그 악몽과 상처를 다스리고, 모든 감각을 동시에 살아 움직이게 하여 이성과 상식과 교양을 근본적으로 혁신하고 드높인다. 새로운 이야기가 아닐지 모른다. 그러나 동양에서 서양까지, 섬에서 대륙까지, 신화시대부터 현재까지, 현실을 예술로 바꾸고, 예술을 다시 현실로 바꾸어온 인간의 창의와 노력이 정치와 문화, 자연과 과학, 교육과 학습, 개인과 국가, 삶과 죽음의 이분법을 미래지향적으로 극복해온 역사에 대한 유장하고도 긴장된 진술은 파란만장한 연애소설보다 더 관능적이다. 그 국면 하나하나가 간절하고, 간절한 만큼 풍요롭다. 다시 말해서 새롭다.

수십 갈래로 굽이돌아 강물처럼 흘러가는, 모이고 흩어지고 다시 모여 흘러가는 이 책에서, 그 결론은 의외로, 그러나 적절하게, 짧다. 결론에 해당하는 '도돌이표=결'은

2백 자 원고지 두 장이 채 안 된다. 신화 시대에 지하신이 물러간 자리에 하늘신이 들어선다. 왕조 시대에 왕조는 조각상으로 왕들의 치적을 나열하여 그 무적불패성을 자랑한다. 이 말 끝에 적은 마지막 문장은 다음과 같다. "그러나 그것은 지금 모든 문명이 망한다는, 그렇게 역사는 매일매일 새로 시작한다는 아주 오래된 증거에 다름 아니다." 지금 손꼽아 6백 일 5백 일*을 세는 사람들에게 이 또한 지나가리라고 말하는 것이 아니다. 정신이 음악처럼 흐르는 사람들에게는 현실이 무거운 것이 아니라고 말하는 것이다. (2011)

내가 믿는
대한민국의
정통성

　내가 초등학교를 다니던 섬에는 군대를 두 번 갔다 온 청년이 있었다. 어렵게 의무 복무를 끝내고 돌아왔는데, 또다시 징집영장이 나왔다. 입대 환송회까지 열어주었던 면사무소의 병사계가 그의 복무 기록을 찾아내지 못했다. 그는 자기도 모르게 섬의 권력자였던 한 유지의 아들을 대신해서 군대에 갔던 것이다. 청년의 집안에는 이 일을 해결할 만한 능력자가 없었고, 그 내막을 알고 여기저기 수군거리는 사람은 많았지만 일을 바루겠다고 나서는 사람은 없었다. 그는 속절없이 군대를 다시 가야 했다. 그러나 몸은 튼튼해서 두번째 복무도 무사히 마치고 귀향할 수 있었으니, 내가 지금 이야기하려는 또하나의 경우보다는 훨씬 더 다행한 편에 속한다.

중학교를 다닐 때, 우리 가족은 목포의 변두리 동네에서 살았다. 옆집 청년이 제대를 석 달 앞두고 마지막 휴가를 나왔다. 나는 그때 내 발이 세 개는 들어갈 군화를 처음 신어보았다. 청년은 신실해 보였고 친절한 사람이었다. 군대를 제대하면 식당에서 조리사로 일을 할 것이라고 했다. 그가 귀대한 후 편지가 한 번 왔다. 시내의 큰 식당에 찾아가서, 자신에게 일자리를 주겠다던 약속을 다시 상기시켜달라고 적혀 있었는데, 그 편지를 내가 그 집 사람들에게 대신 읽어주었기에 그 내용을 정확히 기억한다. 그러나 청년은 제대 날짜를 넘기고도 돌아오지 않았다. 한 달이 지나도 오지 않았고, 다섯 달이 지나도 오지 않았다. 청년의 어머니가 어렵사리 노자를 구해 전방 부대를 찾아갔지만, 청천벽력 같은 소리를 들어야 했다. 청년이 탈영을 해서 자기들도 행방을 모른다며, 청년의 어머니를 도리어 죄인처럼 다루더란다. 아들이 무슨 일로 부대에서 사망했겠지만 탈영병으로 처리되는 바람에 보상을 받기는커녕 불명예를 뒤집어쓰고 살아야 했던 그 부모들도 지금은 저세상 사람이 되었겠다.

오랫동안 잊고 살아온 일들인데, 요즘은 잠자리에서 깨어나 눈을 뜨면 문득 그 사람들이 생각나 나도 모르게 한숨을 뱉게 된다. 몸이 허해지면 옛날에 아프던 자리에 다시 통증이 온다더니 그 말이 틀린 것 같지 않다. 눈앞의 참혹한 광경은 두 눈을 부릅뜨고 마주 볼 수 있다 해도, 옛날의 마음 아팠던 기억에는 손발이 묶여 있으니 어쩔 도리가 없다. 이럴 때는 내가 우선 나를 위로하려고 애써야 하는데, 고작 할 수 있는 일이라고는, 지금은 옛날과 많이 달라졌다고 혼자 말해보는 것뿐이다. 그러나 많이 달라지기까지 어떤 일이 일어났던가. 4·19를, 유신시대를, 부마항쟁과 광주민주화운동을 새삼스럽게 말할 필요는 없겠다.

나는 이 나라가 진실로 억울한 사람들의 원을 풀어주고, 말할 수 없는 고통 속에 사는 사람들을 그 고통에서 해방해줄 것이라고는 믿을 수 없는 처지에서 청소년기를 보냈다. 더 나이가 들어, 제도 속에 들어가 어쭙잖게라도 남을 가르치는 자리에 들어섰기에, 그 책임을 어디에 전가할 수 없는 처지에 이르러서도, 젊은 날의 기억은 사라지지 않았다. 그러나 나는 대한민국의 정통성을 굳게 믿는다. 공식적으로 이 나라를 세운 것으로 되어 있고, 또한 지배해온 사람들이 동상이나 기념관을 세워 추앙할 수 있는 사람들이어서가 아니라, 그 밑에서 핍박받은 사람들이 정의로운 세상을 만들겠다는 염원을 버리지 않았고, 그래서 '옛날과 많이 달라진' 세상을 만들었기 때문이다. 이는 어느 나라가 그 하늘에 여섯 마리의 용이 날았기 때문이 아니라, 제 나라의 글자를 만든 임금이 있었고, 어떤 도를 실천하려는 선비들이 있었고, 인간답게 살기를 애쓰는 백성들이 있었기 때문에 정통성을 얻었던 것과 같다. (2011)

민주주의
앞에
붙었던 말

　새벽부터 연구실 문을 걸어 잠그고 공부를 하다가 저녁이면 하루도 빠짐없이 술을 마시는 교수가 있다. 가족들이 좋아할 리 없다. 그 교수가 이런 농담을 했다. "아버지를 닮지 말자, 이게 우리 집 가훈이다." 그 말을 듣고 있던 젊은 교수가 흥을 돋우었다. '아버지를'보다 '아버지는'이라고 해야 더 강력한 표현이 된다는 것이다. 나이든 국문과 교수가 국문과 교수답게 훈수를 했다. '아버지는'이 더 강할지 모르겠으나 '아버지를'이 정식 표현이라고 지적하고 나서 "그래도 가훈인데"라는 말을 덧붙여 농담을 마무리했다.

　그 국문과 교수가 정식 표현이라고 부른 것을 나는 절대적 표현이라고 부른다. '아버지는'이라고 말할 때는 '어머니는'이나 '할아버지는' 같은 다른 비교의 대상을 암암리에 상정한다. 그 표현은 상대적이다. 그러나 '아버지를'은 어떤 비교의 대상도 없이 곧바로 그리고 오로지 아버지를 문제의 중심에 놓는다. 그 표현은 절대적이다. 오랫동안 마음에 두었던 여자에게 사랑을 고백하는 남자도 이 절대적 표현에 의지한다. 그는 '당신을 누구보다도 더 사랑한다'고 말하지 않는다. 그는 다만 '당신을 사랑한다'고 말하여 자기 마음을 온전하게 전한다. 다른 말이 필요 없는 이 사랑은 어디에도 비교할 수 없는 절대적 사랑이다. 이 사랑은 어쩌면 그에게 불가능한 것일지 모른다. 삶의 여러 난관이 그의 사랑을 둔하게 만들고, 그의 미숙한 정신이 작은 일도 고깝게 생각한 나머지 사랑 속에 미움이 싹틀지도 모른다. 그러나 적어도 사랑을 고백하는 순간의 그는 완벽한 사랑을 꿈꿀 것이며, 나아가서는 그 떨리던 순간의 추억을 되새겨 삶의 고비마다 무디어지거나 빗나가는 사랑을 다시 날카롭게 바로잡으려고 노력할 것이다.

"대한민국은 민주주의 국가다"라는 말에 대해서도 필경 같은 이야기를 하게 된다. 민주주의는 우리 삶의 환경이고, 우리가 저마다 자신의 능력을 개발하고 저와 이웃의 행복을 가꾸어가는 터전이다. 물론 우리가 완전한 민주주의를 누리고 사는 것은 아니다. 민주적 정의가 올바르게 실현되고 있다는 믿음을 가질 수 없는 사람들, 자신이 정말로 이 나라의 주인이라고 자부할 수 없는 사람들이 적지 않다. 살아온 역사도 우리의 민주적 의지를 제약하고, 여러 가지 물질적 조건도 우리를 가로막는다. 우리 개개인의 민주적 자질이 충분히 성숙한 것도 아니며, 서로가 서로를 믿을 수 있을 만큼 우리의 인격이 완성된 것도 아니다. 이 점은 우리뿐만 아니라 민주주의를 내세우고 있는 모든 나라가 마찬가지다. 어디에서건 민주주의의 이상이 실현된 적은 없다. 공자가 말한 것처럼, 저마다 제 마음대로 행동해도 옳은 이치에 어긋남이 없는 경지에 도달할 때 비로소 진정한 민주주의가 실현될지도 모른다. 그러나 현실의 조건이 이러저러하니 민주주의를 어느 정도까지만 실현하자는 식으로 민주주의에 선을 긋는 것은 현실의 압제를 인정하자는 것이며, 따라서 민주주의에 대한 배반이다. 대한민국이 민주주의 국가라는 말에는 우리가 어떤 난관에 부딪히고 어떤 나쁜 조건에 처하더라도, 민주주의의 이상에 가장 가깝게 한 걸음이라도 더 나아가려고 노력한다는 뜻이 포함될 뿐만 아니라, 그 뜻이 거기 들어 있는 다른 모든 뜻보다 앞선다. 민주주의에 다른 수식어를 붙일 수 없는 이유가 그와 같다.

지금 어떤 사람들이 학생들의 교과서에서 민주주의 대신 자유민주주의라는 말을 써서 민주주의에 선을 그으려 한다. 자유는 좋은 것이다. 그러나 민주주의라는 말이 이 땅에서 자유를 억압한 적은 없지만, 민주주의 앞에 붙었던 말은 민주주의도 자유도 억압했다. 이를테면 '한국적 민주주의'가 그렇다. (2011)

덮어 가리기와
백사마을

1967년 초겨울, 무시울이라고도 불리던 불암산 자락에 여러 대의 트럭이 줄을 지어 들어왔다. 솥단지와 보따리를 부둥켜안은 사람들이 아이들을 앞세우고 트럭에서 내렸다. 청계천을 복개하고 그 주변을 정리하는 과정에서 쫓겨난, 이른바 청계천 철거민들이었다. 산자락은 넓었지만 집은 없었다. 전기나 수도 같은 기반 시설도 물론 없었다. 짐짝처럼 부려진 가족들은 여기저기 천막을 치고 닥쳐올 추위에 대비했다. 물이 나올 만한 곳을 찾아 우물을 파고, 천막 앞에 화덕을 놓아 조석을 끓였다. 물론 학교도 없었다. 초등학생들은 청량리까지 걸어가야 배정된 학교의 책상에 앉을 수 있었다. 천막을 세웠던 자리에 담을 쌓고 지붕을 올리고 창문을 뚫었다. 산자락의 사람들은 날마다 서울의 궂은일을 맡아 하기 위해 10리를 걸어가 버스를 타고 시내에 들어갔다. 산자락에서도, 이발을 하던 사람은 이발소를 차리고 세탁을 하던 사람은 세탁소를 냈다. 시장이 생기고 신문보급소가 들어왔다. 이렇게 해서 3천여 주민이 그 삶을 붙이는 마을 하나가 형성되었다.

행정구역상으로도 이 마을은 그 주민들의 삶만큼이나 기구한 데가 있다. 1963년까지는 경기도 양주군 노해면에 속했다가, 첫 트럭이 들어올 때는 서울시 성북구 중계동에 속했고, 다시 도봉구 중계동을 거쳐 노원구 중계동이 되었다. 그러나 주소의 끝자락은 언제나 중계동 산104번지여서 백사마을이라는 이름을 얻었다. 이 주소의 역사는 서울이 그 주변을 식민지로 만들고, 그와 관련된 서민들의 삶을 식민화한 역사와 같다.

청계천 복개는 내가 '덮어 가리기 근대화'라고 부르는 것의 전형적인 예이다. 박정희 이후 오랫동안 우리의 근대화는 눈앞에 문젯거리가 있으면 그것을 올곧게 해결하기보다는 덮어서 보이지 않게 했으며, 구질구질하다고 여겨지는 삶은 그것이 성장하고 개화하기를 돕고 기다리기보다는 시선이 닿지 않는 곳으로 몰아냈다. 이명박 시장 시절에 덮었던 청계천을 다시 열었지만, 사정이 많이 달라진 것은 아니다. 개천의 양안과 바닥을 시멘트로 덮어 단장하고 수돗물로 냇물을 연출하게 하였으며, 시민들의 삶과 깊이 연결된 복잡한 가게들을 멀리 내보냈으니, 조금 세련된 '덮어 가리기'에 불과하다. 오세훈 시장 시절의 디자인 서울에 이르게 되면, 요즘의 말투를 빌려 '후기 덮어 가리기' 나 '포스트 덮어 가리기'라는 이름을 붙이는 것이 실로 적절하겠다.

　백사마을의 개척자들과 그 주민들의 삶에는 이 덮어 가리기의 불행한 흔적이 고스란히 찍혀 있다. 허허벌판이었던 산자락에 그들을 뿌리내리게 한 것도 이 덮어 가리기였고, 그 뿌리를 다시 흔든 것도 이 덮어 가리기이다. 곤궁한 가운데서도 갖출 것을 다 갖추고 나름대로 발전하던 이 마을에 10여 년 전부터 재개발 소식이 나돌면서 딱지 장사들이 몰려오기 시작했다. 집주인들은 이런저런 과정을 거쳐 하나둘 세입자로 전락했다. 마을은 발전을 멈추었고, 더구나 보존이냐 개발이냐의 논의가 시작되면서부터는 그 안에 몸 붙인 삶이 모두 허공을 밟고 선 모양새가 되었다.

  딱지 장사들이 몰려들 때부터 마을의 구석구석과 주민들의 생활을 그려온 화가 이성국씨는 이 마을을 서울에서 가장 아름다운 마을 가운데 하나로 꼽는다. 그의 말이 아니더라도, 두어 시간만 마을의 크고 작은 골목길을 걷다보면, 이 마을이 없어져야 할 달동네가 아니라, 우리가 오랫동안 지녀온 좋은 삶의 개념을 신기하게도 고스란히 간직한 아름다운 자연 마을이라는 것을 곧 알게 된다. 덮어 가리기가 문제의 해결이 아니란 것을 분명 깊이 이해하고 있을 박원순 시장은 이 마을을 어떤 시선으로 바라볼까. (2011)

폭력에
대한
관심

　동네 편의점으로 아직도 못 끊은 담배를 사러 들어가는
데, 나보다 먼저 가게에 들어간 중년 부인이 큰 목소리로
다급하게 전화를 한다. 너는 그 애들 이름만 문자로 보내
주면 된다. 변호사하고도 상의를 했다. 지금 바로 고발해
야 한다. 같은 말을 한 번 더 되풀이한다. 부인의 자녀가 학
교에서 집단 폭력에 시달리고 있는 것이 분명하다. 학교
폭력에 사회의 관심이 갑자기 높아졌으니 어머니는 이 기
회에 문제를 해결하고 싶어하는데, 아이가 주저하고 있는
것 같다. 학교에서 싸움 잘하는 순서가 첫째부터 꼴찌까
지 정해져 있던 시기에, 늘 꼴찌를 면하지 못하고 중고등
학교를 다녔던 내가 익히 알고 있던 것, 그러니까 자신의
불행이 어른들의 개입으로 해결되지 않는다는 것을 저 아

이도 알고 있을 것이다. 이 높은 관심이 수그러들고 나면 아이가 당하게 될 고통은 두 배 세 배가 될 것이 불을 보듯 뻔하다.

고등학교 때의 일이다. 외부의 조폭과도 연결되어 있던 몇몇 학생이 교무실에서 난동을 부렸다. 책상을 뒤엎고 유리창을 깨뜨렸다. 그 장면을 보고 한 교사가 기절을 했다. 그 교사는 후에 자기 형인 김용운 선생과 함께 『한국수학사』를 썼던 김용국 선생이다. 선생은 우리 학교에 독일어 교사로 부임했지만, 수학과 영어와 세계사를 두루 가르친, 별명 그대로 "걸어다니는 백과사전"이었다. 선생은 그 사건이 일어난 며칠 후, 교실을 돌아다니며 학생들에게 특별 강연을 했다. 이제는 기억 저편의 일이 되었지만, 폭력에 의지하는 것은 비겁한 일이라고도 했던 것 같고, 학교에는 학교의 권위가 있으니 그 권위를 인정해야 싸움 잘하는 사람들의 세계에도 권위가 성립한다고도 했던 것 같다. 사태의 긴급함과 심각함에 비추어보면 좀 맥없는 말이었을 것이 분명하다. 그러나 그 이후 이상하게 학교 폭력이 고개를 숙였다. 그 폭력 학생들이 선생의 말을 이해하고 설득

이 되었기 때문은 아니었을 것이다. 그보다는 교내에서 널리 존경받는 한 선생이 자기들의 행동에 관심을 갖고 어떤 연구 같은 것을 했다는 사실에 일종의 감동을 느꼈기 때문일 것이라고 생각한다.

학교 폭력에 대해 부쩍 높아진 관심이 부질없는 것일 수는 없다. 이 역시 맥없는 말이 되겠지만, 사회의 관심은 적어도 그 가해자 학생들에게 자기들이 무슨 짓을 저지르고 있는지 생각해볼 기회를 준다. 문제는 이 관심을 지속시키는 일이다. 한때 들끓던 여론이 언제 그랬냐는 듯 입을 닫게 되면, 그때 모든 학교는 누구도 손댈 수 없는 지옥이 된다.

이 관심을 지속시키기 위해서는 학교 폭력에 대한 관심을 폭력 일반에 대한 관심으로 넓혀야 할 것 같다. 우리는 너무나 많은 폭력 속에 살고 있고, 그 폭력에 의지하여 살기까지 한다. 긴급한 이유도 없이 강의 물줄기를 바꿔 시멘트를 처바르고, 수수만년 세월이 만든 바닷가의 아름다운 바위를 한 시절의 이득을 위해 깨부수는 것이 폭력임은 말할 것도 없지만, 고속도로를 160킬로의 속도로 달리는 것도 폭력이고, 복잡한 거리에서 꼬리물기를 하는 것도 폭력이다. 저 높은 크레인 위에 한 인간을 1년이 다 되도록 세워둔 것이나, 그 일에 항의하는 사람을 감옥에 가둔 것은 말할 것도 없고, 모든 아이들을 성적순으로 줄 세우는 것을 못마땅하게 여기면서도 너는 앞자리에 서야 한다고 말하는 것도 폭력이다. 의심스러운 것을 믿으라고 말하는 것도 폭력이며, 세상에 아무 일도 없다는 듯이 살아가는 것도 따지고 보면 폭력이다. 어떤 값을 치르더라도 폭력이 폭력인 것을 깨닫고, 깨닫게 하는 것이 학교 폭력에 대한 지속적인 처방이다. (2012)

낙원의
악마

　영화 〈부러진 화살〉이 상영되면서 법조계가 조금 긴장하는 눈치이지만, 정작 그 영화가 다루고 있는 사건의 진원지였던 대학과 교수 사회에서는 아직까지 가타부타 말이 없다. 나는 그 사건에 대해 언론에 보도된 이상의 내용을 알지 못하지만, 대학에 오랫동안 몸담았던 처지라, 이 나라의 다른 교수들과 마찬가지로, 그 문제의 교수가 어떤 사람인지는 어느 정도 짐작이 간다.

　교수 사회에서 가끔 듣는 농담으로, 학위논문을 쓰려고 5년 이상 외국에 나가 있던 젊은 연구자는 한국 땅에 들어와서도 귀국하는 데 3년이 걸린다는 이야기가 있다. 그가 귀국을 마쳤다는 말은 한국 음식을 허겁지겁 집어먹지 않는다는 뜻도 되고, 말끝마다 '미국은' '프랑스는'을 덧붙이지 않는다는 뜻도 되고, 학회 같은 데서 자기 논문의 주제와 방법을 내세우며 적절하기도 하고 부적절하기도 한 긴 질문을 하여 사람들을 지루하게 만들지 않는다는 뜻도 된다. 그는 그렇게 한국 사회에 적응한다.

젊은 연구자의 귀국에 그렇게 많은 시간이 필요한 것은 그가 오랫동안 풍속이 다른 외국에서 살았던 사정이나, 한국 사회의 급격한 변화에만 원인이 있는 것은 아니다. 학문 연구의 본질적인 성격에도 그 원인이 있다. 공부하는 일에서 독창적인 사고는 어떤 생각을 극단적으로 밀고 갈 때에 자주 얻어지며, 그렇게 얻어진 사고는 이전의 사고체계와 크게건 작게건 단절된다. 천동설의 세상에 지동설은 거대한 사고의 단절을 불러온다. 자유시나 산문시를 설명할 때 단골로 등장하는 내재율의 개념이 실은 공허한 개념이며 그 말이 만들어진 내력 자체가 의심스럽다고 누군가 주장하면 문학의 설명체계에 작은 단절을 불러온다. 그런데 이런 사고가 한 사람을 사회에서 단절시키기도 한다.

대학에는 가끔 학교 안팎에서 일어나는 모든 일이 자신의 학문 세계와 일치하지 않을 때 견디지 못하는 교수들이 있다. 동료 교수가 고등학생용 외국어 참고서를 썼는데 그 문법 설명이 최근의 이론에 맞지 않다는 이유로 그의 파면을 주장하며 서명운동을 벌인 교수도 있고, 시험 답안지에 한자를 썼다고 해서 취업까지 결정된 제자의 학점을 주지 않은 한글 전용론자 교수도 있다. 그런 교수와 학교 생활을 같이하며 학과를 같이 운영한다는 것은 사실 쉬운 일이 아니다. 아무도 성찰하지 않는 관행이 그렇게도 많고, 좋은 것이 좋다는 것이 어디에나 통하는 진리여서 좋은 것이 너무나 많은 이 사회에서 좋다는 것을 나쁜 것이라고 말하는 교수는 낙원의 악마나 다를 것이 없어 보인다. 나만 하더라도 어느 교수를 매우 존경하면서도 그 교수가 같은 과 소속이 아닌 것을 크게 다행으로 여기기도 했다.

그러나 그런 교수들 가운데 많은 사람이 늘 공부에 전력을 기울여 새로운 길을 개척하고, 생활에서도 염결한 태도를 지킨다. 그들은 기독교식으로 말하면 소금과 같아 학문 풍토의 부패를 막고, 소크라테스처럼 말하면 태만한 정신에 쉬파리처럼 귀찮게 따라붙어 새로운 각성을 촉구한다. 대학이라는 제도를 만들어 운영을 계속하는 것은 그런 교수들을 보호하자는 데도 목적이 있다. 학문의 보호는 무엇을 보호하는 것이며, 학문의 자유란 무엇을 위한 자유일까.

비단 제도의 문제만이 아니다. 삶과 학문의 온갖 시도를 수용하는 아량이 문제 되고, 이 삶에 대한 지치지 않는 성찰이 문제 되고, 우리가 할 수 있는 일을 끝까지 해보려는 용기가 문제 된다. (2012)

황금과
돌

제주도에 구럼비라는 나무가 있다고 한다. 지금 폭파하느냐 마느냐 한참 논란중인 강정마을 해안의 바위와 이름이 같다. 구럼비가 제주의 바위틈 어디에나 자생하는 관목이어서 해안을 둘러싼 모든 바위가 다 구럼비 바위라고 할 수 있는데, 해군기지 건설을 반대하는 사람들이 보존 가치도 별로 없는 문제의 바위를 구럼비 바위라는 그럴듯한 이름으로 불러 대중을 현혹하고 있다는 뜻을 담아, 기지 건설 당국자가 쓴 글이 인터넷에 현재 떠돌고 있다. 그래서 제주도에 사는 친구에게 전화를 했더니, 벼락 맞을 소리라며 화를 낸다. 제주 여기저기에 구럼비 나무는 많았어도 그런 지명을 붙였던 땅은 강정밖에는 없다고 한다. 지명의 유래야 설이 분분하지만 구럼비에 있는 바위가 구럼비 바위가 아니면 무엇이겠느냐고 따져 묻는다.

　나는 구럼비 나무에 대해 다른 이유로도 관심을 갖는다. 내 고향인 남쪽 섬에 비슷한 이름의 나무가 있다. 잎은 동백나무 잎과 비슷한데 그보다 초라하고, 초여름에 쌀알처럼 작고 하얀, 어린 시절 늘 볼품없다고만 생각했던 꽃이 핀다. 돌 틈에 자리를 잡고 옹색하게 살며 태어날 때부터 줄기가 뒤틀려 있는 이 상록관목을 섬사람들은 '구렁뿌리'라고 부른다. 풀과 나무에 정통한 사람들을 만날 때마다 나는 이 나무의 표준어 이름을 물어보았지만, 내 설명이 어쭙잖아 번번이 대답을 듣지 못했다. 몇 년 전 고향에 들렀을 때, 이 나무의 사진이라도 찍어가려고 했더니, 농사를 짓고 있는 친구가 이제는 찾기 어려울 것이라며 산행을 말린다. 7년 가뭄에도 살아남을 것 같던 그 생명력 강한 나무가 어떻게 없어질 수 있단 말인가. "분재한다는 사람들이 다 파갔어. 한 지게 지고 가면 몇천 원씩 줬지." 절골산 골짜기를 덮고 있던 이상한 풀들은 씨도 남지 않았다 한다. "석란이라든가 뭐라든가. 그것도 한 지게에 몇천 원씩 줬지." 소도 안 뜯어먹던 그 풀이 풍란 같은 난초였다니. "그뿐인 줄 아는가. 솔구지의 까만 돌들도 수석 한다는 사람들이 돈 몇 푼 주고 다 파갔다네." 천지에 널려 있던 그 돌들이 그럼 오석이었다는 말인가. 왜 그 귀한 것들을 헐값에 팔았느냐고 물었더니, "돌덩이가 금덩이인지 누가 알았겠느냐?"고 되묻는다.

그 말을 듣자 나는 황금을 보기를 돌같이 하였다는 최영 장군이 떠올랐다. 달리 말해야 한다. 황금을 보기를 돌같이 할 것이 아니라, 오히려 돌을 보기를 황금같이 하라고 말해야 진정한 교훈이 될 것 같다는 생각을 하고는 무슨 큰 깨달음이나 얻은 것처럼 어깨가 으쓱해졌다. 그런데 사실을 말한다면, 지금도 나는 그 생각을 깨달음으로 여긴다. 제값을 받을 수 있을 때까지 나무와 풀과 돌을 그 자리에 놔두어야 한다는 뜻이 아니다. 그것들은 언제나 제값을 한다. 그것들이 없으면 이 나라 땅이 없고, 이 나라 땅이 없으면 이 나라의 삶이 없다. 이런 비유가 어떨지 모르겠으나, 그것들은 황금 알을 낳는 닭과 같다. 황금은 한때의 황금이고 자연은 수수만년 세월의 황금이다.

그래서 나는 구럼비 바위를 폭파하려는 사람들에게 말

한다. 그 바위를 깨뜨리지 말라. 내 고향의 순박한 농부와 어부들이 내내 후회하고 있는 일을 지금 당신들은 어마어마한 명분을 내걸고 저지르려 하고 있다. 천년 세월을 팔아 한 시절을 살려 하고 있다. 다시 한번 생각하라. 생각하는 척이라도 하라. 나라를 사막으로 만들고 무엇을 지키려는가. (2012)

시대의
비천함

    1991년 소비에트 연방이 해체되고, 동구권의 여러 나라가 그 지배에서 풀려나고 있을 때, 프랑스의 가톨릭 교단이 운영하는 어느 우파 잡지에 가톨릭 신부이기도 한 어느 우파 논객이 이와 관련된 글을 발표했다. 헝가리, 폴란드 등지로 여행했던 추억을 이야기하며, 공산주의 독재 체제가 무너지는 것은 환영해야 할 일이나, 경건하고 건강한 삶의 마지막 모델이 사라지는 것은 안타까운 일이라고 썼다. 동구 노동자의 집에서 쉽게 볼 수 있는, 발자크와 도스토옙스키와 체호프의 소설, 보들레르와 투르게네프와 마야콥스키의 시집을 포함한 백 권 남짓한 책이 잘 정리되어 꽂혀 있는 그 서가들을 다시는 만날 수 없을 것이라고 썼다. 달력이나 잡지에서 오린 성인들의 초상화, 또는 쿠르

베나 르누아르의 그림을 집주인이 손수 만든 액자에 끼워 걸어놓은 식탁 옆의 아름다운 벽을 다시는 볼 수 없을 것이라고 썼다. 일상의 대화에서 누가 무슨 말을 하건 정신을 집중하여 듣고, 어떤 가벼운 화제라도 정신을 집중하여 말하는 사람들이 이제는 영영 사라질 것이라고 썼다. 그들의 자리를 차지하게 될 것은 진실이야 어찌되었건 그때그때 상황에 따라 연극하는 사람들일 것이라고 썼다.

옛날의 동구건 지금의 동구건, 나는 동구에 가본 적이 없기에, 그 신부 논객의 진술이 어느 정도 사실인지, 그의 예언이 어느 정도 맞아떨어졌는지 확인할 길이 없다. 그러나 나는 오히려 지금 내 나라 사람들이 살고 있는 삶, 바로 내 삶을 바라보며, 그가 말했던 바의 진의를 어느 정도 짐작한다. 어떤 원칙도 없이 허욕과 허영에 기대어 아슬아슬한 연극을 하며 사는 것이 우리의 삶이기 때문이며, 신부 논객이 지난 시절 동구의 삶과 대비하려는 것이 바로 우리의 이 비천한 삶이기 때문이다.

내가 그런대로 잘 아는 세계가 대학이니 대학에 관해 이야기하자. 요즘 대학의 거의 모든 총장들이 CEO 총장이라는 것은 누구나 알고 있다. CEO 총장이 나쁜 것은 아니다. 교육도 학문도 경제적 뒷받침이 있어야 가능한 일이니 학교 경영을 잘한다는 것은 좋은 일이다. 그러나 경영이 교육과 학문을 원활하게 하기 위해 이루어지지 않고, 거꾸로 교육과 학문이 학교 경영을 위한 수단이 될 때부터 문제가 시작된다. 학교 경영에 도움이 되지 않는다고 생각되는 기초 학문 분야의 학과들을 폐지하고 있는 대학들이 벌써 여럿이며, 시간과 품이 많이 드는 저술 활동은 그만두고 학교 평가에 많은 점수를 얻을 수 있는 논문을 양산하라고 교수들을 다그치는 대학도 벌써 여럿이다. 어느 대학은 경영 전문가를 불러 도서관의 경영 평가를 하였더니, 열람실의 일부를 카페로 바꾸라는 진단이 나왔다는 소문도 있다. 게다가 그런 일을 주도한 사람들이 교육체계의 개혁자로 칭송을 받는 실정이니 그에 관해 옳고 그름을 따질 입들이 처음부터 봉쇄되어 있다. 불신과 열등감의 문화가 질적 평가를 불가능하게 하고, 모든 결과를 양적으로만 따지게 하는 토양도 이 비천함의 원인이 된다.

　실정이 이러하니 남의 논문을 표절하여 박사 학위를 받

았다고 의심되는 사람이 한 정당의 국회의원 후보 공천자로 내내 남아 있는 것도, 전문가들의 판단이나 학계 내외의 질타도 아랑곳없이 그 후보가 여론조사에서 선두를 달리는 것도 크게 개탄할 일이 아닐 것 같다. 그러나 사실을 말한다면, 표절이 명백하다는 전문가들의 의견에도 불구하고 학위를 준 대학이 학위를 취소하지 않는다면 그것은 대학이 아닐 것이며, 그 사람이 계속 교수로 남아 있는 대학도 대학이라고 말하기 어려울 것이다. 그 사람이 국회의원이 되는 나라를 상상하는 일은 더욱 고통스럽다. 우리의 삶이 아무리 비천해도 그 고통까지 마비시키지는 못한다. (2012)

영어 강의와
언어 통제

　내 기억이 틀림없다면, 인터넷에서 '안습'이라는 말이 유행하기 시작했던 것은 2004년 말이었다. 나는 그 무렵 어느 과학 갤러리를 드나들면서 내가 모르는 과학 지식을 눈동냥하고 있었다. 한 토론에서 누군가 '안구에 습기가'라는 말을 썼다. 토론 상대자의 말이 너무 한심해서 눈물이 난다는 뜻이었던 이 말은 곧 '안습'으로 축약되었다. 동남아에 쓰나미가 몰아닥친 것이 그즈음이어서 '안구에 쓰나미'라는 말이 생겨났고, 생겨나기가 무섭게 '안쓰'로 축약되었다. 이 말의 진화는 두 주일이 채 걸리지 않았지만, 그만큼 그 말들의 생명도 짧았다. '안습'도 '안쓰'도 곧 인터넷에서 사라져 이제는 사어가 되었다. 인터넷에서 유행하는 수많은 신어와 축약어들의 운명이 이와 다를 수는 없다. 우리 기억의 깊은 자리와 연결되기도 전에 사라진 말들을 어느 날 우리가 다시 만난다 해도 우리의 마음이 흔들릴 일은 물론 없을 것이다.

　조지 오웰의 소설 『1984』에 부록으로 딸린 「신어의 원리」는 허구의 빅 브라더가 통치하는 저 끔찍한 나라의 언어 정책에 관해 말한다. 신어는 그 나라의 공용어이며, 그 창안 목적은 그 체계에 걸맞은 세계관과 사고 습성을 표현하고, 그 국가 이념 이외의 다른 사상을 갖지 못하도록 하는 데 있다. 이 언어에서는 낱말 하나하나가 단 하나의 뜻만 갖는다. 역사적으로 형성된 모든 개념이 그것을 표현하던 낱말들과 함께 사라진다. 여러 낱말들이 하나의 낱말로 축약되어 본래의 낱말이 지니고 있던 정서적인 힘도 사라진다. 품사의 구별이 없는 이 언어에서는 진정한 의미의 문장이 없고 개념의 나열이 있을 뿐이다. 문장이 없으니 논쟁이 없고, 하나의 문장이 다른 문장으로 연결될 일이 없으니, 한 생각이 다른 생각으로 발전할 일도 없다. 국가가 제시하는 정통 사상이 아닌 다른 생각은 표현될 길이 없을뿐더러 아예 탄생하는 일조차 없을 것이다. 이렇게 언어가 통제되고 사상이 통제된다. 남의 일 같지 않다. 인터넷에 나타났다 사라지는 수많은 축약어들과 갈수록 단순화하는 문장들을 보면, 저 허구의 빅 브라더가 멀리 있다고만 할 수는 없다.

그런데 요즘 거의 모든 대학들이 앞다투어 실행하고 있는 영어 강의에 대해서도 같은 염려를 하게 된다. 나는 우리의 여러 대학에 자신의 학문 분야에서 영어로 강의할 능력을 지닌 교수들이 모자라지 않으며, 그 장점도 적지 않다고 생각한다. 일정한 교과 내용을 배우면서 영어도 함께 익히니 도랑 치고 가재 잡기가 따로 없다. 외국어 강의는 교안을 면밀하게 짜야 하니 수업 진행에 차질이 없고, 강의가 옆길로 새나가기 어려우니 아까운 시간이 허비되지 않을 것이다. 강의가 한국어에서 벗어나니 외국 학생들을 불러오기도 좋을 것이다. 그러나 영어 강의의 이 모든 장점은 그 약점이기도 하다. 어쩔 수 없이 작은 수의 어휘만을 사용하여 교안에 충실하게 진행되는 외국어 강의는 학생들이 책에서 읽을 수 있는 것 이상의 내용을 전하기 어려울 것이다. 옆길로 새나갈 수 없는 강의는 삶과 공부를 연결해주는 온갖 길들을 차단할 것이다. 언어의 깊이가 주는 정서를 학문의 습득과 함께 누리지 못하는 탐구는 모든 지식을 도구화할 것이다. 그리고 무엇보다도, 영어 강의가 사상 통제를 위해 실행되는 것은 아닐지라도, 사상 통제의 필수조건인 언어 통제가 그 가운데 저절로 이루어질 것이다. 나는 그것을 염려한다. (2012)

제
2
부

ⓒ구본창

전원
일기

사랑스런 봄이 그 향기를 잃었다.

—보들레르.

 고달팠던 젊은 날, 내가 한 잡지사에 잠시 근무할 때의 일
이다. 인쇄소 사무실에서 마지막 교정쇄를 기다리고 있던
가을 오후, 고등학교를 갓 졸업했을 것 같은 대여섯 명의
처녀들이 들어와 한쪽 벽에 줄을 지어 섰다. 인쇄소에서
여직원 하나를 뽑는다는 말을 들었기에, 서류심사에 합격
해 면접을 보러 온 아가씨들인 것을 짐작할 수 있었다. 당
시 미혼이었던 나는 그쪽으로 자주 돌아가는 시선과 그녀
들의 말에 기울어지는 귀를 말릴 도리가 없었다. 한 아가
씨가 이미 안면이 있는 듯한 다른 아가씨에게 말을 걸었

다. 여기서도 미끄러지면 시골에 가서 살고 싶지만 갈 데가 없다는 말에, 상대편 아가씨가 대꾸했다. 시골이 어떤지 알아? 고향에서 2년을 살았는데 못 견디겠더라. 마을에 비렁뱅이만 들어와도 가슴이 울렁거리고…… 그때 다른 편 끝에 앉아 있던 아가씨가 갑자기 끼어들어 엉뚱한 말을 했다. 나는 트럭이 지나갈 때 일어나는 흙먼지만 보아도 좋던데. 트럭이 지나갈 때 일어나는 흙먼지라고? 나는 그 말을 교정쇄의 여백에 썼다가 그걸 다시 지니고 다니던 공책에 적었다. 그리고 잊어버렸다.

그런데 구본창의 사진 〈new시선003〉을 보는 순간, 정확하게 40년 전에 한 번 듣고, 내가 한 번 적었던 그 말이 왜 문득 떠오르는 것일까. 사진에는 트럭도, 길도, 흙먼지도 없다. 그래서 나는 40년 전의 그 순간을 다시 되짚어본다. 아마도 내게 작은 감동이라도 주었던 것은 그 트럭의 흙먼지가 아니었을지 모른다. 중요한 것은 사실 그 말이 나오기 직전에 들었던 말이었을 것 같기도 하다. 고등학교를 졸업하고 고향 마을에 고립되어 잊힌 존재로 살던 한 처녀가 동네 어구에 걸인이라도 들어와 그 끔찍한 평화를 약간 뒤흔드는 순간 가슴이 울렁거렸다는 말에, 마음에 조금 상처를 입었던 내가 트럭의 흙먼지 운운하는 말에 잠시 위로를 얻고 그 말을 적어두려 했을 것이다. 아마 그럴 것이다. 기억이란 참으로 묘하다. 구본창의 사진을 보면서도 나는 그때와 비슷한 상처를 받은 것인가. 어떤 위로를 찾는다는 것이 세월의 안개 속에 묻혀 있는 그 말을 문득 찾아낸 것인가.

  내가 상처를 입었다면 그것은 구본창의 잔인한 사실주의 때문이다. 사진의 전면에 갈색 잠바(그것은 점퍼가 아니다)를 입은 한 남자가 인조 목재로 조립한 흰색 사각형 평상 위에 앉아 있다. 그러나 그의 머리는, 몸의 앞부분과 함께, 색조가 다른 갈색의 우람한 나무둥치에 가려 보이지 않는다. 남자는 고개를 깊이 수그리고 있어서 목이 잘린 것처럼 보이기도 한다. 평상 가운데 둥근 구멍에는 남색 붙박이 파라솔이 알루미늄 대에 의지해 접힌 채 박혀 있다. 봄이 완연하지만 아직 그늘보다는 햇살이 더 귀하기 때문일 터이다. 고개가 없는 남자는 그 봄볕을 받으며 나무둥치에 몸을 붙이고 졸고 있는 것이 분명하다. 그 뒤로는 넓지 않은 밭이다. 여남은 밭고랑을 하얀 비닐로 길게 덮었고, 그 비닐에 구멍을 뚫어 종류를 알 수 없는 농작물의 모종을 성글게 심어놓았다. 고추 모종이거나 토마토 모종일 것 같다. 아니, 가지나 쑥갓일 수도 있다. 두세 개의 고랑에는 모종들 사이사이로 검은 플라스틱 지지대가 앙상하게 꽂혀 있다. 더 위쪽으로, 메마른 흙을 드러낸 빈 밭이 보이고, 그 뒤 왼쪽에는 낡은 헛간 같은 집이 몸체의 일부를 드러내고 있다. 검은 지붕과 길고 좁은 원통형 양철 굴뚝 때문에 집이 더욱 초라하다. 옆으로 달아낸 것은 창고일까 화장실일까. 지붕을 굵은 돌 같은 것으로 눌러놓았다. 집 옆으로는 방향이 다른 밭고랑과 역시 하얀 비닐. 화면 위쪽은 산기슭이다. 숲이 제법 짙다. 산기슭 왼쪽으로는 산그늘도 제법 깊다. 그러나 첫눈에는 유현하기보다 음침하다. 산기슭 중앙에는 중간 키의 나무가 있고, 그 아래에 인적이 있는 듯하다. 사람과 가축의 모습 같은 것이 보이나 원경이라 확실치 않다. 산기슭과 경작지를 가르는 선이 고르지 않은 것은 한 뙈기 땅이라도 더 일구려 했던 노력 때문일 것이다. 전체적으로, 세로로는 파라솔과 나무둥치가 화면을 삼분하고, 가로로는 산기슭과 농경지와 평상이 적당한 너비로 공간을 나누어 차지하였다. 오른쪽이 무겁고 왼쪽은 비교적 휑하다.

봄날의 농촌 풍경이고, 흔한 풍경이다. 그러나 사진이 주는 고통과 충격은 가볍지 않다. 사진의 중심에 머리가 잘린 듯 보이지 않는 남자가 앉아 있기 때문이기도 하지만, 무엇보다도 이런 풍경 사진에서 기대했던 것을 찾을 수 없기 때문이다. 나처럼 아마추어 축에도 들지 못하는 사람의 손에 누가 카메라를 쥐여주었다면 애써 피하려 했을 것들로만 사진은 가득 차 있다. 서정적이라고 불러야 할 것은 아무것도 없다. 산기슭에는 한두 군데 붉은 꽃 더미도 보이지만 서정주의 어떤 시에서처럼 '영산홍' 같은 말을 거기 끌어다 붙일 수 있는 형편은 아니다. 모종이 있는 밭이건 빈 밭이건 땅은 메말라보인다. 흉노의 땅에 시집갔던 한 나라의 왕소군은 오랑캐의 땅에 풀이 돋지 않으니 봄이와도 봄 같지 않다고 읊었다지만, 사시사철을 자랑하는 이 땅이라고 해서 그보다 더 나을 것 같지 않다. 밭고랑에는 물론 모종이 자라고 있다. 그러나 제 땅에서 싹이 돋아 오른 것이 아니라 옮겨다 심어놓은, 그래서 성장이 고르지 않은 저 모종들이 언제 커서 영화를 볼지 걱정스럽다. 하얀 비닐은 인조 목재 평상과 함께 온갖 목가적 상상을 봉쇄하고, 땅마저도 인조 토양처럼 보이게 한다. 돋아나던 풀은 그 비닐 아래서 숨을 멈출 것이다. 어디에서도 풍경은 서정적 깊이를 약속하지 않는다. 사랑스런 봄이 그 향기를 잃은 것만 같다.

봄날의 농촌 풍경이고, 흔한 풍경이다. 이 흔한 풍경에 'new시선' 운운하는 제목은 얼마나 아이러니컬한가. 아마도 구본창은 내가 이 흔한 풍경의 사진에 충격을 받게 되리라고 미리 알고 있었던 것 같다. 나는 '풍경다운' 풍경을 얻는답시고, 마치 피난처에만 풍경이 있는 것처럼, 현실을 피해 얼마나 멀리 도망치려 했던가. 거기에 향기가 있다 한들 그것을 진정으로 평화롭게 마신 적이 있던가.

구본창의 시선은 새롭고 용감하다. 구본창의 사실주의는 용감하고 잔인하다. 사실에 관해 말한다면, 그것은 늘 잔인하다. 사실은 그것이 눈에 익을 때까지, 그래서 새로운 시선이 얻어질 때까지 잔인하다. 내가 이 사진을 가능한 한 꼼꼼히 묘사하려 했던 것도 아마 그 때문이었고, 시간이 필요했기 때문이었을 것이다. 내가 묘사를 마쳤을 때 내 시선은 나무둥치와 머리 없는 남자를 벗어나, 접힌 파라솔을 벗어나, 가로로 그어진 밭고랑을 벗어나, 무너져가는 집을 벗어나, 비스듬하게 세로로 그어진 밭고랑을 따라 올라가, 마침내 작고 어두운 나무 그늘 속으로 빨려 들어간다. 작은 경작지가 문득 넓어지고 원경이 더욱 아련해진다. 이 매혹에 무슨 이름을 붙여야 할지 모르겠다.

그런데 졸고 있다고만 생각했던 남자는 정말 졸고 있는 것일까. 책을 읽거나 낡은 연장을 손보고 있는 것은 아닐까. 기도를 하는 것은 아닐까. 그가 손전화로 문자를 보내고 있다고 생각하지 못할 이유는 없다. 그가 꿈속에 있건 현실에 있건 그는 골똘하다. 그의 머리는 보이지 않는 깊

은 곳에 있다. 눈 한 번 여겨본 적도 없이 늘 지나쳐가기만
했던 현실의 깊이가 그만하다.

강원도의
힘

　모교의 시청각 자료실에서 조교를 할 때, 평화봉사단으로 와 있던 미국 청년이 제법 유창한 한국말로 물었다. 강릉 경포대에는 달이 다섯이라는데 무슨 소리냐는 것이다. 이럴 때는 대답해줄 의무가 있다. 다섯이 아니라 일곱이다. 하늘에 하나, 바다에 하나, 경포 호수에 하나, 술잔에 하나, 앞에 앉은 여자의 두 눈에 하나씩, 그리고…… 손가락셈을 하며 듣고 있던 유타 청년이 내 말을 끊고 들어왔다. 마지막 하나는 나도 알겠다. 당신의 가슴에 하나, 맞지? 맞긴 한데, 이럴 땐 가슴이 아니라 마음이라고 하는 거야. 왜냐고 묻지 않는다. 그는 짧게 "원더풀!"을 한 번 외치고 자리를 떴지만 "참, 한국 사람들이란!" 이 정도가 하고 싶은 말이었을 것이다.

나는 그때까지 경포대에 간 적이 없으니, 달이 일곱인지 다섯인지 확인할 길이 없었다. 강원도 땅이라면 대학교 3학년 때 태백시가 되기 전의 황지에 한 번 갔던 것뿐이며, 그 이야기는 이미 다른 데서 썼다. 짧은 조교 생활을 끝내고 군인이 되었을 때 나는 또 한 번 강원도에 갔다. 부대장이 사사로이 휴가를 보낸 사병이 기한이 지나도 귀대를 하지 않았다. 문책을 두려워한 지휘관들은 짧은 의논 끝에 말년 병장인 나에게 임무를 주었다. 운전병이 딸린 통신장비 수송차량을 타고 포항에서 속초까지 달려가서 그 기합 빠진 사병을 데려오라는 것이다. 갈 때 한 번, 올 때 한 번, 나는 경포를 지나쳤겠으나 무모하기 짝이 없는 그 작전에서 호수 따위를 생각할 겨를은 없었다. 첫새벽에 떠나 오후 늦게 돌아와야 했으니 잠시 호수에 들렀다 하더라도 달의 수를 세지는 못했을 것이다. 당시 동해안 길은 포장이 되어 있지 않았다. 트럭은 달리지 않고 뛰었다. 바다는 새파랗게 누워 있었지만, 그것을 마음에 담을 여유는 없었다. 검문하는 헌병에게 말실수라도 하게 될 것이 두려워서 미리 꾸며둔 말을 입속으로 되뇌고 또 되뇌었다.

나는 지난 80년대 중반부터 90년대 초까지 강원대학교 교수로 재직했다. 동료 교수들과 함께 두세 차례 속초와 강릉으로 여행을 했지만, 경포호수에까지 가지는 못했다. 교수연수회 같은 이름이 붙은 그 여행에는 정해놓은 스케줄이 있었다. 한번은 책임자 교수에게 경포대도 스케줄에 넣자고 했더니 "왜? 회 먹으려고?"라는 질문이 돌아왔다. 회는 속초가 더 좋다는 말 앞에 다섯 개의 달과 일곱 개의 달을 운운할 수는 없었다.

내가 한 번 경포호수에 갔던 것은 강원대학교를 떠난 후인 90년대 초, 홍상수 감독이 〈강원도의 힘〉을 찍기 몇 년 전의 일이다. 강릉이 고향인 여자 제자 하나가 그곳 경찰과 결혼을 했다. 신랑신부는 주례를 서기로 한 나와 내 아내를 함께 초대했다. 정해준 호텔에 짐을 풀고 나니 그들은 우리를 횟집으로 안내했다. 그곳이 경포호수였다. (경포호수일 수밖에 없는 곳이었다.) 경포호수로서는 그때가 아마 최악의 시절이었으리라. 제법 큰 호수 하나가 즐비하게 늘어선 횟집 가건물들에 완전히 포위된 것처럼 보였다. 건물들은 조악하고 간판들은 턱없이 컸다. 근처에는 모텔이라고 쓴 네온사인 몇 개에 벌써 불이 들어와 있었다. 젊은 경찰은 호수의 수면이 내려다보이는 곳에 자리를 예약해두고 있었지만, 그도 그의 신부도 그 호수가 경포호수라고 말하지 않았다. 나도 경포호수냐고 묻지 않았다. 아내도 경포호수라는 말을 입에 올리지 않았다. 소주를 두어 병 비우고 저녁을 먹고 나니 날이 완전히 저물었다. 이튿날 식을 올려야 하는 신랑신부를 먼저 보내고 나서도 딱히 갈 데가 없는 우리 부부는 술을 몇 병 더 마셨다. 나는 창밖의 호수를 내다볼 용기가 없었다. 날짜를 계산해보지는 않았지만, 혹시라도 그 물위에 누추하게 내려와 있을 달을 보게 될까봐 두려웠기 때문이다.

나는 그날 이후로 경포호수를 다시 찾지 않았다. 호수 일대가 도립공원이라는 말에 걸맞게 정비되었다는 소식도 들었고, 보기 좋은 각도에서 찍은 사진 몇 장도 인터넷에서 보았지만, 한 시절 호수가 입었던 모욕이 끝내 씻어지지는 않았으리라. 한 번 나가버린 땅의 혼이 다시 그 땅에 깃들지는 않으리라.

ⓒ구본창

나는 지금 구본창이 찍은 사진 한 장을 앞에 두고 있다.
"2003 05강릉"이라고 적혀 있다. 제목일까, 뭐라고 이름
붙일 수 없어 촬영한 날짜와 장소만 적어놓은 것일까. 전
경의 빈 땅에 행상용 아이스크림 수레가 하나 덩그렇게 서
있다. 그 뒤로 사진의 한복판을 수평으로 가로질러 호수라
기보다는 강이나 인공수로처럼 보이는 원경의 물이 있다.
여러 정황으로 경포호수일 것이 분명한 그 물의 건너편에,
물과 평행을 이루며 작은 구릉이 역시 한일자로 사진을 가
로지른다. 구릉에는 나무가 많고, 인가이기보다는 펜션이
나 카페일 것 같은 시설물들이 여기저기 작고 불분명한 형
체만 드러내고 있다. 그 뒤로는 하늘이다. 중경에는, 사진
의 왼쪽 구석에 치우쳐서 버드나무 한 그루가 밑동을 물가
에 두고 하늘을 배경으로 서 있다. 카메라의 시점을 비교
적 지면 가까이에 두고 찍은 사진이어서 물은 하얀 띠처럼
좁게 보이고, 반면에 아이스크림 수레와 버드나무는 실제
보다 더 우뚝하게 드러난다. 그러나 버드나무는 카메라에
다 담기지 않았다. 왼쪽으로 뻗은 큰 가지 하나와 다른 가
지들의 상부가, 그리고 위로는 우듬지가 잘렸다. 버드나무

는 금속성의 각진 몸체에 요란하게 색칠을 한 아이스크림 수레의 기세에 눌려 화면 밖으로 밀려나가는 것처럼 보인다. 이 아이스크림 수레가 없었더라면, 풍경은 쓸쓸하면서도 평화롭게 보일 수 있었으리라. 아니 어쩌면 이 당돌한 아이스크림 수레 때문에 물 건너 풍경이 더 평화롭게 보이는 것일지도 모르겠다. 수레는 그 요란한 색깔로 피할 수 없는 낡음에 완강히 저항하면서 "나는 여기 있어야 해!"라고 말하는 것 같다. 그래서 나는 아이스크림 수레를 처음 보는 것처럼(사실 언제 아이스크림 수레를 자세히 본 적이 있던가?) 여러 번 되풀이해서 다시 보게 된다.

수레의 긴 그림자로 보아서 시간은 아침나절이나 저녁 무렵일 텐데, 필경 아침이다. 수레는 사람을 기다리고 있다. 정확히 말하면, 이제 곧 그 자리에서 열릴 축제를 기다리고 있다. 2003년도의 단오절은 6월 4일이다. 그래서 5월 하순 어느 날 강릉단오제의 개막행사에 해당하는 굿판 하나가 아마 저 자리에서 열렸을 것이다. 수레의 주인인 행상은 몰려들 인파를 예상하고 아이스크림 수레를 미리 가져다놓아 목 좋은 자리를 선점하려 했을지도 모른다. 각기 다른 색의 옷을 입은 사람들이 모여들고 풍선이 떠오르고 현수막이나 깃발 같은 것이 나부끼면, 시선을 압도하는 수레의 저 생경한 기운은 줄어들 것이며, 거기 그려진 채색화의 키치적 성격도, 녹슨 수레 채와 모서리의 빈곤함도 아무렇지도 않게 느껴질 것이다. 어쩌면 아이스크림 수레 하나 정도는 크게 눈에 띄지도 않을 것이다. 그 인파와 축제의 흥분 속에서 저 울긋불긋한 수레는 깃발이 나부낄 때 거의 같이 나부끼고, 사람들이 노래할 때 거의 같이 노래하고, 사람들이 춤출 때 거의 같이 춤출 것이다. 그러나 그 시간은 아직 오지 않았다.

축제가 끝난 뒤에, 굿판을 벌이던 사람들이 뒷수습을 하고, 깃발을 내리고, 인파가 썰물처럼 빠진 뒤에, 행상이 잠시 자리를 비웠을 때도, 아이스크림 수레는 한동안 그 자리에 다시 덩그러니 남게 될 것이다. 그러나 우리의 눈에 박히는 인상은 조금 다를 것이다. 차곡차곡 쌓아올려 가지처럼 하늘 뻗은 고깔과자는 줄어들고, 수레는 지친 듯이 보이겠지만, 흥분된 시간의 기억을 조금은 품고 있어서, 어느 정도는 인간적으로 보이기도 할 것이다. 그것은 사라진 흥분의 시체, 그 열기가 아직 다 식지는 않은 시체와 같을 것이다. 그러나 아침나절의 아이스크림 수레는 그 죽음을 아직 알지 못한 채, 몰려들 인파와 함께 제 생명이 충만해지기만 기다리고 있다. 그래서 이 뻔뻔한 아이스크림 수레는 한때 호수를 포위하고 있던 저 가건물 횟집들의 오만을 한데 압축해놓은 것과 같다. 내가 끝내 보지 못한 다섯 개의 달 또는 일곱의 달이 저 수레의 통 속에서 아이스크림과 함께 달콤하게 얼고 있으리라. 그래서 그 언 달을 담을 고깔과자들이 강원도의 자연에 담겨 있을 모든 힘과 맞먹을 힘을 날카롭게 뽐내며 저렇듯 하늘로 치솟아오르는 것이리라.

겨울의
개

　내 나라의 옛날이라 하더라도 옛날은 외국이나 다름없다. 어떤 문법책의 예문에 그런 말이 있었다. 물론 이 옛날은 3백 년 전이거나 천년 전의 옛날, 역사책에서나 읽을 수 있는 그런 옛날을 말할 것이다. 그러나 20년 전이나 30년 전, 내가 철들어 보고 느끼며 살았던 나날이라고 해서 다른 나라의 시간이 아니라고 말하기도 어려울 것 같아 문득 몸이 떨린다. 기억이 내 존재의 일관성을 보증해준다고는 하지만 과거의 어느 시간 속으로 내가 찾아내려 간다면, 나는 거기서 다정하고 친숙한 물건들을 다시 만나기보다, "나는 여기서 산 적이 없다"고 말하게 될 것만 같다.

　초등학교 4학년 때이던가, 어느 날 저녁 나는 아버지와

190

함께 밤길을 걸어 집에 돌아오고 있었다. 인적이 없는 먼 길이었다고 기억한다. 아버지는 나를 데리고 어느 길모퉁이의 주막집으로 들어갔다. 주모가 맑은 돼지고기 국물 두 사발을 우리가 앉은 탁자에 가져다놓고 삶은 돼지고기를 한 움큼씩 넣어주었다. 나는 목이 말랐는데, 돼지고기를 다 먹어야만 그 맑은 국물을 마실 수 있다고 생각했다. 어린 나는 용기를 내서 국물 위에 부담스럽게 떠 있는 하얀 비계를 마지막 한 점까지 다 건져 먹었다. 그때 무참한 일이 일어났다. "애가 돼지고기를 참 잘도 먹네." 주모가 소리치면서 내 국그릇에 또 한 움큼 돼지고기를 집어넣었다. 나는 울었다. 그 사건에서 내가 기억하는 것은 내 목마름과 마실 수 없었던 맑은 국물과 주모의 과도한 친절, 그리고 아궁이에서 따뜻하게 타오르던 불길 정도다. 그리고 또 무엇이 남아 있을까. 검은색으로 물을 들인 주모의 무명베 치마, 연기에 그을린 서까래, 가마솥 위 살강에 놓인 하얀 그릇들, 어설프게 닫힌 주막의 나무 문짝…… 이런 것들을 머릿속에 애써 긁어모아 이리저리 꿰맞추어보아야 헛일이다. 내가 기억 속에서 찾아냈다기보다 홍성원이나 박명

ⓒ 구본창

희의 소설에서 가져왔을 이런 소도구들이 내가 원하는 아늑한 구도로 거기에 배열되어 있을 리 없다. 지나간 시간이 모두 꿈이라고 말하는 시도 있지만, 정말 그 주막집의 시간이 어느 날 내 꿈속으로 고스란히 다시 내려온다면, 나는 거기서 한 무더기 기괴한 물건들을 대면하며 왜 저것이 저기 있느냐고 소리치며 놀랄 것이다. 그것들은 너무도 낯설어서 어떤 불길한 목판화 속의 구리 병이나 박제된 독수리처럼 현실의 얼굴이 아닌 상징이나 은유의 얼굴을 들고 있을 것이다. 나는 꿈을 꾸고 있는 것이 아닐까 혼자 묻게 될 터인데, 나는 정말 꿈을 꾸고 있는 것이다.

수분리, 장수면, 장수군, 전라북도, 1973년. 서른 해 저쪽에 있는 한 장의 어둑한 빛이다. 그 시절 아직 젊은 강운구는 무슨 일로 장수에 들렀다가 다시 남원으로 걸어가고 있었다. 그는 세 시간 뒤에야 온다는 버스를 기다릴 수 없었다고 말하지만, 시적 파동이라고나 불러야 할 어떤 예기치 못했던 힘이 그를 떠밀었던 것이라고 말할 법도 하다. 장수에서 남원까지 걸어간 일백 리 길에서 그는 수분리 마을을 우연히 '발견'했다. 그때까지 들어본 적도 없었다는 건

새집의 마을, 지붕을 억새의 줄기로 엮은 '땟집'의 마을을, 새마을운동이 휩쓸어버리기 직전의 아슬아슬한 시간에, 천행으로 붙잡아둘 수 있었다. 마을 앞으로 지나가는 자동차 길에서 눈을 맞으며 걸어오는 아낙네와 소년, 그리고 개 한 마리를 만날 수 있었던 것도 그날의 일이다.

지금 나이 마흔 안팎에 있을 사진 속의 소년은 그날 눈 속에서, 저만치 먼 거리에서, 자기들을 마주하여 걸어오던 낯선 사내가 다급하게 카메라의 셔터를 누르던 그 순간을 어렴풋이라도 기억하고 있을까. 한국의 현대 예술사가 어떤 방식으로든 기념해야 할 그 사건이 이 소년의 생애에서도 하나의 사건이었을까. 그가 지금 이 사진을 본다면 그 세부에 얽힌 사연들을 낱낱이 설명해줄 수 있을까. 가능한 일이 아니다. 그러나 어쩌다 눈발에 가려 어둑해진 산을 배경으로, 와본 것도 같고 처음인 것도 같은 어느 한적한 길을 어머니와 함께 헤매다가 마침내 얼굴 훤칠한 낯선 사내와 만나는 꿈을 살아가는 날에 한 번은 꾸게 되지 않을까.

길은 비교적 넓지만 산자락에서 산자락으로 이어지는 길이 곧을 수는 없다. 가벼운 곡선을 이루며 사라지는 길 저쪽은 운무에 덮인 듯, 때이른 어둠이 깔린 듯, 눈발 속에 가려져 적막하다. 한겨울 잎 떨어진 나무들은 앙상하다. 심어진 간격도 고르지 않고 굵기도 서로 다르고, 게다가 여기저기 시달린 흔적을 담고 있어서 그 검은 등허리에 실려 있는 고독감이 더욱 엄연하다. 나무들이 다 같은 것은 아니다. 왼쪽의 나무 두 그루는 그 가느다란 줄기에 나름 대로 표정을 지니고 있다. 거기에 오른쪽의 멀뚱한 나무들이 대비되어 전체적으로 원경의 적막감에 깊이를 준다.

길 왼편의 임질을 한 중년 여자는 건장하고 발걸음에 거침이 없어 보인다. 소년의 왼쪽 가슴에는 손수건이 달려 있다. 초등학교 1학년일 것이 틀림없다. 아낙네와 아이는 지금 어디로 가고 있을까. 학교에서 집으로 오던 아이가 앞마을 옹달샘 근처에서 어머니를 만난 것일까. 그건 아닐 것 같다. 인가가 많지 않은 산골이라고 해도 학교를 파하고 오는 아이가 혼자 오지는 않을 것이다. 그렇더라도 시골에서 큰 내 나이의 사람들이라면, 여인이 샘에서 돌아오는 길이기를 바랄 것이며, 여인이 머리에 인 양동이 위로 가볍게 귀를 내밀고 있는 것이 물바가지이기를 바랄 것이다. 물을 떠담기 위해 동이와 함께 가져가야 할 바가지는 돌아오는 길에 동이 밖으로 물이 넘치지 않도록 그 출렁임을 막아주기도 한다. 물동이를 이는 일은 쉽지 않다. 먼저 똬리를 머리에 얹고, 몸을 낮추어 쪼그리고 앉아, 물이 가득 찬 동이를 수직으로 들어올려 그 똬리 위에 안정시키고는, 몸을 다시 수직으로 일으켜 세워야 한다. 제 몸에 물을 끼얹지 않고 제대로 물동이를 이기 위해서는 적지 않은 훈련이 필요하다. 반세기 전만 해도 우리의 삶은 이런 힘든 기술들이 그 구석구석을 받쳐주지 않으면 하루도 지탱하기 어려웠다. 자연이 그 물질성을 야만스럽게 드러내는 궁핍한 삶에서는 이런 기술을 하나하나 몸과 결합시켜야만 인간이 들어설 작은 자리가 마련되고 사람이 사람 노릇을 할 수 있었다. 자동차 운전면허를 얻어낸다거나 핸드폰의 매뉴얼을 익힌다는 일 따위가 여기에 비견될 것은 아니다. 서정주의『질마재 신화』에서, 가까스로 제 몫의 물동이를 이게 된 어린 처녀가 하나같이 괴력을 지닌 그 신성가족들 틈에 한자리를 차지할 수 있었던 것도 이 때문이다. 처녀는 "물동이의 물을 한 방울도 안 엎지르고 걸을 수 있을 때만" 시인하고 눈을 맞추었다(「그 애가 물동이의 물을 한 방울도 안 엎지르고 걸어왔을 때」).

아낙은 건장하지만 양동이의 흔들림을 가소롭게 여기지 않아 두 손으로 꼭지를 단단히 붙잡고 있다. 서정주의 저 질그릇 동이가 양동이로 바뀌면서 삶이 요구하는 기술 수준이 조금 완화되었다고는 해야겠지만, 정말 조금일 뿐이다. 물질의 위협은 여전히 가혹하다. 고개 너머 마을은 두 다리로 걸어가야 할 10리 길이며, 겨울은 어김없이 가슴속으로 파고드는 영하 몇 도의 추위이며, 물 한 동이는 출렁이는 물 한 동이의 무거움이다. 인간이 만물의 척도라는 말은 이 겨울의 눈길에서보다 더 절실할 수가 없을 것 같다. 어른과 아이는 어둑한 겨울 산야와 잎 떨어진 나무들과 끊임없이 내리는 눈발을 인간의 몸으로 책임지며 걸어오고 있다.

길에는 비질한 흔적이 역력하다. 쓸어내도 눈은 다시 쌓일 텐데 그 먼길에 누가 일삼아 비질을 했을까. 마지막 힘을 뽑고 초라하게 엎드려 있는 다락논들 곁에서는 단정한 빗자국까지 스산하다. 아이는 더 편한 길을 놔두고 눈이 쓸리다 남아 있는 길 한가운데 고르지 않은 땅을 밟고 있다. 그래서 어른과 아이의 거리가 더 멀어지지 않았다. 그들은 어머니와 아들일 것이 분명하다. 아이는, 분명 어머니의 채근에 못 이겨, 등뒤로 옷자락을 둘러쓰고는 있지만 정작 가려야 할 머리는 옷자락 밖에서 눈을 맞고 있다. 아이는 어른이 걱정하는 것만큼 눈이 두렵지 않다. 이 겨울을 어른은 어른만큼 책임지며, 아이는 덜 책임지며 걸어오고 있다.

두 사람의 간격보다 더 큰 간격을 벌리고 비스듬히 개가 있다. 강운구는 사진을 설명해야 할 자리에서 이 개에 대해서만 짧게 언급한다. "개가 화면 밖으로 빠져나갔어도 사진은 되었을 것이다. 그러나 또한 재수가 좋았다. 빠져나가기 전에 누를 수 있었으므로." 확실히 개가 없어도 사진은 되었을 것이다. 그러나 이 개가 없었더라면 저 눈 내리는 길과 앙상한 나무들에 관해서도, 아낙과 소년에 관해서도, 나는 다른 어조로 다른 말을 했을 것이다. 개는 화면의 빈자리를 채워주고, 한쪽의 몸피 큰 아낙, 그리고 다른 쪽의 검은 등허리를 지닌 나무들과 균형을 이루어 구도를 안정시키기만 하는 것이 아니라 사진의 주제를 간섭하고 마침내 겨울 풍경의 '정신'을 바꾼다.

아낙과 소년은 우리를 바라보며 똑바로 걸어오는데 개는 길 밖으로 벗어나고 싶은 듯 오른쪽을 향해 걸어가고 있다. 어른과 아이는 길을 가기만 하는 것이 아니라 '가야 할' 길이 있다. 이 날카로운 겨울에 그들은 자기들의 몸과 짐을 정해진 곳에 어서 빨리 배달해야 한다. 거기에 닿기도 전에 길이 다시 눈에 덮일지도 모른다. 지금 아낙이 친척 어른의 회갑 잔치에 한 양동이 술을 이고 가고 있다고 해도, 어떤 흥겨움이 그들을 기다리고 있다고 해도, 그들의 발걸음은 노동이다. 기쁨도, 슬픔도, 미래에 대한 두려움과 포부도, 적막한 겨울 풍경에 대한 어떤 방식의 명상도, 뺨에 부딪는 차가운 눈의 감촉도 저 목적에 대한 집념을 끝내 이길 수는 없다. 목표는 마음속에 움터오르는 온갖 생각을 다스리고 우리를 향해 노동하며 걸어온다. 그러나 개는 큰 주인과 작은 주인을 앞서기도 하고 뒤서기도 하며, 길을 멀리 벗어났다가 돌아오기도 하며, 이 겨울 풍경 속에서 해찰한다. 개는 지금 노동하는 주인들의 휴식이다. 망치로 두더지의 머리를 때리듯이 주인들이 억눌러버리거나 한쪽에 제쳐놓는 생각들을, 아니, 그 생각들보다 더 아래에 깔려 솟아오르지도 못하는 생각들을, 그래서 생각이라고 이름 붙일 수도 없는 생각들을 개는 주인들을 대신하여 생각하며, 이 겨울의 스산한 들판을 회색 꿈의 자리로 만든다. 그리고 또 거기서 비껴 선다.

사진 속의 소년이 그 생애의 어느 날에 눈발에 가려 어둑해진 산을 배경으로, 와본 것도 같고 처음인 것도 같은 어느 고적한 길을 어머니와 조금 떨어져 헤매는 꿈을 어쩌다 꾸게 된다면, 그는 필경 그 꿈속의 길을 이 개의 마음으로 헤맬 것이다. 개는 내내 주인을 따라가지만 언제나 주인과 같은 방향으로 걷는 것은 아니다. 사람의 꿈은 사람 속에서 피어나 사람과 동행하지만 반드시 사람과 같은 방향에

시선을 두는 것은 아니다. 이 겨울의 개는 우리가 흔히 예
술이라고 부르는 것의 정신이다.

찌푸린
얼굴들

　나는 바닷가에서 나고 자랐지만 낚시질을 해본 기억이 없다. 어쩌면 내가 태어난 날에 그 책임을 돌려야 할지 모르겠다. 사철 바다를 옆에 두고 살아야 하는 우리 고향에서는 고기잡이나 뱃몰이와 관련하여 지혜로운 말들이 많다. 조금에 태어난 아이는 어장 일에 소질이 없다는 말도 있는데, 내 생일이 음력으로 초여드렛날이니 내가 바로 거기에 해당한다. 말은 그렇게들 하지만 진지하게 믿는 사람도 별로 없는 이 멍청한 전설이 내게 와서는 낚시질에 관한 한 내 기를 완전히 꺾어놓았던 것이 틀림없다.

　어른이 되어서도 나는 낚시질을 하지 않았다. 한 대학의 전임강사로 발령을 받아 5년을 살았던 마산은 바다낚시와 민물낚시가 모두 가능한 곳이다. 어느 해 봄에 동료 교수들이 도다리를 낚겠다고 배 한 척을 빌렸을 때 나도 따라 나서기는 했지만, 내게 배당된 낚싯줄을 나는 끝내 물속에 집어넣지 않았다. 사면으로 펼쳐진 막막한 바다에 한 줄기 실을 드리우고 자연이 보내올 특별한 신호를 기다린다는 것이 내게는 무슨 초현실 속의 일처럼 아득하게만 느껴졌다. 이 넓은 바다에서 고기들이 무슨 재주로 이 가녀린 실을, 그것도 하필이면 내 실을 찾아올 것인가. 화사한 봄날 한려수도의 첫 자락, 인간들의 모든 기획과 노력을 한줌 바람으로 날려버릴 것처럼 멀리 그렇게도 고요하게 물에 어려 있는 산그림자들이 그 생각을 더욱 움직일 수 없게 만들었다.

그 후로 춘천에서 8년을 살았다. 어느 쪽으로 가도 호수를 만나는 이 아름다운 도시는 민물낚시의 전진기지나 같아서, 사람들 간의 대화가 낚시로 시작해서 낚시로 끝나는 일이 많았다. 내가 재직했던 대학에는 아예 차에 낚싯대를 싣고 다니는 교수들이 있었으며, 나는 일과가 끝나는 시간에 그런 차 앞에서 얼씬거리다가 강제로 납치를 당해 이름도 아름다운 아침못 같은 낚시터로 끌려가기도 했었다. 그러나 소를 물가까지 끌고 갈 수는 있어도 물을 마시게 할 수는 없다는 지혜의 말은 그 경우의 나에게도 해당되었을 것 같다. 그들이 나를 설득하기 위해 늘어놓았던 낚시의 철학적 미학적 윤리적 미덕을 나는 그대로 외울 수도 있다. 그 말들은 정신이 딴 데 가 있는 학생들을 앞에 놓고 시가 왜 중요한지를 역설하는 문학 선생의 말과 엇비슷해서 크게 새삼스러울 것은 없었지만, 같은 말이라도 다른 말처럼 할 줄 아는 사람들이 어디든 하나씩은 있다. "가끔은 무자극적인 사고를 하는 시간도 있어야 하지 않겠어." 어느 교수가 그렇게 말했다.

외부의 자극을 최소한으로만 받는 상태에서 자기 생각에 몰두하는 시간을 가져야 한다, 나는 그 말을 그렇게 이해했다. 그 대목에서 나는 내 생활을 반성하는 것이 마땅한 일이었으나, 심성이 '완악'한 인간은 제가 읽은 책 속에서 그에 상응하는 구절을 찾아내는 것으로 만족했다. 카뮈가 그의 수필 「시시포스의 신화」에서, 또다시 굴러떨어질 바위를 산꼭대기까지 밀어올리기 위해 애쓰는 저 신화적 영웅의 고통을 묘사하는 가운데 "하늘 없는 공간과 깊이 없는 시간"이라고 썼던 구절을 금방 떠올렸고, 낚시터에 와서까지 낚싯대를 잡으려 하지 않는 나 같은 사람의 시간과 공간이 영락없이 그 꼴일 것이라고 생각했으니 그것도 반성이라면 반성일 수 있을까. 일하는 것도 아니고 노는 것도 아닌 시간과 공간에서 지지부진하게 힘을 소비하는 일은 많아도 자신을 풀어놓는 데는 늘 실패하는 사람이 자신을 반성하는 일에 서툴 수밖에 없는 것은 오히려 당연하다. 내가 자극 없는 사고를 이해하지 못한다거나 혐오한다기보다는 차라리 겁내고 힘겨워한다고 말하는 편이 아마 옳을 것이다. 따지고 보면 그런 시간이 내게 없었던 것은 아니지만 그것은 늘 옛날의 기억 속에만 있다.

대학교 3학년 때던가, 지금은 태백시가 되어 있는 황지에 한 번 간 적이 있다. 경찰의 수배를 받아 그곳 탄광촌에 숨어 있는 한 학생에게 어떤 사람의 부탁을 받아 편지 한

ⓒ 강운구

장을 전하기 위한 여행이었다. 내가 황지에 도착했을 때는 그 학생이 이미 그곳을 떠난 다음이었다. 나는 여인숙에서 하룻밤을 보내고 아침 식사를 라면 한 그릇으로 때운 후 서울행 완행열차가 올 동안 탄광촌을 돌아다녔다. 벌써 30여 년 전의 일이고 내가 황지에 머문 시간은 하루가 채 안 되지만 그때 내가 보았던 풍경과 느꼈던 감정은 지금도 기억 속에 생생하다. 아마도 10월 하순경이었을 터인데, 황지는 서울의 12월 날씨 못지않게 추웠다. 작고 낮은 집들도 포장이 안 된 도로도 모두 시커멓게 탄가루를 둘러쓰고 있었다. 마을을 둘러싼 솔밭에서는 길고 날카로운 바람소리가 들렸다. 검은 길바닥에는 함부로 버린 개숫물이 얼어붙어 있고, 거기 함께 얼어 있는 밥풀을 떼어 먹으려는 듯 역시 탄가루를 둘러쓴 여윈 개들이 안타까운 혀로 검은 얼음을 핥고 있었다. 모든 것이 적막하고 적막한 만큼 아름다웠다. 어둡도록 검은 풍경과 추운 날씨에도 불구하고 하늘은 새파랗고 햇빛은 이상하게도 찬란했다. 나는 춥고 배가 고팠지만 마음은 어느 때보다도 더 고양되어 있었다. 아마도 인간에게 전혀 호의를 내보이지 않는 자연, 날카롭게 날이 선 돌과 바람과 흙에 자기 육체를 직접 부딪치고 사는 그런 삶의 개념을 그 풍경 속에서 얻었기 때문일 것이다.

그러나 더욱 생생한 것은 서울로 돌아오는 기차간의 기억이다. 기차는 붐비지 않았다. 황지에서 본 것 같은 복장을 하고 같은 얼굴을 한 사람들이 여기저기 띄엄띄엄 앉아 있었다. 주먹밥 같은 것을 먹기도 하고 두셋이 모여 소주를 마시기도 했지만, 대개는 찌푸린 얼굴을 하고 무슨 생각에 잠겨 있었다. 나도 무슨 생각을 했다. 기차가 서울까지 가는 데 얼마나 걸릴까. 그 시간은 내 인생의 공백이나 같았다. 편지를 전한다는 임무가 미완으로 끝났기에 마음이 더욱 홀가분했다. 서울에 도착하는 즉시 찾아내야 할 입주 가정교사 자리에 대한 걱정도, 머지않아 군대에 가야 한다는 두려움도 저만치 물러나 있었다. 창으로 쏟아져 들어오는 밝은 빛에도 불구하고 공연히 켜져 있는 천장의 전깃불들 때문에 오히려 어둑하게 보이는 기차간에서 찌푸리고 있는 얼굴들이 나를 또한 자유롭게 했다. 눈 속에 꽃이 만발한 길로 걸어가는 내 모습을 보기도 하고 물살 강한 해협에서 헤엄을 치면서도 전혀 지치지 않는 내 기력에 감탄하기도 했다. 그러다 잠이 깨어서는 앞으로 글을 쓰겠다는 생각도 했고 공부를 열심히 하겠다는 결심도 했다. 옆자리를 살펴보면 사람들은 여전히 찌푸린 얼굴이었다. 내 얼굴은 그들과 달랐을까. 그 찌푸린 얼굴들을 따라 나는 다시금 상념 속에 빠져들곤 했다. 내가 찾고 있던 종이 한 장이 어떤 책 속에 끼어 있다는 생각이 났고, 사람을 정직하게 살게 하는 무슨 체조 같은 것을 고안하기도 했다. 그 후로도 내 삶이 같은 자리를 맴돌았고 더 정직해지지도 않았던 것을 보면 그날의 생각이나 결심이 오래간 것은 물론 아니었다. 그러나 내가 사물을 바라볼 때의 심미적 기준에는 그 짧은 여행에서 보았던 춥고 검은 도시의 맑은 하늘과 그 찌푸린 얼굴들의 잔영 같은 것이 늘 들어 있다.

그리고 오래되었지만 강운구의 사진에서 그 찌푸린 얼굴들을 다시 본다. 그가 거제의 구조라에서 학동으로 가는 '마을버스'와도 같은 배에서 찍은 이 사진은 1974년의 것이니, 내 기억 속의 얼굴들과 이 얼굴들 사이에는 전혀 연관이 없는 7, 8년의 세월이 있다. 그러나 연관은 우리가 생각하는 것들보다 훨씬 더 깊은 곳에 있을지 모른다.

강운구는 이 사진을 두고 두 가지 불만을 말한다. 하나는 "맑고 따스하고 물결이 잔잔한 날이었는데 사람들의 표정은 그렇지 않았다"는 것이고, 다른 하나는 자신이 "좋아하는 사진인데 알아주는 사람이 없다"는 것이다. 그리고 이 말끝에 "이상하다"고 덧붙인다. 그가 표현하려는 것은 불만이라기보다는 차라리 의문이지만 인간사를 섬세하게 꿰뚫어 볼 줄 아는 이 작가가 그 대답을 진심으로 모르지는 않을 것이다.

사진에 보이는 것과 같은 통통배를 타고 구조라에서 학동까지 가는 시간은 기껏해야 10분 안팎이다. 내가 완행열차를 타고 황지에서 서울까지 왔던 그 시간에는 비교할 수도 없이 짧은 시간. 그러나 깊은 휴식에 반드시 긴 시간이 필요한 것은 아니다. 배에 타고 있는 사람들의 옷차림과 한옆에 가난하게 쌓여 있는 구공탄으로 보아 계절은 늦가을과 초겨울 그 어름이다. 날씨는 맑고 물결은 잔잔하다. 그 좋은 날씨에도 '불구하고' 그들은 찌푸리고 있는 것이 아니라 그 화창한 하늘과 잔잔한 바다가 조용하게 찌푸릴 수 있도록 그들을 도와준다고 해야겠다. 뱃머리를 정중앙에서 조금 비껴두고 있는 사진의 구도는 자못 장엄하지만 그들이 가는 곳은 난바다 저쪽에 있는 미지의 나라가 아니다. 그들은 조금 전에 떠나왔던 곳으로 다시 돌아간다. 떠나왔다는 말도 사실은 지나친 것이 아닐까. 그들은 떠난 적이 없으며, 있던 곳에서 있던 곳으로 간다. 가슴이 설레야 할 이유는 전혀 없다. 그들은 또한 남의 땅 근처에서 뱃놀이하는 사람들이 아니기에 풍경이 낯설게 찬란하기를 바랄 이유가 없으며, 물 위에 떠 있는 섬들에도, 지난여름의 남은 온기를 식히며 뱃머리에서 부서지는 파도에도, 과장된 찬탄의 인사를 보내야 할 필요가 없다. 힘을 소비해야 할 특별한 감정 같은 것은 그들에게 없다. 그렇더라도 이 길지 않은 시간은 그들에게 특별하다. 그들은 조금 전까지 어깨로, 등으로, 팔로, 그리고 머리로 실어날라야 했으며 조금 후에 다시 실어날라야 할 것들을 뱃전에 놓아두고 있다. 항상 무엇을 실어나르던 그들의 몸이 잠시 다른 힘의 봉사를 받으며 실려간다. 두 발로 걷지 않아도 그들의 몸이 움직이고 있다. 구공탄을 배 위에 실어야 했던 그 시간과 배 밖으로 다시 옮겨야 하는 그 시간 사이에서 찌푸린 얼굴로 가장 작은 열량을 소비하며 하늘과 바다의 평온함을 그들은 조용하게 거둔다. 사람들의 찌푸린 얼굴은 맑은 하늘과 잔잔한 바다의 다른 얼굴일 것도 같다.

극적인 것은 아무것도 없다. 조금 전까지 삶의 드라마를 구성해왔으며, 잠시 후에 다시 구성하게 될 것들은 배가 저쪽 항구에 도착할 때까지 사람들의 심중 깊이 내려가 있고, 조용하게 찌푸린 얼굴들은 아무것도 표현하지 않는다. 그것을 공허라는 말밖에 다른 말로 부르기는 어렵다. 정리되지 않은 뱃전, 늦가을의 입성들, 아무렇게나 둘러 감은 목도리와 머릿수건, 두 겹으로 스산하게 쌓인 구공탄, 물결 없는 바다와 쾌청한 하늘로 이루어진, 그리고 찌푸린 얼굴들에 되비친 복잡한 공허가 거기 있다. 알아주는 사람이 없다고 강운구는 이상하게 여기지만, 사람들은 알아도 말하지 않는다. 내가 낚시질을 두려워하듯이 사람들은 이 공허를 두려워하고 오랫동안 거기에 시선을 두려 하지 않는다. 사진에서처럼 낯설게 보일 정도로 낯익은 것들이 이 공허의 밑바닥에서 또 우리를 기다릴 것이 두렵고, 거기까지 내려갈 길이 두렵다. 낯섦과 낯익음 사이에서 내 삶을 조종하는 드라마의 진정한 모습을 보아야 한다고 옳은 말을 하는 사람들이 있겠지만 그것이 꼭 이 시간이어야 할 필요는 없다.

배 위에서 카메라를 온전히 의식하고 있는 얼굴은 단 하나다. 흰 두루마기를 입고 뱃전 왼편의 나무 의자에 앉아 있는 노인이 우리와 눈길을 맞추려고 한다. 사진을 세로로 삼등분하여 두 선을 긋고, 가로로 삼등분하여 또 두 선을 긋는다면, 왼쪽에서 첫번째 세로선과 위에서 첫번째 가로선이 만나게 될 지점에서 그 얼굴은 심중으로 내려가는 삶을 잠시 화면 위로 살짝 들어올린다. 그러나 다 들어올리지는 않는다. 감정을 세련되게 누르고 그 얼굴은 당신들이 그림 속에서 보는 것들은 사실이라고 말하려는 것 같기도 하고, 그것들은 사실일 뿐이기에 그림 속에 새삼스럽게 담아둘 이유가 없다고 말하려는 것 같기도 하다. 사실은 공허하게, 움직일 수 없이 거기 있기에 다른 것이 된다고 말할 수 있는 힘이야말로 사실주의 예술의 뛰어난 미덕이다.

빈집

  기형도의 시 「빈집」은 슬프다. 낯익고 순탄한 리듬이 애절한 말들을 실어나를 때, 벌써 무력해진 우리는 해 뜨기 전의 는개처럼 지표면에 낮게 깔린 마음을 다시 추스르고 싶어하지 않는다. 이 상처는 아늑하기까지 하다. 이 시를 시답잖게 평가하는 사람들에게 문제가 되는 것도 역시, 저 통속적인 주제와 함께, 이 감상적인 어조이다. 그러나 얼이 조금 빠져 있는 날 낡은 곡조 하나를 별 까닭도 없이 자꾸만 입속으로 되뇌듯, 좀 귀찮다는 생각을 하면서도 이 시를 몇 차례 반복해서 읽다보면 무언가 석연치 않은 것이 혀끝에 밟힌다. 그리고 우리는 갑자기 이 시를 슬프게 읽기보다는 불안하게 읽는 편이 더 낫겠다는 생각이 든다.

사랑을 잃고 나는 쓰네

잘 있거라, 짧았던 밤들아

창밖을 떠돌던 겨울 안개들아

아무것도 모르던 촛불들아, 잘 있거라

공포를 기다리던 흰 종이들아

망설임을 대신하던 눈물들아

잘 있거라, 더이상 내 것이 아닌 열망들아

장님처럼 나 이제 더듬거리며 문을 잠그네

가엾은 내 사랑 빈집에 갇혔네

　첫 줄의 잃어버린 사랑과 마지막 줄의 빈집에 갇혀 있는
사랑은 같은 사랑일까 다른 사랑일까. 앞의 사랑은 '사랑
했던 대상'이고 뒤의 사랑은 그 무정한 사랑을 포기하고도
여전히 '정리하지 못한 미련'인가. 이렇게 생각하면 이 시
는 슬프다. 앞의 사랑도 뒤의 사랑도 모두 '사랑하는 마음'
이자 그 마음이 변질된 상태라고 보아야 하지 않을까. 이

렇게 보면 이 시는 불안하다. 이 시의 주제를 뭉뚱그리고 있는 첫 줄, "사랑을 잃고 나는 쓰네"를 또 어떻게 읽어야 할까. 한 여자의 사랑을 얻는 일이 이제 가망 없음을 확인하고 그에 대한 감정을 기술한다는 뜻일까. 이렇게 생각하면 이 시는 슬프다. 아니면, '사랑이 상실된 상태에서 나는 글을 쓰고 있네'라는 뜻으로, 다시 말해서 '내 글쓰기를 지켜줄 사랑이 없음을 이제 나는 깨달았네'라는 뜻으로 읽어야 할까. 이렇게 읽으면 이 시는 불안하다.

이해의 초점을 깨어진 사랑에 두어야 할까, 사랑 없는 글쓰기에 두어야 할까. 이것은 애절한 연애시일까, 아니면 불안한 글쓰기에 대한 글쓰기의 시일까. 그러나 결국 같은 이야기가 될 것 같다. 사랑이라는 말에 어떤 철학적·미학적 함의가 있다고 하더라도, 그 사랑을 구체화하는 뮤즈가 반드시 멀리 있는 것은 아니다. 한겨울 밤도 짧다고 생각하며 뜬눈으로 지새워 쓰는 한 시인의 글이, 이를테면 말라르메의 「바다의 미풍」의 일부인,

어느 것도, 눈에 비치는 낡은 정원도,

바다에 젖어드는 이 마음 붙잡을 수 없으리,

오 밤이여! 백색이 지키는 빈 종이 위

내 등잔의 황량한 불빛도,

　같은 시구의 잔영 아래, 문학사적 대하의 변두리 강물에 수줍게 발 적시며 쓰는 그의 글이, 모두 다 연애편지일 수는 결코 없겠지만, 그 가운데는 연애편지도 들어 있었을 것이다. 아니, 어쩌면 시인은 제가 쓰는 글이 세상의 어떤 진실과 드잡이를 한다 하더라도, 그것이 한 사람에게 바치는 연서로서 성공할 때 가장 높은 가치를 누린다고 믿었을 수도 있겠다. 그 사랑은 깨어졌고 글쓰기의 진정한 열망은 이제 그에게서 불길을 낮추었다. 시의 수호천사는 사라졌으며, 그의 글을 세상과 연결시켜줄 것은 아무것도 없다. 그의 시는 높은 세계건 낮은 세계건 세계와의 내통엔 더이상 가망이 없으며, 그의 마음은 바깥세상의 어떤 풍경과도 조응하지 않는다. 열기 없는 열망은 메마른 말들 속에 갇혔다. 슬픔은 언젠가 가라앉겠지만 이 불안이 해소될 길은 없다.

김기덕 감독이 영화 〈빈집〉을 구상할 때 잠시라도 기형
도의 「빈집」을 염두에 두지 않았을까. 김기덕의 영화와 기
형도의 시는 주제도 서술의 방법도 전혀 다르지만, 두 사
람이 생각하는 빈집이 모두 혼 없는 집이라는 점에서는 같
다. 영화에서, 빈집을 찾아내어 잠시 머물며 밀려 있는 빨
래도 대신 해주고 고장 난 기계들도 고쳐놓는 주인공이 그
없는 혼을 대신한다 하겠지만, 이 수호천사 자신이 늘 쫓
기는 신세이며, 제가 깃들어야 할 몸은 늘 다른 사람의 지
배 아래 있다. 그는 마침내 제 몸을 완전히 감추는 법을 알
게 되지만 그것은 오히려 그의 절대적인 고립을 말할 뿐이
다. 그가 다른 남자의 등뒤에서 사랑하는 여자와 눈을 맞
추고, 그 손을 잡고, 그 입술에 입술을 포갤 때, 그는 이미
죽음의 형식으로, 기껏해야 추억의 형식으로 거기 있을 뿐
이다. 김기덕의 영화 〈빈집〉의 해피엔딩은 그래서 그가 만
든 다른 가혹한 영화의 엔딩만큼이나, 혹은 그보다 더, 비
극적이다. 빈집들은 제각기 한 삶의 슬픔과 연결되어 있지
만, 그 슬픔은 곧 모든 삶의 불안이 된다.

ⓒ강운구

나는 빈집을 한꺼번에 많이 본 적이 있다. 어머니가 마지막 병석에 누워 계실 때, 당신의 수첩에서 찢어낸 먼 친척 노인의 낡은 주소를 들고 도봉 전철역 뒤편의 가난한 동네를 찾아가 그 골목에 차를 세웠다. 동네에는 아무도 살지 않고 집들은 비어 있었다. 여기저기 너덜거리며 걸려 있는 플래카드의 날 선 구호들이 저간의 사정을 말해주었다. 찾아낸 주소에도 물론 사람이 없었고, 반쯤 열려 있는 출입문 밖에는 하얀 플라스틱 화분들만 한 줄로 놓여 있었다. 고추와 토마토. 드러난 뿌리와 대궁은 바스러질 듯 말라 있었지만 가지 끝의 잎사귀는 아직 푸르고, 크기를 멈춘 열매들은 때이르게 붉었다. 나는 빈집들을 들어가보았다. 어느 선반에는 꼭지 떨어진 금성 라디오가 위험하게 얹혀 있었고, 어느 방 한가운데는 석유곤로가 엎어져 있었다. 한 가족이 문설주의 못에 걸어두고 간 면바지는 그냥 입어도 좋을 만큼 깨끗했다. 고개를 숙이고 들어가야 할 낮은 집의 연기에 그을린 벽에는 책상과 작은 책꽂이를 기대놓았던 자리가 선명했다. 그 위에 하루 일정을 빡빡하게 짠 시간표가 있었고, 더 위에 압정으로 붙인 하얀 도화지 위에는 "한 남자의 8월"이라는 뜻의 토막 영어가—어디서 온 말일까—알파벳 하나하나의 윤곽을 그리고 그 안에 정성스럽게 빗금을 친 형식으로 적혀 있었다. 천장에 번진 곰팡이 자국은 집마다 달랐고, 남겨놓은 물건들도 달랐다. 어느 집은 끝이 부러진 식칼과 도마를 남겨놓았다. 방구석에 가지런히 모아놓은 소주병 옆의 비닐봉지에는 마른 땅콩이 제법 많이 들어 있었다. 색 바랜 누비이불과 베개를 보았고 올만 남은 담요와 그 위에 흩어져 있는 머리핀들을 보았다. 그 동네에 사람이 전혀 없었던 것은 아니었다. 내가 차를 세워둔 곳으로 걸어가고 있을 때 땅바닥에 물을 끼얹는 소리가 등뒤에서 들려왔다. 고개를 돌려보니 '천신보살'이라고 간판을 단 집 앞에 회색 옷을 걸친 중년 여자가 누런 대야를 손에 들고 내 쪽을 물끄러미 바라보고 서 있었다. 나는 잠시 머뭇거리다가 재빨리 차 문을 열고 시동을 걸었다.

　빈집의 살 빠진 여닫이 종이 문과 그 위에 빗장 삼아 가로질러놓은 나무 기둥. 이 사진은 강운구가 1995년 충청

북도 제천시 한수면에서 찍은 것이다. 작가는 "버려진 빈 집을 지키는 것, 가로 친 빗장으로 남긴 미련"이라고 간단한 메모를 붙였다. 떠나간 집주인의 미련이 그러나 이 빗장으로만 표현되는 것은 아니다. 연기와 때에 절어 콜타르라도 먹인 듯이 보이는 검은 기둥에는 문패가 아직 붙어 있고, 눈을 가늘게 뜨고 오래 들여다보면 이름 석 자를 읽을 수도 있다. 주인은 언젠가 이 집에 다시 와서 살게 될 날이 있으리라고 믿었을까. 설령 그날이 온다 하더라도 옛날의 가난하고 고달팠을 삶을 다시 연장하고 싶어했을까.

주인이 돌아오지 못한다 해도 빈집이 저 혼자 간직하고 견뎌야 할 것은 있다. 이를테면 내가 재개발 지역의 빈집들을 기웃거리며 맡았던 냄새들. 집마다 달랐던 이 냄새를 나는 조금 멋쩍게 집의 수호신이라고 부르고 싶은데, 그럴 만한 이유가 있다. 우리 가족이 고향집에 살 때 방마다 다른 신이 있었다. 광에는 성주신이 있고, 부엌에는 조왕신이 있고, 뒷간에는 측신이 살았다. 그리고 귀신마다 냄새가 달랐다. 광의 냄새는 메주를 띄웠고, 안방의 냄새는 술을 익게 했고, 뒷간의 측신은 짚과 풀을 두엄으로 바꾸었다. 이 냄새·신들은 우리와 함께 살아왔고, 우리와 함께 그 영검이 깊어졌을뿐더러 우리 운명의 여러 부분을 지배했다. 그것들은 우리와 숨결을 교환하고 때로는 감정의 파동을 교환했다. 그것들은 우리의 고독한 몸을 세상의 만물과 이어주는 연통로이며, 그렇게 맺어온 관계의 흔적들이며, 세상과 사랑을 나눈 내력들이며, 우리 마음속 깊은 곳에 남은 기억의 시간들이었다. 산골 마을의 가난한 주인은 자기가 살던 집을 떠나며, 그 가난한 살림살이야 한나절의 등짐으로도 다 나를 수 있었을 터이지만, 그 기억의 시간들은 가로지른 빗장에 대못을 박아 감금해두는 수밖에 다른 방도를 찾을 수 없었다. 사람이 살던 시간들은 기형도의 가엾은 사랑처럼 빈집에 갇혔다.

그러나 나는 지금 슬픔을 말하는 것이 아니다. 강운구의 사진에서, 한낮의 햇빛이 오른쪽 기둥에 붙은 문패의 꼭대기 근처에서 왼쪽 하단까지 빈 벽과 우중충한 창을 사선으로 가로질러 화면 전체를 조금 불균등하게 양분하고 있다.

이 햇살 때문에 빈집의 고적감은 더욱 두드러지는 것이 사실이지만, 이 황량함은 가령 에드워드 호퍼의 어느 그림에서 바닷가 휴양지의 빈방에 무심한 사선을 그리며 쏟아지는 강한 햇빛의 그것처럼 끔찍하지 않다. 예의 문패와 함께, 빈 회벽에 난 작은 금들과 함께, 그을릴 대로 그을린 기둥들과 함께, 떨어져나간 문살들과 함께, 댓돌에 흘러내린 시멘트 자국들과 함께, 저 햇빛의 효과를 완화시키는 기억의 수호신들이 아직 거기 몸 붙이고 있기 때문이다. 호퍼의 끔찍한 빈방에는 사람도 없지만 삶의 기억도 없다. 바닷가 빈방의 창문들이 모두 열려 있는 것처럼 거기에는 갇힐 것조차 없다.

아니, 달리 말해야 한다. 덜 끔찍하다는 것은 사실 더 끔찍하다는 말이다. 봉천동의 마지막 작은 집이 허물어지고, 정릉의 고층 아파트들을 둘러싼 원주민촌이 이주를 마저 끝내기 전까지는, 저 빈집의 두터운 빗장이 다 삭기 전까지는, 우리가 제사상 앞에서 올리는 절이 아직 허망하지 않다. 그러나 없는 신에게 절을 하는 것보다 없어질 신에

게 절을 하는 것이 덜 끔찍하다고 말하기는 어렵다. 불안
은 슬픔보다 더 끔찍하다.

제 3 부

당신의
사소한
사정

　밥하기보다 쉬운 글쓰기. 이 야릇한 말은 최근에 전영주 시인이 발간한 책의 제목이다. 벌써 짐작할 수 있는 것처럼 끝없이 노력해도 표 나지 않는 일에 자신을 묻어버리고 살다가 어느 날 문득 그렇게 묻혀버린 자기를 밖으로 끌어내야겠다고 마음먹게 될 주부들에게 글쓰기의 기초를 지도하고 전문 작가로 입문하는 길을 안내하는 책이다. 당연히 읽기 쉽고 활용하기 쉽게 쓴 글이지만, 그렇다고 그 내용이 그냥 넘겨짚어도 좋을 수준에 머물러 있는 것은 아니다. 처음 펜을 잡는 사람들이 어쩔 수 없이 부딪치게 될 문제를 미리 제시하고 거기에 즉답하는 형식으로 짜인 이 책의 이런저런 장을 읽다보면, 오랫동안 글을 써왔고 그와 관계된 일을 직업으로 삼았으니 초보자라고는 할 수 없는 나 같은 사람도, 내가 무슨 일을 하고 있는지, 내가 왜 그 일을 하는지, 새삼스럽게 묻게 된다.

저자는 당신이 잘 아는 것, 사소한 것, 당신의 실패와 변화에 대해 쓰라고 말한다. 사소한 것과 우리가 잘 아는 것은 사실 같은 것이다. 일상에 묻혀 살아온 사람이 거창한 지식을 갖기는 어렵다. 까다롭고 복잡한 이론체계에 친숙해진다는 것도 쉬운 일이 아니다. 그러나 그가 확보하고 있는 지식이 반드시 적은 것이라고 말할 수는 없다. 한 주부가 여성주의에 관해서는 자신 있게 말할 수 없지만, 자기 친정이 어떻게 남자아이와 여자아이를 구별하여 키웠는지는 그보다 더 잘 아는 사람이 없다. 인간의 심성이니 무의식이니 하는 것에 대해 특별히 공부한 적은 없지만 사흘 동안 입을 다물고 있는 남편을 어떻게 다루어야 할지 그는 누구보다도 더 잘 알고 있다. 어느 시간에 어느 시장에 나가야 좋은 배추를 값싸게 살 수 있는지 알고 있다. 친구와 함께 공부한다고 나간 아들이 어디서 무슨 일을 벌이고 있는지 그는 잘 알고 있다. 어느 방향에서 사진을 찍어야 자기 얼굴이 가장 예쁘게 나오는지 그는 잘 알고 있다.

입술이 부르텄을 때 다른 사람이야 어떠하든 자신은 무슨 약을 발라야 하는지 그는 잘 알고 있다. 그런데 이 모든 것들은 다 사소한 것들이다. 사소하다는 것은 세상의 큰 목소리들과 엄밀한 이론체계들이 미처 알지 못했거나 감안하지 않았다는 뜻이다. 그래서 사소한 것들은 바로 그 때문에 독창적인 힘을 가질 수 있다.

우리의 실패와 변화도 이 사소한 것들과 세상의 거창한 이론들이 맺게 되는 관계와 다른 것이 아니다. 우리는 늘 실패한다. 우리가 배웠던 것, 세상의 큰 목소리들이 확신에 차서 말하는 것들과 우리의 사소한 경험이 잘 맞아떨어지지 않고 엇나갈 때 우리는 실패한다. 우리들 개인에게 가장 절실한 문제가 저 큰 목소리들 앞에서는 항상 '당신의 사정'이다. 소작농이 수확의 7할을 지대로 내놓아야 했던 것도 당신의 사정이고, 없던 도로가 뚫려 한 마을이 두 마을로 나뉘어 살아야 하는 것도 당신의 사정이며, 그 끔찍했던 입시 공부를 자식에게 다시 강요해야 하는 것도 당신의 사정이다. 그런데 우리는 그 실패의 순간마다 변화한다. 사람들마다 하나씩 안고 있는 이 사소한 당신의 사정들이 실상은 서로 연결되어 있다는 데까지는 생각이 미치지 못하더라도 적어도 그 사정 이야기를 들어줄 사람이 어딘가에는 분명히 있을 것이라고 믿게 되는 것이 바로 그 변화이다. 그리고 그 사람은 있다. 우리를 하나로 묶어줄 것 같은 큰 목소리에서 우리는 소외되어 있지만, 외따로 떨어진 것처럼 보이는 당신의 사정으로 우리는 서로 연결되어 있다. 글쓰기가 독창성과 사실성을 확보한다는 것은 바로 당신의 사정을 이해하기 위해 나의 '사소한' 사정을 말한다는 것이다. 그래서 이 책의 저자는 당신의 쓰고 있는 글에 자신감을 가지라고 말한다. 자신감을 가진다는 것은 자신의 사소한 경험을 이 세상에 알려야 할 중요한 지식으로 여긴다는 것이며, 자신의 사소한 변화를 세상에 대한 자신의 사랑으로 이해한다는 것이다.

그러나 이 진실은 비단 글쓰기에만 한정된 진실이 아닐 것 같다. 어디에 좋은 문화가 있다면 그것은 사람들이 살아가는 도리를 당신의 사소한 사정에 비추어 마련하고 바꾸어가는 문화일 것이다. 문제는 결국 유연성인데 그것은 자신감의 표현과 다른 것이 아니다. 무협영화 한 편만

을 보더라도 최고의 고수는 가장 유연한 자이다. (2002)

내 이웃을
끌어안는
행복

한국과 일본이 월드컵 행사를 훌륭하게 치러낸 것이 기쁘고, 우리 축구팀이 4강에 진출한 것이 기쁘다. 그리고 무엇보다도 '붉은 악마' 우리들이 거리거리를 한 마음 한 색깔로 덮으며 하늘에라도 닿을 듯이 열광할 수 있었던 것이 기쁘다. 열광을 함께 누릴 때 사람들은 대범해진다. 일상의 근심을 잠시 잊어버리고 인간관계의 속박에서 풀려난 사람들은 서로서로 다른 사람 안에 눌려 있던 생명력을 확인하고 그 개화를 축하해준다. 낯모르는 사람을 아무 거리낌도 없이 끌어안을 수 있는 행복보다 더 큰 행복이 어디 있겠는가. 그래서 이런 종류의 순결한 열광은 열광하는 사람들뿐만 아니라 다른 사람들까지도 기쁘게 한다. 나와 똑같은 사람들의 생명력이, 아니, 바로 나의 생명력이 거기서 꽃피는 것을 목격하기 때문이다.

그러나 다른 사람들의 순결한 행복을 자신의 행복으로 받아들이기 위해서는 먼저 자신의 생명력을 대견하게 여길 만한 자신감이 있어야 하지 않을까. 중국인들이 우리의 4강 진출을 깎아내리고, 우리 팀이 유럽의 축구 강호들을 차례차례 물리칠 때마다 마치 재난이라도 일어난 듯 슬퍼하였다는 기사를 읽으며 문득 이런 생각이 든 것이다. 중국인들의 이 부당한 비난 뒤에는 아편전쟁 이후 동양권, 특히 유교 문화권에 깊이 침윤된 근본적인 패배주의가 있다고 말한다면 지나친 해석이 될 것인가.

루쉰은 그의 유명한 소설 『아큐정전阿Q正傳』에서 중국인들의 '정신승리법'에 관해 말한다. 아Q는 가족도 정확한 이름도 없는 날품팔이 농민으로 비루한 삶을 살아가면서도 자신을 늘 대단한 인물이라고 생각한다. 그는 날마다 모욕당하지만 날마다 승리한다. 누구에게 뺨을 한 대 맞으면 자신이 너그러운 마음으로 맞아준 것이라고 생각한다. 누구에게 돈을 한 푼 빼앗기면 불쌍한 녀석에게 적선을 한 것이라고 생각한다. 아무리 노력해도 달라질 것은 없으니 일찌감치 마음을 고쳐먹자는 것이 그 내용인 이 정신적 승리가 은폐되고 왜곡된 패배주의인 것은 말할 것도 없다. 이 패배주의는 매우 편안하다. 무엇보다도 정신의 승리는 실제적인 노력을 면제해주기 때문이다. 그러나 자신이 아주 잘 알고 있는 사람, 자신과 같은 부류라고 생각하는 사람이 실제적인 성공을 거둘 때, 이 태평한 아Q라고 해서 마음이 동요되지 않을 수는 없는데, 그때도 대처할 방법이 없는 것은 아니다. 자신이 그럴 마음만 먹었더라면 그보다 훨씬 더 잘할 수 있었다고 생각하면 그만인 것이다. 그는 이 패배주의 속에서 편안하기 위해 다른 사람을 인정하지 않아야 하고, 자신과 같은 부류의 사람이 지녔을 능력과 재능을 깎아내려야 하고, 그래서 결국은 자기 자신을 깎아내려야 한다. 그는 정신적으로 승리하는 순간마다 실제로는 그 자신을 모욕한다. 성서가 제 고향에서 선지자인 사람은 없다고 말할 때도, 몽테뉴 같은 사람이 누구도 제 고장에서 훌륭한 작가가 될 수 없다고 말할 때도, 거기에는 자신과 자기 이웃의 능력을 믿지 못한 채 편안한 패배주의의 늪 속에 빠져 있는 사람들에 대한 걱정이 담겨 있다.

나는 우리 축구팀이 대 스페인 전에서 승리를 거둔 날, 뒤늦게 대학로로 나갔다. 거리를 가득 메운 사람들이 지나가면서 서로 손바닥을 마주쳤다. 한 무리의 젊은이들이 둥글게 늘어앉아 벌여놓은 술판 옆에 그보다 더 젊은 사람들이 윗도리를 벗고 춤을 추고 있었다. 여기서는 중년 여인들과 어린이들이 한데 모여 무작정 깃발을 휘두르고 있었고, 저기서는 고등학생들이 즉석 노래극을 연출하고 있었다. 숨어 있던 재능들을 서로 끌어내어 서로 즐기고 있었다.

사실을 말한다면, 우리가 어느 날 갑자기 '붉은 악마'가 된 것은 아니다. 이 거리의 공동체가 4·19 이후 조국의 민주화를 향한 오랜 항쟁과 무관하지 않다고 말하는 사람들이 있으며, 나도 이 의견에 적극 동의한다. 지난 80년대의 6월 항쟁 때도 이 응원 인파 못지않은 물결이 거리를 덮었다. 우리에게는 우리 힘으로 압제에서 나라를 구한 역사적 기억이 있으며, 이 기억 속에서 우리는 나와 이웃의 힘을 믿는다. 우리 선수들의 악착같은 투지도, 패한 경기에도 주눅 들지 않는 응원단의 정신력도 서로의 힘을 긍정하는 이 믿음이 없이는 성립하기 어려웠을 것이다. 옆 사람을 끌어안는 우리에게서 거대한 문화 하나가 솟아나고 있다.

이 문화와 역사를 거꾸로 돌릴 수는 없을 것이다. (2002)

시가
무슨
소용인가

  대중가요에 귀를 기울이다보면 종종 그 가사가 아름다워 감명을 받을 때가 많다. 이럴 때 사람들은 "이건 시다"라고 말한다. 일반 대중들뿐만 아니라 시의 전문가들도 그렇게 찬탄한다. 어쩌면 그것은 시 이상일지 모른다. 시가 이만큼 직접적이고 즉각적으로 사람들의 마음을 뒤흔든 적은 드물기 때문이다. 그러나 정작 어떤 시인이 이런 가사를 써서 용감하게 시라고 들고 나선다면 사정은 사뭇 달라질 것이다. 어제는 대중가요의 가사를 시라고 불렀던 전문가들이 오늘은 그 용감한 시인을 곁눈으로도 쳐다보려 하지 않을 것이 분명하다. 노래의 가사와 시에 적용하는 잣대가 다른 셈인데, 비단 문학에서만이 아니라 미술이나 음악 같은 다른 예술 장르에서도 사정은 이와 비슷할 것이다.

　시를 쓰거나 가르치거나 비평하는 일을 주업으로 삼는 사람들의 눈에 어김없이 시인 것과 비슷하나 아닌 것의 차이는 극히 미묘하다. 사실 이 미묘한 차이는 그것을 판단하는 사람의 변덕스런 감정이나 개인적 기호에 따른 주관적 견해에 불과할 수 있다. 게다가 역사적·문화적 정황이 달라지고 문화 향유와 전수의 제도가 바뀌면 시와 시 아닌 것을 가름하는 전문가적 기준 역시 홍수를 겪고 난 여울의 물줄기처럼 어제 일을 짐작할 수 없을 정도로 변할 수도 있다. 아주 불행한 경우에는 그 기준이라는 것이 문단을 지배하는 소수 권력자들의 농간으로 결정될 수도 있다.

　그러나 어떤 종류의 극렬한 민중주의 시인이라 하더라도 그가 시인이라면 시가 되는 말과 시 아닌 말 사이에 날카로운 차이가 있다는 생각을 완전히 부정하지는 않는다. 시의 말이 지니는 독창성과 그 감정의 깊이를 짚어 시인은 시인을 첫눈에 알아볼 수 있다고 그들은 믿는다. 김수영도 그렇게 말했다. 이 차이에 대한 인정이 시인들 한 사람 한 사람의 긍지를 만들고 시단 전체의 내부적 결속으로 이어진다. 옳건 그르건 문화적 이상이 거기에 있고 고급문화에 대한 개념도 거기서 나온다.

그런데 이 긍지가 그 시인에게 무슨 소용이 있을까. 자신에게 특별한 말을 할 수 있는 능력, 곧 시를 쓸 수 있는 천부적 재능이 있다고 믿었기에 불행해진 사람들은 우리 시대에도 많다. 전답을 팔아 일곱 권의 자비 시집을 내고 파산한 사람도 있다. 잘 나가던 직장을 버리고 시 쓰기에 전념하기로 마음먹은 결과로 가족을 잃고 떠돌이가 된 사람도 있다. 시만 쓰지 않았으면 똑똑했을 사람이 어쭙잖은 시를 써서 바보 소리를 듣는 경우는 수도 없이 많다. 그래서 극심한 열등감에 시달리면서도 귀신 들린 듯 날밤을 새워 말을 고르는 사람들이 그 수만큼 많다. 그것이 시의 전통이기라도 한 것처럼 시마詩魔라는 말이 예부터 존재해왔다.

게다가 이 재능과 긍지가 사회적으로는 또 무슨 소용인가. 시가 인간의 불행을 끌어안고 감동을 준다는 말을 자주 듣는데, 그거라면 대중가요 한 곡이나 연속극의 대사 하나로도 충분하지 않은가. 아름다움에 관해 말한다면, 여기저기 광고방송에만 해도 가슴이 뭉클할 정도로 빛나는 장면이 널려 있지 않은가. 시가 그 위에 더 무엇을 한다는 말인가.

　이만 뜸을 들이고 결론을 말한다면 이렇다. 온갖 종류의 대중물과 상업물에는 '시'가 충분하게 들어 있다. 그러나 그것들은 시를 소비할 뿐 생산하지는 않는다. 시인이 제 몸을 상해가며 시를 쓴다는 것은 인간의 감정을 새로운 깊이에서 통찰한다는 것이며, 사물에 대한 새로운 감수성을 개척한다는 것이며, 그것들을 표현할 수 있는 새로운 형식과 이미지를 만든다는 것이다. 저 대중 소비적 '시'의 소구력과 성공에 비한다면, 새로운 감수성과 이미지의 생산이 목표인 본격적인 시의 수요는 거의 없다고 말할 수 있을 만큼 미미하다. 그러나 시가 생산한 것은 어떤 방법과 경로를 거쳐서든 대중물들 속에 흡수되고 전파된다. 시는 낡았고 댄스 뮤직은 새롭다고 믿는가. 사실을 말한다면 시에서는 한참 낡은 것이 댄스 뮤직의 첨단을 이룬다.

　프랑스 상징주의를 알고 중국의 3세대 영화나 5세대 영화를 아는 사람들은 그 둘이 기이하게 닮았다는 점을 어렵지 않게 눈치챌 것이다. 시의 열병을 심하게 앓았던 사람이 지금 동숭아트홀에서 상연하는 〈헤드윅〉을 본다면 거기에 랭보와 아폴리네르와 휘트먼이 어떻게 개입하고 있는가를 또한 어렵지 않게 알아차릴 것이다. 그러나 내 말은 시의 소용이 거기에 있다는 것이 아니라 우선 거기에도 있다는 것이다. (2002)

장옥이
각시의
노래

어렸을 적 우리 동네에는 꽹과리 잘 치는 장옥이와 노래 잘 부르는 장옥이 각시가 살았다. 어느 해 장옥이는 걸립 패를 따라 도시로 나가 오래 소식이 없고, 장옥이 각시 홀로 어린 아들을 데리고 시부모를 모셨다. 장옥이 각시는 이따금 뒷산에 올라가 나무를 하다 말고 노래를 불렀다. 지금은 모두 오십 줄에 앉았을 내 동무들은 매미 소리보다 더 날카롭게 무더운 여름 하늘을 가르던 장옥이 각시의 그 높고 맑은 목소리를 아직도 기억할 것이다. 특히 장옥이 각시는 〈청춘가〉를 자주 불렀는데 머릿속에 남아 있는 대로 그 가사를 적어보면 이렇다.

"날 데려가거라. 날 데려가거라. 돈 있고 잘난 놈아, 좋다, 날 데려나 가거라."

노래는 아름다웠지만 결코 점잖다고는 할 수 없었다. 동네에서는 물론 말이 많았다. 무엇보다도 남녀의 상열지사에 해당하는 노랫말을 항렬이 다른 노소가 맑은 정신에 함께 들어야 한다는 것이 상당히 거북한 일이었다. 그러나 그 노래를 누가 앞장서서 저지하려고 하지는 않았다. 장옥이 각시의 처지가 딱하기도 했고, 그 노래가 갑자기 사라진다면 서운하게 여길 사람도 없지 않았다. 어느 쪽이든 단안을 내려야 했던 이장이 생각 끝에 마을에서 가장 나이 많은 노인을 찾아가 의논을 했다. 이장의 말을 듣고 노인이 물었다. "내가 요즘 귀를 좀 먹어서 그러는데 장옥이 각시가 노래는 잘 부르는가?" "노래야 일품이지요." 잠시 시간을 끌더니 노인이 말했다. "그렇다면 됐네, 마을 사람들한테 나처럼 귀먹기 전에 그 좋은 노래를 많이들 들어두라고 하게." 이 현명한 노인은 마을의 도리를 세우기 전에 따져야 할 것과 따지지 말아야 할 것이 무엇인지를 알고 있었던 것이다.

내가 이 이야기를 소설가 한창훈씨에게 늘어놓았더니, 한 씨가 내게 비슷한 이야기 하나를 빚 갚듯이 들려주었다. 성질머리가 못된 것으로 여러 마을에 소문이 났던 어느 시어머니와 그 밑에서 시집살이를 해야 했던 며느리의 이야기다. 이 고달픈 시집살이에서 며느리가 가장 참기 어려운 것은 앞뒤가 맞지 않는 꾸중이었다. 방이 따뜻하면 땔감을 낭비했다고 닦달하고 방이 추우면 불 피우는 데도 게으름을 부린다고 벼락같이 화를 낸다. 아침 일찍 장에 심부름을 다녀온 며느리에게 왜 날씨 선선할 때 콩밭을 매지 않았느냐고 나무란다. 며느리는 늘 억울하게 당하지만 시어머니와 맞대거리를 하며 이치를 따질 수 있는 처지는 아니다. 그렇다고 며느리가 인종만 하고 사는 것은 아니다. 며느리는 아궁이에 불을 피울 때마다, 제 고달픈 삶을 한탄하고 시어머니의 행패를 풍자하는 말로 노래를 지어서 부지깽이로 부엌 바닥을 때리며 부른다. 누가 이 노래를 듣고 시어머니에게 고자질을 했다. 시어머니가 대답했다. "나도 그 노래 들었다. 노래로는 무슨 소린들 못하겠으며, 노래가 그렇다는데 누가 뭐라고 하겠냐." 이 시어머니는 일자무식이었지만 오늘날 우리가 예술이라고 부르는 것을 우리보다 더 잘 이해하고 있었던 것이다.

박진표 감독이 칠십대 노인들의 사랑을 주제로 삼아 만든 영화 〈죽어도 좋아〉에 〈청춘가〉를 부르는 장면이 있다는데, 저 장옥이 각시가 부르던 노래와 이 민요가 같은 노래인지는 모르겠다. 지금으로서는 영화를 관람하여 확인할 수도 없으니 안타깝다. 이 영화는 영상물등급위원회에서 두 차례에 걸쳐 '제한상연등급' 결정을 받아 영화관에서 상연할 길이 사실상 막히게 되었다. 위원회의 등급결정 회의에 참여했던 한 위원은 어느 인터뷰에서 "위원들 대부분이 작품의 의도에는 공감"했고 "나이 칠십 먹은 노인들이 죽을 때만 기다리고 있는 것이 아니라 그 사람들에게도 생활이 있고, 목표가 있다는 점을, 섹스를 통해서 보여주는 것도 새로운 이슈를 제기한다는 측면에서 이견이 없었던 것" 같지만 "다만 오럴 섹스 장면에서 성기가 나오는 장면이 포함되어 있어서" 문제가 되었다고 말했다. 이 말은 참 희한하다. 한 영화에 어떤 성행위의 장면이 등장하고 성기가 얼마만큼 노출되어 있는가를 검열하는 일이라면 한 공무원의 노력으로도 충분할 터인데, 왜 사계의 전문가들을 불러 영상물등급위원회를 구성하게 하였다는 말인가. 우리가 이 전문가들의 그 일을 맡긴 것은 바로 작품의 예술적 의도를 살피고 그것이 어떻게 우리의 여러 처지에 숨통을 틔워주고, 그것이 어떻게 우리의 삶을 풍족하게 하는가를 깊이 헤아려달라는 뜻이 아니었던가. 위원들은 그 점을 헤아릴 만큼 현명하였다. 그러나 비겁하였다는 비난을 면키 어렵다. 우리가 그들에게 기대하는 것은 저 귀먹은 척했던 노인과 일자무식 시어머니의 용기와 아량이다. (2002)

유행과
사물의
감수성

　어느 신문에서 "한국 시장이 마케팅의 시험 무대로 떠오르고 있다"는 기사를 읽었다. 우리의 소비자들이 유행에 민감하고 특히 고급 소비재를 수용하는 속도가 빨라서 한국 시장에서 먼저 제품 반응을 타진한 뒤 세계 시장의 문을 두드리는 사례가 늘어가고 있다는 것이다. 이 사례는 한국의 기업들에만 해당하는 것이 아니다. 외국의 기업들까지도 한국을 아시아 시장의 소비 성향을 가늠하는 잣대로 삼고 주요한 마케팅 시험장으로 활용하고 있는데, 이는 한국이 일본에 비해 시장 규모는 작아도 유행의 확산 속도가 빨라 소비의 흐름을 읽기에 편리하기 때문이라고 한다.

　기사는 이런 내용만을 중립적으로 전할 뿐 가타부타 해설 같은 것을 담지는 않았다. 이를 읽는 독자로서의 내 감정도 이중적이어서 좋기도 하고 나쁘기도 하다. 우리 모두의 운명이 걸려 있다고 믿었던 세계화가 어느 정도 성공했다는 증거를 거기서 읽을 수도 있을 것 같아서 안심이 되고, 세계의 소비 시장에서 적지 않은 자리를 우리가 주도하고 있다는 사실도 마음을 흐뭇하게 한다. 새로운 물건에 특별히 기민한 우리의 감각이 산업의 첨단을 예리하게 다듬으려는 우리의 노력에 크게 도움을 줄지언정 해가 되지는 않을 것이다. 그러나 단 한순간 단 한 걸음이라도 남에게 뒤처질세라 허둥지둥 달려가는 우리의 가쁜 숨소리를 또 여기서도 듣는 것 같아 반드시 기쁜 것만은 아니다.

한국이 특별히 유행에 민감한 나라라는 것은 모든 것이 가장 빨리 낡아버리는 나라가 바로 이 나라라는 뜻도 된다. 어제 빛났던 물건이 오늘 낡은 버전이 되어버리며, 내일 내리게 될 구매 결정이 모레는 벌써 성급한 판단이었던 것으로 증명된다. 결혼을 하면서 그렇게 요란을 떨며 장만했던 가구와 전자 제품들은 손때가 묻기도 전에 돈을 들여 처리해야 할 쓰레기 더미로 전락하고, 10년을 살았던 아파트도 거기 쌓인 추억이 없다. 심지어는 주소를 기억하기조차 어렵다. 마음속에 쌓인 기억이 없고 사물들 속에도 쌓아둔 시간이 없으니, 우리는 날마다 세상을 처음 사는 사람들처럼 살아간다. 오직 앞이 있을 뿐 뒤가 없다. 인간은 재물만 저축하는 것이 아니라 시간도 저축한다. 그날의 기억밖에 없는 삶은 그날 벌어 그날 먹는 삶보다 더 슬프다.

이 슬픔이 유행을 부른다. 사람의 마음속에 세상과 교섭해온 흔적이 남지 않고, 삶이 진정한 기억으로 그 일관성을 얻지 못하면, 이 삶을 왜 사는지조차 알 수 없게 된다. 삶이 그 내부에서 의미를 만들어내지 못하면 밖에서 생산된 기호로 그것을 대신할 수밖에 없다. 가지가지 유행이 밖에서 생산된 바로 그 기호다. 밖에서 기호를 구해 의미의 자리를 메울 때 우리는 항상 다른 사람의 눈치를 보아야 한다. 밖의 기호 속에는 스스로 확신할 수 있는 진정한 기준이 없기 때문이다. 그래서 유행의 문화는 열등감의 문화와 가장 가까운 자리에 놓인다.

현대의 다단한 문명을 만들기까지에는 권태에 대한 두려움이 큰 몫을 담당했다. 권태롭다는 것은 삶이 그 의미의 줄기를 얻지 못해 사물을 새롭게 바라볼 수 있는 감수성을 잃었다는 것이다. 유행에 기민한 감각은 사물에 대한 진정한 감수성이 아니다. 오히려 그 반대다. 거기에는 자신의 삶을 구성하는 온갖 것들에 대한 싫증이 있을 뿐이며, 새로운 것의 번쩍거리는 빛으로 시선의 깊이를 대신하려는 나태함이 있을 뿐이다. 우리가 사물을 바라보며 마음의 깊은 곳에 그 기억을 간직할 때에만 사물도 그 깊은 내면을 열어 보인다. 그래서 사물에 대한 감수성이란 자아의 내면에서 그 깊이를 끌어내는 능력이며, 그것으로 세상과 관계를 맺어 나와 세상을 함께 길들이려는 관대한 마음이다. 제 깊이를 지니고 세상을 바라볼 수 없는 인간은 세상을 살지 않는 것이나 같다.

"내가 해안의 굴곡을 바라보고 있을 동안 한 집 두 집 불이 켜지기 시작했고, 다음에는 언덕 뒤에서 달이 떠올랐다. 달아오른 돌처럼 노란 둥근 보름달이었다. 나는 그 달이 어둠 속에서 자리를 잡을 때까지 눈 한 번 떼지 않고 밤하늘로 솟아오르는 모습을 지켜보았다." 폴 오스터의 긴 소설 『달의 궁전』의 마지막 대목이다. 달을 볼 수 있다면 좋을 텐데, 서울에서는 달을 보기도 어렵다. 달이 보이지

않으면 옛날 달이 떠오르던 언덕이라도 바라보며, 아파트
가 들어서 그 언덕마저 없어졌으면 언덕이었던 자리라도
깊은 눈으로 바라보며 살자. 가을이 깊었는데 이런 소설이
라도 읽으면서 살자. (2002)

익명성과
사실성

수영을 배우러 다니는 딸아이가 하는 말이다. "수영복을 입고 풀에 있을 때는 기혼여성인지 미혼여성인지 쉽게 알 수 없어요. 얼굴이 앳돼 보이거나 노숙해 보이거나, 주름이 좀 있거나 없거나 그런 차이밖에 없으니까요. 그 나름대로 다 예쁘고 개성이 있는데……" 그런데 물 밖으로 나와 옷을 갈아입고 화장을 하고 나면 기혼자와 미혼자가 확연히 달라진다는 것이다. 기혼여성들은 서로 비슷한 복장에 똑같은 화장을 하기 때문이다. "모두들 아줌마 탈을 한 겹씩 둘러쓰는 것 같아요."

딸아이의 말 속에는 분명히 힐난하는 어조가 들어 있지만 그 애보다 세상을 세 배쯤 더 살아온 내 생각은 좀 다르다. 기혼여성들은 바로 그 "아줌마 탈" 뒤에서 편안할 것이다. 거기에는 익명성이 보장해주는 안정감과 자신감이 있다. 멀쩡한 젊은이들에게 예비군복을 입혀놓았을 때 일어나는 현상들이 술자리의 심심찮은 화제로 등장하기도 하는 것처럼 익명성은 사람들에게 이상한 용기를 준다. 기혼 여성들도 그 '탈'의 힘을 빌려, 본래의 얼굴로는 엄두도 내지 못했던 일을 과감하게 처리해낸다고 말해도 무방할 것이다. 중년의 주부들은 그 다른 얼굴을 내세우고 가난한 행상과 모진 흥정을 하기도 하고, 전철에서는 무슨 방법으로든 제 자식이 앉을 자리를 뚫어낸다. 그렇다고 이 익명성이 한 사람의 이름과 얼굴을 가려주는 피신처의 역할만을 하는 것은 아니다. 유니폼과 탈은 그것들이 지시해주는 처지에 걸맞게 행동해야 한다는 의식을 우리에게 심어주기도 한다. 그래서 '아줌마 탈'의 뒤에는 자신의 처지와 입장에서 자신이 해야 할 일을 명백하게 파악한 사람의 자신감이 들어 있다.

우리는 여전히 체면을 존중하는 사회에 살고 있다. 한 사람이 체면을 세우기 위해서는 그 체면에 손상되는 일을 누군가 맡아줄 사람이 있어야 한다. 우리에게서는 내내 어머니와 아내들이 그 천역을 감쪽같이 감당해주는 '보이지 않는 손'이었다. 이 경쟁사회에서 남자들이 그럴듯한 현실과 맞서 공훈을 세우는 동안, 일반 주부들은 어떤 이름도 붙어 있지 않은 자질구레한 현실, 그렇기에 가장 진정한 현실과 끝없이 실랑이를 벌어왔다. 여자들은 얼굴을 감추는 대신 몸을 드러냈으며 그 몸으로 여러 가지 의미에서 오랫동안 삶과 생명을 유지, 관리해왔다. 그래서 여성의 익명성은 우리 생활의 사실성이 되었다.

　여러 신문사가 주최한 신춘문예에서 작년에 이어 금년에도 여성 당선자들이 압도적인 다수를 차지하고 있는 바와 같이 근래의 문단에서 여성 문인들의 두드러진 성공은 이미 새로운 현상이 아니다. 게다가 '아줌마 소설가'나 '아줌마 시인'으로 출발하여 문단의 중심권에 들어선 문인들의 활약은 특히 괄목할 만하다. 이는 한국문학이 '여성화' 되었다거나 나약해졌다는 것을 의미하지 않는다. 오히려 여성들이 그 얼굴을 감추고 몸으로 싸워 얻어낸 사실성이 우리 문학에 새로운 사실주의를 열고 있다고 말해야 할 것이다. 이 사실주의는 거대한 이론들이 자랑하는 일관성과

255

정합성을 얻지는 못했어도, 벌써 그런 이론들이 드러낸 빈 구멍들을 메우고 있다.

이렇듯 우리의 주부들이 지니고 있는 문화적 자원은 흔히 생각하는 것보다 훨씬 대단한 것이지만, 그러나 누구나 다 시인이 되고 화가가 될 수는 없다. 그런 일에 성공하려면 개인의 역량을 넘어서 우리가 차라리 두려워해야 할 어떤 계기와 특별한 인연이 필요하다. 그래서 나는 여성들의 문화적 역량이 창조적으로 발휘되고, 억압된 방식으로 뭉쳐진 열정들이 제 길을 찾을 수 있는 또다른 문화의 마당이 마련되어야 한다고 생각한다. 문화센터에서 문학 창작법을 배우려고 힘을 낭비하기만 할 것이 아니라, 이를테면 보들레르의 시를 연구하거나 이윤기의 소설을 분석하는 주부들의 모임 같은 것이 여기저기서 결성되어야 마땅하다고 본다. 그런 일에 권위자들의 도움이 반드시 필요한 것도 아니다. 제도문화의 사회적 확산은 사실을 모르는 이름들의 힘이 아니라 사실을 끌어안고 있는 익명들의 힘으로만 가능하다. 마침내 그때가 되었다. (2003)

밑바닥
진실
마지막 말

　어느 젊은 소설가가 역사소설 원고를 내게 보내며 해설을 써달라고 부탁했다. 내용은 평범하고 문체는 지루했다. 전화를 걸어 거절의 뜻을 전했다. "좋은 소설이며 재미있게 읽었는데, 역사관이 달라서 내가 해설을 쓰기에는 적합하지 않은 것 같다." 옆에서 듣고 있던 대학생 딸애가 시비를 가리자고 들었다. "그 소설이 정말로 재미있고 좋은 작품이라고 생각하세요?" 내가 모르는 사이에 원고를 읽었던 모양이다. "반드시 그런 것은 아니지만, 내가 전화를 한 목적은 해설을 거절하자는 데 있지 소설을 평가하는 데 있는 것이 아니었다." 내 대답에 딸애는 수긍하지 않았다.

　딸 : 그러나, 좋다, 재미있다, 이렇게 평가를 하셨잖아요.

나 : 그 소설이 내 관심을 끌지 못했을 뿐이지, 거기서 다른 깊이를 발견할 사람이 없다고는 할 수 없다. 더구나 역사관이 다르다고 내가 말을 했으니, 소설가가 이 말의 뜻을 새겨보기도 할 것이다. 이 말이 곧 비평이다.

딸 : 비평이 항상 그렇게 애매모호하다면 무슨 소용이 있어요. 칭찬을 하려면 화끈하게 하고, 혹평을 하려면, 이런 작품을 쓴 작가는 바보다, 그 이유는 첫째, 둘째, 셋째…… 이렇게 말해야 되는 게 아닌가요?

나 : 화끈한 것도 나쁘지는 않다. 그런데 너는 지금 보들레르의 말을 표절해서 네 말처럼 쓰고 있구나.

딸 : 아빠의 원칙대로라면 이런 경우에도 표절이라고 막 말을 하실 것이 아니라, 보들레르와 네 말이 똑같다니 매우 이상한 우연이로구나, 이렇게 하셔야 되는 거 아닌가요?

딸애의 마지막 말 때문에 이 짧은 토론을 웃음으로 끝낼 수는 있었지만, 경험 없는 젊음과 세상 물정을 염려하는 나이가 이런 사안에서 의견을 조율한다는 게 쉬울 일일 수는 없다. 화끈하다는 말 속에는 굽히지 않는다는 뜻도 들어 있으니, 반성은 역시 화끈하지 못한 나의 몫으로 남겠다.

　노무현 대통령이 말하는 스타일을 두고, 그를 지지하는 쪽에서도 비판하는 쪽에서도 관심이 많다. 그리고 그 관심은 대체적으로 국무를 최종의 심급에서 결정해야 하는 사람이 자기 속내를, 그것도 과격하게 드러냈을 때의 위험성으로 모아진다. 연설을 할 때나 토론을 할 때나 대통령의 반응은 재빠르고, 감정의 선이 늘 살아 있으며, 농담은 아슬아슬하다. 나로서는 그의 어법과 어조를 좋아하는 편이다. 사실 노 대통령이 골라 쓰는 어조와 어휘 속에는 뛰어난 리얼리티가 있으며, 이 리얼리티는 그의 말이 내용과 논리를 넘어서서 우리의 생활감정과 맞닿아 있다는 점에서 기인한다. 그가 "결국은 이 말 아닙니까"라고 말할 때의 그 결국이란, 겉으로 내세우는 이론이야 어떻건, 우리가 생활 속에서 몸으로 체득한 진실에 해당한다. 몸으로 체득했기에 그것은 밑바닥 진실이며 마지막 진실이다. 어떤 경우에나 세상의 변화를 꾀하게 하는 힘은 이 마지막 진실에서 온다. 그러나 이 마지막 진실이 항상 과격한 형식으로 드러날 때, 그것이 우리의 삶 자체를 불안하게 흔들고, 말하는 사람 자신을 궁지로 몰아넣는 함정이 되는 것도 사실이다. 마지막 진실은 배타적인 진실일 경우가 많으며 해석의 여지를 쉽게 용납하지 않기 때문이다.

기업에 분식회계가 있듯이 우리의 정치판에는 분식담론이 있었다고 해도 지나치지 않을 것이다. 말과 진실이 맞물리지 않아서, 혼탁한 정치 위에 허망한 말들이 위험한 다리처럼 걸려 있었다. 차라리 말이 진실을 감추고 있었기에 우리가 불행한 세월을 오랫동안 눈감고 견딜 수 있었다고 자위해야 할지도 모를 일이다. 삶을 개혁한다는 것은 말들이 지니고 있는 힘의 질서를 바꾼다는 뜻도 된다. 개혁의 시대에는 열정을 지닌 개인의 과격한 언어들이 밑바닥 진실의 힘을 업고 관행의 언어들을 압도하기 마련이다. 그러나 이런저런 개혁 프로그램들이 한때 무기로 삼았던 과격한 말들에 스스로 발목이 잡혀 무산되고 말았던 예를 우리는 자주 보아왔다. 그래서 진실을 꿰뚫으면서도 해석

의 여지와 반성의 겨를을 누리는 새로운 문체의 개발이 개
혁의 성패를 가름하게 될 것이라고 말함직도 하다. (2003)

윤리는
기억이다

　봉준호의 〈살인의 추억〉은 좋은 영화다. 지난 세기의 86년에서 91년에 이르기까지 10명의 여인이 살해된 화성연쇄살인사건을 우리는 잘 알고 있다. 범인이 붙잡히지 않아 결말을 짓지 못한 사건, 그래서 잊어버린 숙제처럼 되어 있는 이 사건에서 이렇게 높은 감동을 얻어낼 수 있다는 것은 정말 놀라운 일이다.

　영화는 웃음으로 시작한다. 주인공 형사가 탈탈이라는 이름이 알맞은 경운기를 타고 등장하고, 형사반장이 사건 현장으로 미끄러져 떨어지고, 안개 속에서 나타나는 서울 형사가 강간범으로 오인되어 얻어터질 때 관객들은 모두 웃음을 터뜨린다. 애매한 혐의자를 경찰서 지하실에 잡아다놓고 군홧발로 짓이길 때까지도 이 웃음은 아직 관객들의 입가에 남아 있다. 멀지 않은 과거에 우리는 그렇게 살았던 것이다. 그 몰골이 아무리 비참하더라도 이제는 강 건너 불이 되었으니 한바탕 웃음으로 넘겨버릴 수 있을 것만 같다. 그러나 애써 눌러두었던 우리의 상처가 그렇게 살았던 과거 속에서 솟아올라 생생하게 피를 흘리기 시작할 때, 왜 그렇게 살아야 했던가를 묻지 않을 수 없게 될 때, 객석은 비애와 분노의 감정에 휩싸인다. 거의 절대적이라고 해야 할 거대한 악과 마주 섰던 관객들은 영화가 끝날 때 모두 패배의 이력을 하나씩 빈손에 움켜쥐고, 고전 비극을 보았을 때처럼 숙연한 마음으로 극장 문을 나서게 된다. 그 끔찍한 범죄로부터 인간의 한계가 무엇인지를 배웠다고 말해야 할까.

사실 우리의 80년대는 거대한 범죄로부터 시작했다. 이 5월만큼 아름다웠던 그해의 5월에 광주에서 무고한 사람들이 무더기로 피를 흘리며 쓰러지고 젊은 희망은 무참하게 꺾여버렸지만, 공식적으로 그 범죄자는 아직까지 밝혀지지 않았다. 우리는 그 범죄자들을 몰라서도 처단하지 못했고 알고도 처단하지 못했다. 영화가 다루고 있는 화성연쇄살인사건이 또한 그러하다. 한 시대를 공포의 도가니로 몰아넣고 꼬리를 감춘 악은 직접 희생을 당한 주민들과 수사관들, 영화를 만든 사람들과 보는 사람들, 그리고 우리 모두를 악에 받치게 만들고, 시시로 우리 가슴을 후벼 생생한 상처를 만들어낸다.

그러나 영화는 80년대의 정치와 사회에 대한 이런 은유를 제시하는 것으로 그치지 않는다. 영화는 그 시대에 폭압적인 군사 권력이 실제의 수준에서도 이 끔찍한 연쇄살인사건과 어떻게 공모하고 있었는지를 밝힌다. 오직 백성들을 겁주기 위한 등화관제훈련은 범인이 안전하게 살인을 저지르도록 돕고, 수사 기록을 더듬는 수사관의 노력을 방해한다. 범죄를 감시하고 범인을 체포해야 할 경찰력은 시위를 진압하기 위해 엉뚱한 곳에 배치된다. 게다가 문모 경관의 추행 사건까지 끼어들어 결정적인 순간에 수사에 혼선을 빚게 만든다. 연쇄살인사건은 정치권력이 생산해내는 일상의 공포가 우리의 삶을 위협하고 파괴하던 정황을 직접적이고 강렬하게 드러내어 보여준 것이라고 말해도 결코 지나치지 않다.

시는 기억술이라는 말이 있다. 비단 시만이 아니라 모든 예술은 왕성했던 생명과 순결했던 마음을, 좌절과 패배와 분노의 감정을, 마음이 고양된 순간에 품었던 희망을, 내내 기억하고 현재의 순간에 용솟음쳐오르게 하는 아름다운 방법이다. 기억이 없으면 윤리도 없다고 예술은 말한다. 예술의 윤리는 규범을 만들고 권장하는 데에 있는 것이 아니라, 순결한 날의 희망과 좌절, 그리고 새롭게 얻어낸 희망을 세세연년 잊어버리지 않게 하는 데에 있기 때문이다.

기억만이 현재의 폭을 두껍게 만들어준다. 어떤 사람에게 현재는 눈앞의 보자기만한 시간이겠지만, 또다른 사람에게는 연쇄살인의 그 참혹함이, 유신시대의 압제가, 한국동란의 비극이, 식민지 시대의 몸부림이, 제 양심과 희망 때문에 고통당했던 모든 사람의 이력이, 모두 현재에 속한다. 미학적이건 사회적이건 일체의 감수성과 통찰력은 한 인간이 지닌 현재의 폭이 얼마나 넓은가에 의해 가름된다. 그래서 영화의 끝에서 전직 형사 박두만이 우리를 똑바로 쳐다볼 때, 그 시선은 이런 질문을 쏘아 보낸다.

당신이 잊고 있는 것은 무엇이며 기억해야 할 것은 무엇인가. (2003)

사투리의
정서

　나는 내 고향 말을 사랑하는 그만큼 증오하기도 한다. 고향 사투리는 어린 시절부터 혈연과 지연으로 맺어진 사람들에게 내가 느끼는 깊은 정을 새롭게 확인시키기도 하고 더욱 두텁게 유지하게 해주는 것도 사실이지만, 그 사투리가 궁핍한 시절의 여러 가지 나쁜 기억들과 연결되어 있는 것도 또한 사실이기 때문이다.

　일전에 초등학교 동창 하나가 연구실로 찾아왔다. 고3 아들을 둔 학부형으로 내가 재직하는 대학의 입시 정보를 얻기 위해서였다. 나라고 해서 그 복잡한 입시제도를 낱낱이 알고 있는 것은 아니어서 안내서를 하나 얻어다 쥐여주는 수밖에 없었다. 친구는 웬만한 책 한 권의 두께가 되는 그 안내서를 몇 페이지 뒤적이더니 "이거 쇠양치 둠벙 들여다보는 짝이네"라고 말하며 헐렁한 얼굴로 웃었다. '쇠양치'와 '둠벙'은 각기 송아지와 웅덩이를 뜻하는 전라도 농촌 지역의 방언이다. 필경 송아지나 웅덩이 같은 예쁜 표준어가 복잡한 제도와 법 앞에서 늘 좌절을 거듭하였던 이 가난한 친구의 막막한 감정을 이처럼 유감없이 드러내 줄 수는 없을 것이다. 아이의 성적이 상위급이라고 하니 입학은 어렵지 않을 것이라고 내가 위로를 했더니, 그는 또 우리 고향 사람들의 입으로나 듣던 속담으로 대꾸를 했다. "아직도 수능이 몇 달 남았는데, 흉년에 가리죽 쒀놓고 식힐 때까지가 어렵제." '가리죽'은 가루죽이다. 보릿고개를 넘기면서 모자라는 곡식을 가루로 빻아 멀겋게 쑤어놓은 죽이 그것이다. 윗거죽이 녹말로 덮인 죽은 쉽게 식지 않아 그것으로 굶주림을 달랠 때까지는 한참을 기다려야 한다. 이 뛰어난 사실성은 이런 속담에서가 아니면 만나기 어려울 것이다. 나는 이런 고향 말들을 사랑한다.

그러나 사람을 같고 힐난할 때도 지방 고유의 속담이나 사투리보다 더 좋은 무기는 없다. "낯바닥은 흰 죽사발 개 핥아버린 것" 같다는 표현도 우리 고향에서만 들었던 말

같다. 용모가 멀쑥한 인간의 행티를 비난할 때 서두로 쓰는 말이다. 이런 말투에 맞서서는 어떤 이치나 논리도 맥을 잃고 주저앉기 마련이다. 이럴 때 고향 말은 현실의 고투 속에서 북받쳐오른 분노와 절망감이 고스란히 스며 있어 그대로 악담이 되고 저주의 말이 된다. 이 앞에서는 어떤 고결한 선의도 어떤 드높은 포부도, 나쁜 병의 징후거나 철딱서니 없는 소견으로 치부된다. 제 손바닥을 인두로 지지기로 맹세하고 퍼붓는 이 말들은 어김없이 나쁜 씨가 된다.

그뿐만이 아니다. 마을에서 힘깨나 쓰는 사람들과 관청의 관료들이 배를 맞춰 부정과 협잡을 저지를 때도 사용되는 것은 가장 진한 고향 사투리였다. 사투리에 묻어 있는 끈끈한 정은 부정을 의리로 여기게 하고 협잡을 지혜로 둔갑시킨다. 사는 일이 늘 그런 것이라고 믿게 하는 사투리의 너스레는 모든 죄책감을 완화하고 털어낸다.

토속의 언어는 사람살이의 깊은 속내를 터득하도록 도와주고, 감정의 밑바닥을 자극하여 새로운 영감을 고취시키기도 한다. 토속어와 방언에는 감정과 생각의 어떤 극한

이 있다. 혈연과 지연에서 비롯한 원시적 정서의 탄력을 받고 불쑥 튀어나온 한마디 말이 특별한 이유도 없이 사람을 웃게도 하고 울게도 한다. 사투리의 장점이 여기 있지만 위험도 역시 그 자리에 있다. 같은 언어 정서를 가졌던 사람들에게는 부담 없었던 말이 다른 사람들을 아연하게 만드는 경우는 허다하다. 사투리로 표현할 때는 제법 훌륭하고 탄탄했던 생각을 표준어로 바꿔놓고 보면 여기저기 허점이 드러나는 수도 있다. 일거수일투족이 많은 사람들의 삶에 영향을 미치는 공인이라면 사석에서라도 표준어를 써야 할 이유가 이와 같다. 표준어는 대다수의 사람들에게 통용되는 말일 뿐만 아니라, 한 개인이나 한 집단의 특수한 정서와 얽혀 있는 생각을 보다 큰 틀의 잣대로 검증하는 말이기도 하다.

요즘 정치판에서는 코드라는 말이 유행하는 것 같다. 나는 이 코드가 어떤 삶을 함께 살아온 사람들의 은근한 말투나 어떤 지역 사투리가 가져오는 특수한 정서와 깊이 관련되어 있다고 믿고 싶지는 않다. (2003)

먹는 정성
만드는 정성

　우리 집에 갑자기 일본 만화 열풍이 불었다. 오전에는 아내가 『파인애플 아미』라는 연작 만화를 빌려와 식탁 위에 시루떡처럼 쌓아놓고 읽기 시작하더니, 저녁에는 딸아이가 『미스터 초밥왕』을 한 아름 안고 들어왔다. 나는 이 아까운 시간에 왜 그따위 것을 읽고 있느냐고 핀잔을 주면서도 두 여자가 하도 열심이어서 이쪽저쪽을 들여다보게 된다. 끝내는 내가 더 깊이 빠져서 순서를 지키기도 하고 건너뛰기도 하면서 두 만화 전체를 다 읽고 말았다.

　『파인애플 아미』는 냉전시대가 배경이니 원작과 한국어판이 모두 꽤 오래전에 발간된 만화 같다. 프랑스의 외인부대에 근무한 적이 있는 일본계 미국인인 한 젊은이가 유럽에서 자기방어 훈련 프로그램의 교관 노릇을 하며 갖가지 국제적인 사건에 개입하게 되는 이야기다. 세련된 그림에 구성도 탄탄하고 대화도 훌륭하다. 만화의 세부를 채우고 있는 저자의 지식은 놀랍다. 제2차 대전 이후 동서의 역사를 꿰뚫어 알고 있으며, 외교 정치 금융에 관해 쉽게 접하기 어려운 내막들을 알려준다. 여러 집단들의 테러 조직이나 각국의 첩보기관에 대해서도 체계적인 정보를 누리고 있다. 포도주에 관한 지식만 해도 포도주 사전 한 권 정도로는 해결할 수 없는 수준이며, 파리나 베를린의 골목길 하나하나에도 소홀함이 없다. 장르로 보자면 스파이 물에 해당하는데, 구체적이고 소상한 지식을 바탕에 깔고 있어 같은 부류의 영화나 소설처럼 허황하지 않으며, 미학적으로도 온갖 상투적인 기대를 벗어나 그 나름의 경지를 갖추고 있다.

그러나 더 놀라운 것은 『미스터 초밥왕』이다. 이 장편만화도 한국어판 초판이 수년 전에 발간되었으니 벌써 많은 사람들이 읽었을 것 같다. 이야기는 간단하다. 일본의 어느 바닷가 소도시의 초밥집이 거대 자본의 초밥 체인점에 밀려 가게 문을 닫을 지경에 이르자 그 집의 중학생 아들이 도쿄의 유명 초밥집에 유학하여 갖은 기술을 연마한 끝에 일본 최고의 초밥 요리사가 된다는 내용이다. 놀랍다는 것은 초밥 만드는 이야기 하나로 30여 권에 이르는 장편만화를 그려낼 수 있었다는 것이다. 밥은 어떤 쌀을 어떻게 구입하여 어떻게 익혀야 하는지, 거기에 소금과 초 따위를 어떤 비율로 어떻게 섞어야 하는지, 초밥의 재료가 되는 생선에는 어떤 종류가 있으며 물 좋은 생선을 알아내고 구입하는 방식은 무엇인지, 칼질은 어떻게 하며, 재료는 익혀야 할지 날것으로 써야 할지, 맛 내기를 위한 양념으로는 무엇을 사용해야 할지, 간장에는 어떤 종류가 있고 그 용처가 무엇인지, 한 사람의 초밥 요리사가 알아야 할 지식과 연마해야 할 기술은 아무리 열거해도 끝이 없을 것처럼 느껴진다.

줄거리가 탄탄한 편은 아니다. 게다가 여기에는 일본식 장인정신에 대한 과장도 있고, 일본 요리의 대표적 메뉴인 초밥을 신비화하려는 의도가 깔려 있는 것도 사실이지만, 초밥을 만드는 과정만 가지고 할리우드의 액션 영화에 못지않은 긴장감과 흥미를 내내 유지시킬 수 있다는 것은 결코 소홀하게 여길 일이 아니다. 그것은 깊고 섬세하고, 높은 긍지를 지닌 문화적 터전 위에서만 가능한 일이기 때문이다.

이 만화를 보고 나서 내가 받는 저녁 밥상은 음식상이라고 부를 수도 없을 것처럼 생각된다. 그러나 다른 생각도 든다. 음식 하나를 만드는 데에 알아야 할 것 주의해야 할 것 연마해야 할 것이 그렇게 많다는 사실은 우리가 밥 한 술 나물 한 젓가락을 먹을 때도 유념해야 할 것이 그렇게 많다는 말이 된다. 만드는 기술 못지않게 먹는 기술이 필요하다. 아니, 먹는 정성이 곧 만드는 정성이다. 정성스럽게 음식을 느끼려는 자에게 맛은 도처에 있다. 게다가 이것은 음식에만 해당되는 이야기가 아닐 것 같다. 삶을 깊이 있고 윤택하게 만들어주는 요소들은 우리가 마음을 쏟기만 한다면 우리의 주변 어디에나 숨어 있다. 매우 하찮은 것이라고 하더라도 내 삶을 구성하는 것 하나하나에 깊이를 뚫어 마음을 쌓지 않는다면 저 바깥에 대한 지식도 쌓일 자리가 없다. 정신이 부지런한 자에게는 어디에나 희망이 있다고 새삼스럽게 말해야겠다. (2003)

자유로운 정치
엄숙한 문화

　박철 시인이 최근 한 잡지에 「누군가 있다」라는 제목의 시를 발표했다. 혼자 외출하여 서울의 큰 길과 작은 길을 걸으며 여기저기서 업무를 보고, 혼자 집에 돌아와 잠자리에 들었는데, 누군가 옆에 누워 있는 것만 같다. "분명 나는 혼자인데/ 한쪽 손목이 아프다/ 한쪽 손목에는 번쩍이는 수갑이 함께 채워져/ 일각을 쉬지 않고 누군가/ 나와 함께 있다." 그와 함께 수갑을 차고 있는 사람, 그는 물론 시인 그 자신일 것이다. 요즘 말로는 그의 아바타이다. 그런데 이 착한 시인이 무슨 죄를 지었기에 저 자신에게 차꼬를 채워 잠자리에까지 끌고 들어가야 한다는 말인가.

　박철 시인을 잘 아는 사람들은 이 시를 읽으면서 그가 예전에 발표했던 다른 시, 어떤 인연으로 베트남 시인들의 애송시가 되었다는 「영진설비 돈 갖다주기」를 금방 떠올리게 될 것이다. 이 시에는 작은 이야기가 들어 있다. 막힌 하수도를 뚫어준 영진설비에 노임 4만 원을 가져다주라는 아내의 부탁을 받고 시인은 두 번이나 자전거를 타고 길을 나섰지만 두 번 다 성공하지 못한다. 한 번은 빗길을 피하여 들어간 슈퍼에서 그 돈으로 술을 마셨으며, 한 번은 꽃집 앞에 한 그루 외롭게 서 있는 재스민을 사들고 돌아왔다. 결국 아내와 영진설비 쪽 사람이 실랑이를 벌일 때 시인은 무안 섞인 웃음을 웃으며 딸아이의 눈썹을 바라보고 있을 수밖에 없었다는 이야기다. 술 마시며 들었던 쑥꾹새 울음소리와 마당에 서 있는 재스민이 그를 변호해주기나 할 것인가.

그의 시인 친구들은 그가 아내의 돈 4만 원을 두 번이나 '삥땅'을 쳤기 때문에 수갑을 차 마땅하다고 말한다. 물론 농담이다. 소년이 심부름 길에 한눈을 좀 팔았다고 그게 무슨 큰 죄가 될 것인가. 사실 그는 정말 소년 같다. 그는 술김에 들으면 전문가의 수준일 것 같은 솜씨로 피아노를 연주하며, 기타를 치며 노래를 할 때는 그 작은 몸매와 결코 늙을 것 같지 않은 얼굴이 아름답다. 그는 영진설비 심부름 건에서도 볼 수 있듯이 똑똑하게 사는 일에 도무지 관심이 없는 것만 같다. 그러나 그것은 겉모습일 뿐이며, 실제로는 첫머리의 시가 보여주듯 삶에 대해 지나치다 싶을 만큼 엄숙한 태도를 지니고 있다. 그는 마음속 깊은 곳까지 순결한 사람이 되려고 하며, 한 줄의 시라도 그 깊은 곳에서부터 우러나오기를 바란다. 그가 삶을 자유롭게 풀어놓고 있다면 그것은 부자유가 금하는 모든 샛길을 다 훑어 진실한 시정을 붙잡기 위해서이다. 이 어려운 일이 늘 뜻과 같을 수는 없어 그는 늘 자신을 죄인으로 여겨 제 손목에 수갑을 채우고 잠자리에 들어간다.

　오늘날 이 땅에 사는 대부분의 시인들, 더 넓게 말해서는 예술가들이 삶에 대해 지니고 있는 태도가 이와 같다고 말해야 할 것이다. 그들은 헐렁하게 살며 동시에 엄숙하게 산다. 지금은 다른 세상 사람이 된 한 판화가는 자주 양말도 신지 않은 채 외출을 했지만 그가 목판에 새긴 칼자국 하나하나는 시대의 고뇌와 희망으로 가득 충전되어 있다. 문학 수업에 너무 전념한 나머지 대학을 중퇴하고 뒤늦게

명예졸업을 해야 했던 어느 시인은 총장이 교무위원들을 대동하고 증서를 수여하는 자리에 월남치마를 입고 나가 화제에 오르기도 했다. 그의 시도 때로는 월남치마를 입은 듯 헐렁하지만 형식이 그럴 뿐이며, 거기 표현되는 삶의 내용은 처절하고 엄숙하다. 그들이 자유를 추구하는 것은 사람들이 가지 않는 가장 좁은 길까지 가보기 위해서이다. 그들은 자유로운 삶으로 그 엄숙함을 책임진다.

영화감독 이창동씨가 문화관광부 장관으로 취임했다. 그는 자유를 구하는 예술가이며, 그가 원하는 자유는 그의 좋은 소설과 영화들이 보여준바 삶에 대한 엄숙한 태도와 맞물려 있기에 우리의 기대가 크다. 형식은 자유로워야 하지만 그것으로 추구하는 내용은 엄숙해야 한다. 말을 바꾸자면 정치는 자유로워야 하고 문화는 엄숙해야 한다. 우리는 오랫동안 그것이 거꾸로 된 세상에서 살아왔다. (2003)

헌책방이
있었다

지난 60년대, 아니, 70년대까지만 해도 청계천의 대로변과 동대문 상가의 골목길에 헌책방이 즐비했다. 그 시대에 대학을 다녔던 사람치고 한두 번이라도 이곳 고서점을 둘러보지 않은 사람은 드물겠지만, 나도 여기서 많은 시간을 보냈고 많은 책을 샀다. 외국 책을 구하는 일이 매우 어려웠던 그 시절에 상당수의 프랑스 고전들을 한 고서점에서 무더기로 만날 수 있었던 것은 행운이었다. 그 프랑스 책들의 원주인은 옛 경성제대에 교수로 재직했다는 한 일본인이었고, 그가 속표지마다 찍어둔 장서인을 나는 사랑하기까지 했다. 김수영의 『달나라의 장난』과 청록파의 『청록시집』을 구한 것도 여기에서다. 그때 이미 절판이 되었던 신구문화사의 『세계전후문학전집』도 그곳에서 발품을 팔면 전질 열 권을 모두 사모을 수 있었으며, 학교 도서관에서도 빌릴 수 없던 이태준의 『문장강화』가 가격은 좀 비쌌지만 여기에서는 팔렸고, 김동인의 『춘원 이광수』는 좀 흔한 편에 속했다. 소월의 『진달래꽃』 초간본은 애석하게도 내가 책값을 마련하기 전에 사라지고 말았다. 19세기 말에 프랑스 선교사들이 편찬한 최초의 한불사전, 지금은 숭실대학교 박물관의 유리 상자 속에 들어 있는 『한불자뎐』도 어느 서가에 꼽혀 있는 것을 보았으나 같은 이유로 구하지 못했다.

그 시절에는 여기저기 대학가에도 이름난 헌책방들이 박혀 있었지만, 청계천의 헌책 시장이 줄어들면서 태반이 사라졌으며, 남아 있더라도 옛날과 같지 않다. 고서점의 소멸은 문화적으로 큰 위기이다. 무엇보다도 발간 당시에는 주목을 받지 못해 도서관에도 납품되지 못했으나 새롭게 평가를 얻게 된 책들을 어디 가서 구할 길이 없다. 내용이야 어떻건 많은 노력과 비용을 들여 만든 책들이 파지 공장에서 짓이겨지는 것을 보는 것만큼 안타까운 일도 없을 것이다.

고서점이 사라진 데는 여러 가지 원인이 있을 것이다. 각급 학교의 교재 판매가 헌책방의 큰 수입원이었는데, 이제는 교재를 헌책으로 사는 사람들이 많지 않을뿐더러, 교재가 자주 바뀌기도 한다. 복사 수단이 발전하여 고서의 인기 품목들이 대량으로 복제된 것도 고서적상들에게는 큰 타격이다. 각종 문서에 한글 전용이 확대되어 한자가 섞인 2, 30년 전의 책을 새로운 세대가 읽어내지 못한다는 데도 원인이 있다. 게다가 지난 반세기 사이만 해도 한국어의 어법까지는 아니더라도, 어휘와 문체가 적잖이 변해 아버지의 말이 아들에게 낯설다. 우리 집만 해도 그렇다. 아이들이 읽을 날을 기다려 버리지 않고 쌓아두었던 책들을 아이들이 외면한다. 그래도 큰아이는 부모들의 정성을 안타깝게 여겼던지 8포인트 내리닫이 2단으로 조판된 『세계문학전집』을 몇 권 들춰보는 척하더니 마침내 이렇게 말했다. "세로쓰기까지는 참겠는데 이 책들 계속 읽다가는 제 어쭙잖은 문장력까지 망치겠어요."

그러나 고서 시장이 움츠러든 가장 큰 원인은 우리가 글을 읽고 쓰는 태도에 있을 것 같다. 눈앞에 현안으로 떠올라 있는 문제로 다른 모든 문제를 덮어버리는 정황에서는 누가 옛날에 무슨 말을 어떻게 했는지 아무도 관심을 갖지 않는다. 이 지경에서는 무슨 말끝에 이 말이 나왔는지도 알아보려 하지 않고 이 말의 운명이 어떻게 될지도 진정으로 따져보려 하지 않는다. 그래서 논의는 원점에서 항상 다시 시작한다. 한번 사라진 책은 영원히 사라지는 이 사정이 한번 낙오하면 영원히 패배하는 우리 교육제도의 원리와 같다고 해야 할까.

최근에 인터넷 서점을 중심으로 80년대에 발간되었던 인문사회과학 서적들을 다시 찾는 사람들이 늘어나고 있다는 반가운 소식이 들린다. 더욱 확대될 이 기운을 타고, 한자와 세로쓰기의 벽, 그리고 다른 벽들을 마저 깨뜨리고, 우리의 기억이 튼튼해지기를 누가 바라지 않을까. (2003)

낮에 잃은 것을
밤에 되찾는다

　1972년 8월 하순, 독일의 뮌헨에서는 제20회 하계 올림픽이 열렸고, 그 개막 행사의 하나로 윤이상의 오페라 〈심청〉이 초연되었다. 올림픽을 중계하는 한국의 TV 방송단이 그 오페라의 몇 장면을 발췌하여 소개하였고, 당시 사병으로 복무를 하고 있던 나는 내무반 침상에 걸터앉아 질 나쁜 흑백 화면으로, 도복 차림을 한 오페라 가수들의 합창을 듣고 있었다. "낮에 잃은 것을 밤에 되찾는다"는 가사 한 구절이 화면의 하단을 흐르고 있을 때, 마침 순찰을 돌다가 잠시 TV 앞에 서 있던 당직사관이 문득 소리를 질렀다. "저거 에프엠 표절한 게 아냐!"

　에프엠이란 야전교범을 이르는 말이다. 전투교범에서는, 낮 동안의 전투에서 무너진 진지, 흐트러진 전열, 손상

된 무기를 재구축·재정비하기 위해 밤의 어둠을 이용하라는 말을 아마 그런 군호로 표현하고 있는 것 같다. 부상자와 전사자를 치료·후송하고, 낮아진 사기를 진작시키기 위해서도 이 밤의 시간이 필요할 것이다. 유능한 지휘관은 작전계획을 보강하거나 수정할 것이며 부지런한 병사는 병기를 손질하는 틈틈이 고향에 편지를 쓰기도 할 것이다. 그리고 어떤 생각 깊은 장군이 있다면, 그 처참한 전쟁이 누구를 위한 것인지, 이 밤의 시간에 한 번쯤 물어보기도 할 것이다. 전쟁하는 병사들은 낮에 잃은 것을 그렇게 밤에 회복한다.

TV 앞에 서 있던 저 당직사관이 에프엠을 운운했다고 해서 거기에 표절을 주장하자는 뜻이 진지하게 담겨 있는 것은 물론 아니었을 터이다. 철학적인 오페라와 강철 냄새 풍기는 전투교범이 같은 말을 하고 있다는 것이 신기하여 그런 찬탄을 내질렀을 뿐이리라. 오페라 〈심청〉의 대본을 쓴 사람에게 정작 그 착상을 도와준 것이 있다면, 아마도 괴테의 『파우스트』 가운데 한 구절, "낮에 잃은 것을, 밤이여, 돌려다오"라는 그 유명한 구절일 것이다. 여기서 낮이 이성의 시간이라면 밤은 상상력의 시간이다. 낮이 사회적 자아의 세계라면 밤은 창조적 자아의 시간이다. 낭만주의 이후의 문학, 특히 시는 이 밤에 거의 모든 것을 걸었다. 시인들은 낮에 빚어진 분열과 상처를 치유하고 봉합해줄 수 있는 새로운 말이 "어둠의 입"을 통해 전달되리라고 믿었으며, 신화의 오르페우스처럼 밤의 가장 어두운 곳으로 걸어들어가 죽은 것들을 소생시키려 했다. 그렇다고 반드시 이성 그 자체를 불신했던 것은 아니다. 문제는 이성을 빙자하여 말과 이론과 법을 독점하고 있는 사회와 제도의 횡포에 있다. 낮에 잃은 것을 밤에 찾기란 결국 그 횡포의 희생자들을 복권하는 일이며, "어둠의 입"이 해줄 수 있는 말이란 현실에서 통용되는 말의 권력을 넘어선 역사의 말이자 미래의 말이다.

윤이상 그 자신은 이 밤의 회복에, 역사와 미래의 말에, 크게 도움을 받지 못했다. 뮌헨 올림픽이 열리고 채 두 달도 되기 전에 박정희는 이른바 10월 유신을 선포하였으며, 한국에서는 열사의 사막 같은 고통스러운 대낮이 오랫동안 계속되었다. 시절이 조금 나아진 다음에도 윤이상은 귀국할 수 없었다. 당국은 그에게 다시는 조국의 북녘을 방문하지 않겠다고 맹세하기를 요구했고 그는 거절했다. 그는 이역에서 눈을 감았다.

비슷한 처지에 있던 송두율 교수가 마침내 한국에 돌아온 지 벌써 한 달이 넘었다. 송 교수는 국정원에 출두하여 간단한 조사를 받은 후, 예정된 민주화운동기념사업회의 심포지엄, 한국철학자대회 주제발표, 제주도 방문, 전남대 대중강연 등 여러 일정을 소화할 수 있을 것으로 예상했으나, 국정원과 검찰을 오가며 조사를 받는 동안 이 일정들은 대부분 취소되거나 축소되었다. 당국은 그에게 전향서와 같은 것을 쓰라고 요구한다. 그에게 조국의 품은 이제 감옥이 될지도 모른다.

윤이상의 귀국을 저지하였던 사람들은 이제 와서 "윤이상과 송두율은 다르다"고 말한다. 한 시절이 지나고 나면 그들은 또 송두율 교수를 누구와 비교할 것인가. 육법전서를 외우기는 쉬워도 밤의 말을 듣기는 어렵다. (2003)

논술고사
답안지를
넘겨보며

    내가 재직하는 대학은 신입생을 선발하기 위해 예년과 마찬가지로 논술고사를 시행했고, 교수들은 신년 벽두부터 그 답안의 채점에 들어갔다. 문제의 형식도 몇 개의 문항을 준 다음, 거기서 공통된 주제와 다른 입장들을 찾아내어 설명하고 수험생 자신의 의견을 덧붙이게 하는 것이 예년과 비슷했다.

    문제가 쉽지는 않았다. 학문적인 짧은 텍스트이기도 하고 법정의 논고이기도 한 그 제시문들은 모두 객관적인 사실의 규명과 주관적인 해석이 맺고 있거나 맺어야 할 관계를 문제삼고 있었다. 세상에는 누가 보아도 그렇다고 수긍할 수밖에 없는 객관적인 사실이 존재하는가, 아니면 우리가 완벽하게 진실이라고 여기고 있는 것도 어느 개인이나 집단의 주관적 신념에 불과한 것인가? 시대와 환경을 초월하는 진리가 존재하는가, 아니면 진실은 국면에 따라 바뀌고, 그것을 대하는 사람의 변덕스런 관점만 헛되이 떠돌아다니는 것일까? 더 나아가서 우리에게 중요한 것은 실증 가능한 객관적 사실을 밝혀내는 것일까, 자기 처지에 맞는 관점과 기준에 따라 그 사실을 주관적으로 해석하는 일일까?

이 질문은 전문적인 연구자들에게만 해당되는 것이 아니다. 보고 들은 것을 정직하게 판단하여 자기를 위해서나 남을 위해서나 옳은 의견을 가지려는 사람들이 평생에 걸쳐 해결해야 할 질문이다. 학교가 이 문제를 수험생들에게 제시할 때도 완결된 해답을 내놓으라는 것이 아니라, 이 주제를 대하는 수험생 개인의 태도와 생각의 깊이를 보려는 것이었다. 수험생들의 의견은 당연히 여러 수준에 걸쳐 다양하다.

우선 사실이면 사실이고 아니면 아니지, 객관적 사실과 주관적 진실이 따로 존재할 수 없다고 굳게 믿는 학생들이 있다. 어느 답안은 우리가 천동설을 믿고 있을 때도 지구는 엄연히 태양의 둘레를 돌고 있었다는 사실을 예로 들기도 했다. 그 반대편에는, 진리가 존재한다고 해도 우리 인간이 그것을 오롯이 파악하는 지점에는 결코 도달할 수 없다는 의견이 있다. 모든 진리는 전체와 연결되어 있는데 우리는 그 전체의 일부분일 뿐이기 때문이라고 했다. 이런 의견을 개진하는 수험생들이 과학적 체계의 보편성을 부정하고, 그 역시 특정한 시대에 특정한 학자들이 함께 지니고 있는 사고방식이자 그 체계일 뿐이라고 주장하는 것은 당연하다.

이 두 가지 대비되는 관점 사이에 진리에 대한 수험생들의 태도가 있다. 진리는 다수결에 의해 결정된다는 의견이 의외로 많다. 많은 사람이 옳다고 믿는 것이 역시 옳은 것이라는 식이다. 권력과 이해관계가 진실을 결정하니 우리는 무엇보다도 규칙의 잣대를 좌지우지할 수 있는 힘을 길러야 한다는 의견도 이와 크게 다르지 않다. 이들 현실주의적 의견의 바로 곁에 진실은 인간의 환상에 불과하고 진리는 도달할 수 없는 낙원과 같다는 불가지론이 있다. 그것을 세속화한 형태가 진리상대론이다. 세상에는 완전히 맞는 의견도 없고 완전히 잘못된 의견도 없으며 서로 다른 관점, 다른 사고법에서 비롯한 다른 견해가 공존할 뿐이라는 주장이다.

그러나 상대주의의 편에 선 수험생들은 불안하지 않을 수 없다. 사고의 지표와 기준을 어디에 두어야 할지 알 수 없기 때문이다. 그래서 그 대안으로 사고의 다양성을 존중하고 적절한 선에서 타협할 수 있는 자세를 가져야 한다는 의견이 나온다. 이 다양성을 주장하는 의견들은 대체로 목소리가 활달하고 문체가 자신감에 넘쳐 있어서, 모든 사안에 양비론이나 양시론으로 반응하는 것이 현명한 처사인 것처럼 여겨지는 우리 사회의 정신적 풍토를 그대로 반영하고 상징하는 것만 같다. 출제자들이 필경 염두에 두었을 의견, 진실에 대한 추구를 결코 포기하지 않으면서도 다른 사람의 의견이 자신의 의견 속에 들어갈 자리를 마련하고, 그로써 자신의 생각을 다시 성찰하고 그 깊이와 폭을 넓혀, 한 주관성이 다른 주관성과 만날 수 있는 전망을 내다보고, 인간적 한계에도 불구하고 한 걸음이라도 사실에 접근하려고 노력해야 한다는 견해가 오히려 수줍은 목소리다. (2004)

아버지의 삶과
자식의 삶

　요즘은 대부분의 대학들이 신입생을 학부나 대학 단위
로 선발하여 한두 해 동안 전공 탐색의 성격을 지닌 과목
들을 수강한 후 학과를 결정하게 한다. 나는 연전에 불문
학 탐색 과목의 강의 하나를 맡아 아니 에르노의 소설 『아
버지의 자리』를 수강생들에게 읽히고 그룹별 토론을 지도
한 적이 있다. 내 나이 또래인 에르노는 7, 8년 전에 한국을
한 차례 방문하였고 한 문학 계간지가 그와 관련한 특집을
마련하기도 했다. 그는 작가가 되기 전 어린 시절에 지방
소도시에서 노동자의 딸로 성장했던 기억을 생생하게 지
니고 있고, 그것이 소설 속에서 여러 모습으로 변주되어
나타나곤 한다. 이 소설에서도 가난한 집안의 공부 잘하는
딸이 학교와 집 양쪽에서 겪어야 했던 고통과 파리 고등사

법학교를 졸업하고 교수 시험에 합격하여 지식인 사회에 편입하게 되는 힘겨운 과정이 아버지의 죽음을 맞은 화자의 입을 통해 회고담의 형식으로 술회된다. 그는 삶에서 한 단계의 성공을 거둘 때마다 아버지의 삶에서 멀어져야 했고, 아버지의 문화를 부정해야 했고, 그래서 결국 아버지를 배반한 꼴이 되었다. 자기 삶의 한 조각씩을 허물어내어 딸이 진입하려는 다른 삶의 밑자락에 깔았던 그 아버지가 이제 딸의 삶에서 차지하는 자리는 무엇일까, 작가는 진솔하고 담담한 어조로 이 물음을 제기한다.

수업중에 토론의 주제 발표를 맡았던 여학생이 짧은 발표를 끝낸 뒤에 이렇게 덧붙였다. "저는 소설의 문체가 아름답다는 생각밖에 없었는데, 저희 어머니는 이 소설에 아주 몰입을 하셨고 여러 번 눈물을 흘리셨어요." 당연하기도 한 일이다. 그 어머니가 자기 아버지를 생각하는 마음과 그 딸인 학생이 자기 아버지나 어머니를 생각하는 마음이 다를 수밖에 없는 것이 우리의 사정이다.

최근에 인도계 미국 작가 줌파 라히리의 소설 『이름 뒤에 숨은 사랑』이 우리말로 번역 출판되었다. 여기에서도 문제는 아버지다. 주인공의 아버지는 인도에서 미국으로 유학하여 대학 교수가 된 이민 1세대인데, 그 아들인 2세대는 평생을 인도 사람으로 남아 있던 자기 아버지의 삶으로부터 벗어나려 하나 성공하지 못한다. 한 변호사의 가족을 만나 미국의 주류 문화 속에 끼어들 수 있었으나 거기에는 진정한 의미에서의 자기 자리가 없었으며, 문인들과 예술가들로 이루어진 대체 문화 속에서도 그는 역시 겉돌 뿐이었다. 그가 자기 아버지처럼 인도 사람으로 산다는 것은 더욱 어려운 일이다. 그의 마음속에는 이민자들과 함께 미국 땅에 표류한 인도가 있을 뿐 진정한 인도가 들어 있지 않은 것이다. 그는 아버지의 장례를 치른 다음에야 인도인이면서 동시에 미국인이었던 아버지가 실은 한 사람의 모험가였다는 사실을 이해하게 된다. 아들 앞에 모험의 터전은 마련되었다. 이제 아들은 아버지로 섬길 문화를 찾아 여기저기 떠돌기를 그치고 저 자신이 이 터전 위에서 아버지가 되기를 결심할 것이다.

우리는 이민들이 아니지만, 우리 세대와 뒤 세대의 관계가 저 인도 이민 두 세대의 그것과 전혀 다른 것이라고 말하기는 어렵다. 젊은 세대가 제 아버지에 대해서는 어느 정도의 이해에 도달해 있겠지만, 그 아버지가 또다른 아버지의 아들이라는 사실을 깊이 통찰하고 있다고 믿어지지는 않는다. 아버지에 대한 이해가 그 아버지의 아버지에 대한 이해로 연결되지 않는다면 아버지에 대한 이해 자체도 온전한 것이라고 말할 수는 없다.

나로 말하면, 에르노의 소설에서처럼 희생이란 이름 아래 착취당했던 아버지의 아들이며, 줌파 라히리의 소설에서처럼 아들 앞에 해결해야 할 문젯거리로 서 있는 아버지이다. 그런데 우리 세대 작가들이 아버지를 어떻게 그렸던가, 잃어버린 고향에 대한 어떤 기호이거나 험난한 역사의 곡절에 안표가 되는 정도의 추상적 형식을 넘어선 적이 있던가. 지금 2, 30대 젊은 작가들의 소설에서 아버지에 대한 진지한 성찰을 발견할 수 없다면, 그 죄는 우리 세대에서 비롯된 것이 확실하다. (2004)

홍상수와
교수들

　홍상수 감독은 교수들을 욕하는 데 탁월한 재능을 지니고 있다. 교수들 또는 교수 지망생들에게 뿌리 깊이 스며 있는 것으로 나타나는 속물근성은 그가 찍는 영화의 특별한 주제일 뿐만 아니라, 그것을 고발하고 비판하는 시각에서 그의 모든 발상법과 그 추진력이 얻어진다고 해도 지나친 말이 아니다.

　〈강원도의 힘〉에는 교수들이 입술을 깨물지 않고는 보기 어려운 장면이 있다. 교수 임용의 낙점을 받기 위해 선물을 싸들고 교수의 집을 찾아갔던 대학 강사가 너무 긴장한 탓이었던지 우산을 놓고 나왔다. 아파트 현관을 나서서야 강사는 그 사실을 깨달았으나 감히 다시 계단을 올라가지 못한다. 그가 망설이는 순간 아파트 안의 교수는 가난한 강사가 놓고 간 우산이 아직 쓸 만한 것인지 펼쳐 살펴보며 횡재했다는 표정을 짓는다. 또다른 장면에는 이만큼 직접적이지는 않으나 내용상으로는 더 신랄한 야유가 들어 있다. 그 강사가 대학 후배, 그러나 일찌감치 교수가 된 후배와 함께 설악산에 올랐다. 두 사람에게 감흥은 별로 없다. 그 무료함을 깨뜨리려는 듯 젊은 교수가 한마디한다. "우리나라도 여기 와서 보니 참 넓네, 그치? 형." 이 명언을 뱉고 나서 그는 바위 위에 누웠는데 불편하다. 이렇게도 누워보고 저렇게도 누워본다. 그가 몸을 고쳐 눕는 장면을 카메라는 끈질기게 따라잡는다. 이게 무엇을 뜻하는지 아는 교수들이 옆으로 고개를 돌린다 해도 그 고문을 피할 수는 없다. 그 젊은 교수는 교수가 된 그날부터 일순간도 불편한 것을 참을 수 없는 사람이 된 것이다. 교수가 되려는 그의 선배가 원하고 있는 것과 마찬가지로 교수가 되기까지 그가 원했던 것은 오직 안정이었기 때문이다.

지금 상영중인 영화 〈여자는 남자의 미래다〉에서도 대학 사회에 대한 홍상수의 야유는 계속된다. 미국에서 영화를 공부하고 와 감독으로 데뷔하려는 선배 헌준과 서울의 유명한 미술대학에서 강사를 하며 그런대로 생활의 터전을 잡은 후배 문호가 만났다. 후배는 선배가 시류에 따라 잘 팔리는 영화 쪽으로 길을 돌렸다고 가시 돋친 말을 하고, 선배는 후배가 모험 가득한 창작의 길을 저버리고 안정된 교수직에 매달리고 있다고 은근히 힐난한다. 선배는 영화를 공부한 사람들의 교수직을 마련해주기 위해 우후죽순처럼 무수하게 생겨난 영화학과 학생들의 장래를 걱정하기까지 하지만, "밥은 먹어야 하기에" 서울의 유명 대학 교수직이라면 한번쯤 고려해보겠다는 속내를 감추지는 못한다.

지난 날 그들은 한 여자를 사랑해서 차례차례 안았고, 순결하지 못하다는 이유로 그녀를 차례차례 저버렸다. 두 사람이 함께 찾아간 그녀는 이제 서울 근교의 한 도시에서 작은 술집을 경영하며 분방하게 살고 있다. 옛날의 여자가 아닌 여자를 놓고 그들은 또 심리전을 벌인다. 그러나 정작 변한 것은 그들 자신이 아닌가. 그들에게 젊은 날의 순결했던 열정은 지금 없다. 열정이 식었으니 안정된 자리를 찾고 안정된 자리를 찾다보니 열정이 식었다. 그들은 '저질'이 되었다. 후배 문호는 학생들과의 술자리에서 그 저질의 정신 상태를 무리한 말로 옹호하며 높고 엄숙한 모든 것들에 대한 믿음의 상실을 스스로 고백하기까지 한다. 대학 교수직은 모든 재능의 무덤임이 틀림없다.

교수의 직업이 공부하는 직업인 것이 사실이라면, 그 일이 그림을 그리거나 작곡을 하거나 영화를 만드는 일보다 덜 창조적이라고 할 수도 없고 위험을 덜 안고 있다고 할 수도 없다. 이 직업이 저 신랄한 야유 앞에 몸 둘 바를 몰라야 하는 이유는 어쩌면 우리 지식사회에 깊이 스며들어 있는 근본적인 패배주의에서 찾아야 할 성싶다. '어느 세월에'라는 생각, '해도 안 된다'는 생각이 그 패배주의의 내용이다. 홍 감독의 영화는 적어도 이 패배주의를 낱낱이 고발하는 방법을 깨쳤다는 점에서 독창적이다. (2004)

돌덩이의
폭력

　지금 나이가 마흔이 넘은 사람들은 저 불행한 유신시대에 아침 6시면 확성기를 타고 울리던 새마을 노래를 기억할 것이다. 어느 외진 곳의 수도원에 은둔해 있는 처지가 아니라면 누구도 그 요란한 노래를 피할 길이 없었다. 그때나 지금이나 아침형 인간은 말할 것도 없고 저녁형 인간도 못 되어 심야형 인간으로 살아가는 나 같은 사람이 그 시간을 견디어내야 했던 고통은 형언하기 어려운 것이었다. 하던 일을 접어두고 새벽 잠자리에 기어들어가 설핏 잠이 들 만하면 그 '합법적인' 고성방가가 베개맡을 뒤흔들어놓곤 했다. 나야 생활 습관이 야릇해서 그렇다 치더라도, 교대근무를 마치고 새벽잠을 자야 하는 노동자들이나, 밤새 병마와 싸우다 어렵사리 잠이 든 환자들은 또 어떠했을까. 모든 사람이 한 믿음을 가지고 한 가지 형태로 살아야 한다고 믿는 전제주의가 이런 사소한 일에 신경을 써야 할 이유는 없다. 폭력을 저지르는 사람들은 폭력이 폭력인 줄을 알지 못한다. 이제 시대가 바뀌어 확성기의 악몽에서는 해방되었지만 이런 종류의 폭력이 완전히 사라진 것은 아니다.

며칠 전, 내가 근무하는 학교 앞 삼거리 한복판에 난데없이 돌덩이 하나가 서 있는 것을 보고 깜짝 놀랐다. 그 전면에는 "바르게 살면 미래가 보인다"는 문장 하나가 큰 글자로 새겨져 있고, 아래쪽으로 더 작게 새겨진 글자는 그 거친 돌덩이가 무슨 바르게 살기 운동협의회의 주관으로 세워진 것임을 알려준다. 그러고 보니 언젠가도 여기저기 고속도로의 나들목에서 이런 비슷한 문구가 새겨진 돌덩이들을 보았던 기억이 난다. 나로서는 이 거친 비석이 저 확성기를 타고 울리던 새마을 노래에 못지않은 폭력이라고 생각한다.

"바르게 살면 미래가 보인다"는 말은 그 자체로 중립적인 것처럼 보이지만 반드시 그런 것은 아니다. 그 말은 그 비석 앞을 지나가며 그것을 보아야 하는 모든 사람들을 잠재적인 부도덕자로 취급하는 것일 뿐만 아니라, 개인의 행불행을 그 사람의 도덕성에 연결시키려는 의도를 암암리에 내포하고 있다. 미래에 대한 전망을 갖지 못한 사람들은 모두 바르게 살지 못한 사람이라고 말해야 할 것인가. 그야말로 도덕을 빙자하여 그 불행한 사람들을 두 번 죽이는 횡포가 아닐 것인가.

설령 그 문장이 더할 나위 없이 훌륭한 말이라고 하더라도, 어느 누구에게도 그것을 돌에 새겨 공공장소에 세워둘 권리는 없다. 그 돌이 특정한 장소에 세워져 그 관계자들의 윤리적 실천의지를 다지는 정도에서 이용된다면 결코 시빗거리가 될 수 없다. 그러나 같은 설치물이라도 거리 한복판에 군림할 때는 그 앞을 지나가는 모든 사람의 정신을 무차별하게 위압할 수밖에 없기에 문제가 심각하다. 한 단체가 공공장소를 점유하여 자신들의 도덕률을 온 천하에 호령할 수는 없다. 게다가 같은 호령이라고 하더라도 그것이 한 장의 플래카드로 걸려 있을 때와 돌에 새겨져 있을 때는 그 의미의 무게가 다르다. 돌에 새긴 글은 특정한 시기의 특정한 사안을 넘어서서 모든 시대에, 다시 말해서 영원히, 그 진리성을 과시한다. 한 시대에 어떤 권력을 좌지우지하는 사람이라고 하더라도, 그 덕성과 학식으로 어떤 존경을 받는 사람이라고 하더라도, 자기 의견을 공공장소에 영원히, 그것도 토론이 가능하지 않은 형식으로, 내세울 권리는 없다. 겸손하지 않은 도덕은 그 자체가 폭력이다.

이 돌덩이를 세운 단체는 지역 행정 단위마다 그 지회를 두고 있는 것으로 알고 있다. 앞으로 그 지회들이 해당 지역마다 그런 돌덩이를 하나씩 다투어 세우려 할지도 모르겠다. 온 국토가 그런 돌덩이로 뒤덮였을 때, 그 풍경의 끔찍함이 어떠하겠는가. 먼 훗날 우리의 이 삶이 고고학의 대상으로 되었을 때, 곳곳에서 그런 돌덩이나 파내고 있어야 할 후손들의 절망감은 또 무엇이겠는가. 시대의 정신을 집중하여 표현하는 문화적 노작이 들어서야 마땅할 자리를 그런 돌덩이의 폭력이 언제까지 점령하고 있을 것인가. (2004)

한글과
한자

여야 의원 67명이 한글날을 국경일로 승격시키는 개정 법률안을 공동발의했다고 전해진다. 개항 이후 한글은 우리 민족과 영욕을 같이했고, 우리가 지금 누리는 이 문명이 모두 한글의 은덕이었다는 점을 생각한다면, 한글은 그만한 대접을 받아 마땅하다. 오직 자기 손으로 만들어 갈고 다듬은 문자로 개인들의 일상사는 물론 국가의 중대사를 다루고 학문과 예술 같은 고도의 정신적 작업을 할 수 있는 나라가 이 세상에는 많지 않다. 한글은 우리말을 표기하는 데에 부족함이 없는 글자여서 우리는 지금 언문이 완전히 일치된 생활을 하고 있으며, 그것이 때로는 지나치다고 여겨질 정도다.

한글에 관해 말하다보면 한자를 생각하지 않을 수 없는

것이 우리의 처지다. 나는 한자가 한글과 마찬가지로 우리의 글자라고 생각한다. 태고의 어느 시기에 우리 조상들이 한자를 만들었다는 어떤 학자들의 주장을 믿기 때문이 아니라, 아주 오랫동안 우리가 한자를 써왔기 때문이다. 유사 이래 한말까지 우리의 제반 기록이 한문에 의지해왔던 것은 말할 것도 없고, 지난 80년대 중반까지만 해도 한글과 함께 한자가 병용되었다. 한자는 우리에게 역사적 무의식이 되었고, 비록 문자를 모르는 사람들에게도 이 점은 예외가 아니다. 이 무의식을 우리는 남의 것이라고 말할 수 없다. 이제 한글 전용은 돌이킬 수 없는 추세가 되었지만, 그렇다고 그와 관련된 주장들을 다시 검토해볼 필요가 없는 것은 아니다.

우선 한글의 경제성에 대한 주장이 있다. 한자는 익히려면 많은 시간을 투자해야 하는 것이 사실이다. 그러나 경제는 투자의 측면에서만 고려해야 할 사항은 아니다. 투자가 크더라도 이익이 월등하다면 반드시 비경제적이라고 할 수는 없다. 이 점에 관해 충분한 연구가 있었다고는 생각되지 않는다. 이와 비슷한 의견으로, 한자가 기계화의 걸림돌이 된다는 주장은 이미 낡은 것이 되었다. 기계가 언어생활을 따라와야 옳을 터인데 언어생활을 기계에 맞추어야 한다는 이 생각은 사실 발상부터 잘못된 것이었다.

　한글이 민중적이라는 주장을 그르다고 할 수는 없다. 한글은 배우기 쉬울뿐더러 우리말과도 잘 어울리니 민중의 문자생활을 자유롭고 용이하게 한다. 한글을 창제한 세종대왕의 의도가 여기에 있기도 했다. 그러나 민중은 항상 '어린 백성'이 아니다. 현재의 교육 제도에서 한자를 배우지 못할 민중은 없다. 게다가 모든 글을 한글로 쓰기는 하되, 글 쓰는 사람의 발상이 한자나 외국어에 토대를 두고 있다면 그게 오히려 민중을 속이는 것이다.

　한자가 우리말의 발전을 가로막는다는 주장이 있다. 이는 토착어와 한자어를 무리하게 양분하는 데서 오는 오류다. 한자어가 들어와 우리말의 어휘와 내용과 논리를 풍요롭게 했다면 그게 바로 우리말의 발전이다. 우리말이 어디에 따로 있는 것이 아니라 민족의 역사를 통해 형성되어 지금 우리가 쓰고 있는 이 말이 곧 우리말이다. 말에는 한자가 없는데 왜 글에는 한자를 써야 하느냐는 막무가내 식의 주장도 있다. 말의 논리와 글의 논리는 다르다. 말이 특수한 사안에 구체적으로 대응한다면 글은 보편적 사안에 추상적으로 대응한다. 문어가 차지해야 할 자리를 구어가 차지함으로써 일어나는 혼란을 지금 우리가 겪고 있다.

한자에 대한 내 생각은 간단하다. '가'를 可, 加, 歌, 家로 쓰는 것인데, 이는 '가'를 빨강, 주황, 노랑, 초록색으로 쓰는 것과 같다. 빨간 가는 '옳다', 주황색 가는 '더한다', 노란 가는 '노래', 초록색 가는 '집'이 된다. 컬러가 흑백보다 더 많은 것을 알려준다는 것이야 말할 필요도 없다.

한글날을 국경일로 격상한다면, 이 기회에 우리의 문자 생활에 대해서도, 가능한 한 쓸데없는 이데올로기를 개입시키지 말고, 가능한 한 과학적인 태도로 다시 검토해볼 필요가 있겠다. (2004)

협객은 날아가고
벼는 익는다

　장예모 감독의 무협 멜로 영화 〈연인〉은 바쁜 시간에 틈을 낼 줄 아는 사람들을 잠시 매혹할 만하다. 거기에 빛이 바랜 것은 아무것도 없다. 태어날 때부터 시력이 약했던 아이가 어느 날 처음 안경을 쓰고 본 세상처럼 사물 하나하나가 오롯한 윤곽에 선명한 제 색깔을 뽐낼 뿐만 아니라, 때로는 후광까지 어른거리는 듯하다. 허공을 가르는 비도의 음향이건 대숲에서 울리는 바람소리건, 음악에 이르지 않는 소리는 거기 없다. 흠잡을 데 없는 육신, 단련된 무술, 고양된 감정과 투철한 의지를 당연하다는 듯 누리는 인간들, 그들 가운데 누가 피를 흘리면 우리들 모두가 피를 흘리는 듯 안타깝다.

　영화의 첫머리에서 눈먼 무사, 실은 장님을 가장한 여자

무사 메이가 한쪽 어깨를 드러내고 도도하게 춤을 출 때, 이 막막한 삶에 그보다 더 중요한 일은 없을 것만 같다. 메이는 춤추며 노래한다. "북방에 한 미녀 있어, 한 번 웃으면 성이 파하고 두 번 웃으면 나라가 망하네." 그녀가 이 노래를 부를 때, 그리고 영화가 끝나면서 배음으로 이 노래가 깔릴 때, 우리의 생각도 성과 함께 조금 허물어지고 나라와 함께 조금 기울어진다. 한 번 웃고 두 번 웃어 성과 나라를 흔들 수 없다면 그것을 어찌 미녀라 부를 수 있으랴만, 그러나 또한 그 미녀가 한 번 웃어도 파하지 않는 성은 성이 아닐 것이며, 두 번 웃어도 기울지 않는 나라는 나라가 아닐 것이다. 우리는 그 성에 산 적이 없고, 우리는 그 나라에 다시 속할 일이 없지만, 미녀의 춤은 여전히 우리의 운명이 아닌가. 이런 생각 한 번 얼핏 바람처럼 불어오게 하지 않는다면 그건 또한 무협 멜로가 아니리라.

소설이건 영화건 무협류의 성공은 진실과 허위의 관계에 있을 듯하다. 그것은 예전에 '이것은 거짓처럼 보이지만 어김없는 진실'이라거나 '진실처럼 보이지만 실은 거짓'이라고 말하는 것처럼 보였다. 허위는 진실의 보장을 받고 싶어했다. 그런데 이제 그 말은 이렇게 바뀌었다. '이건 거짓인 것처럼 보일 것이다. 실제로 거짓말이다.' 진실이 허위를 보장한다면 그것이 바로 허위일 터인데, 허위가 진실에 연연할 필요는 사실 없다. 이제는 세상이 거짓말만 가지고도 충분히 돌아갈 수 있다고 말하는 철학까지 생겼다. 진실은 이럭저럭 깔아놓을 만큼 깔아놓았으니 당분간은 거짓으로 우려먹을 만하다고 말하려는 것일까. 아무튼 믿는 구석이 있는 것은 확실하다. 동네마다 바보가 하나쯤은 있는 법이니, 세상이 어떻게 돌아가든 미련하게 진실을 붙잡고 있을 사람이 완전히 사라지지는 않을 것이라는 배짱 같은 것. 무협 영화를 만드는 사람에게도, 거기서 활약하는 강호의 협객들에게도 필요한 것이 또한 이 배짱이다.

추석이 내일모레 눈앞으로 다가왔고 고개를 치켜든 벼이삭들이 익기 시작한다. 마지막 태풍 지나가고 나면 시름 많은 농촌에 일손이 달릴 것이다. 「벼를 털며」라는 고은의 시가 있다. 시에서 볏단을 세우는 농부가 말한다. "이 세상은 절대로 꿈이 아니다 허깨비가 아니다"라고도 말하고, "이 세상은 무슨 일로도 다른 세상 아니다"라고도 말한다.

사이버라는 말 한마디로 먹고사는 딴 세상이 저기 어디 있다고 하는데, 누가 이메일로 볏단을 보내주지는 않을 것이며, 3차원 프로그램으로도 볏단을 만들 수는 없을 것이다. 볏단을 세우는 손은 무슨 일로도 다른 세상으로 나들이할 수 없다. 이 농부에게 농업 개방이니 쌀 시장 개방이니 하는 말은 이 세상 접어두고 다른 세상 시작하자는 말로 들릴지도 모르겠다. 또 사실이 그렇다. 농부에게는 볏단이야말로 진실일 터인데, 이 진실이 이제는 '믿는 구석'조차도 못 되고 눈치 없이 눌어붙어 있는 천덕꾸러기 손님 정도가 되었다. 쌀이 저절로 생기는 다른 세상이 정말 있기나 하다는 듯이.

무협 영화 말하다가 이야기가 옆길로 빠졌다. 협객은 경공술로 날아가도 벼는 천천히 크고 천천히 익는다. 늙은 농부에게는 벼 크는 소리가 들린다는데, 그러고 보면 농부야말로 눈먼 무사 따위에 비할 수 없는 강호의 협객이다. (2004)

310

11월
예찬

    10월을 노래하는 시들은 많다. 서양의 낭만파 시인들은 「10월의 밤」이라는 시를 다투어 한 편씩 가지고 있다. 지리산 자락에 넋을 묻은 고정희의 연시 「비 내리는 가을밤에는」에서도 시인의 가슴을 에이게 했던 가을밤은 거의 언제나 "꽃이삭과 바람만이 이야기를 나누는" 10월의 밤이다. 그에 비하면 11월에 눈길을 주었던 시는 드물다. 보들레르의 「가을의 노래」가 아마 여기에 해당할 듯한데, 힘을 잃어버린 햇볕에 대한 아쉬움을 읊고 있을 뿐, 11월에 대한 언급은 없다. 어느 노래가 말하듯이 '10월의 마지막 밤'을 넘기고 나면 더이상 이별해야 할 것조차 남아 있지 않은 것일까. 한 가닥 미련마저 사라지고 마는가.

    그렇더라도 11월은 아름다운 계절이다. 마른 잎사귀들

이 떨어지고 나면 감춰져 있던 나무들의 깨끗한 등허리가 드러난다. 꽃 피고 녹음 우거졌던 지난 계절이 오히려 혼란스러웠다고, 어쩌면 음란하게 보이기까지 했다고 말해야 하는 것이 아닐까. 한 시절의 영화는 사라졌어도 세상을 지탱하는 곧은 형식들은 차가운 바람 속에 남아 있다. 작은 새들의 날갯짓을 볼 수 있는 것도 이때이다. 마른 석류보다 더 작은 새들이 주목의 붉은 열매를 쪼다가 돌배나무의 앙상한 가지로 날아올라간다. 높은 가지에서 관목 숲으로 미끄러지듯 떨어져내릴 때는 바람에 날리는 낙엽과 구별하기조차 어렵다. 이제 겨울이 오면 저것들은 어디에 몸 붙이고 살아갈까. 그러나 새들은 욕망도 불안도 떨어져 쌓인 나뭇잎들 속에 벗어두고 한 알의 맑은 생명으로만 남은 듯하다.

옛 이야기 속에는 세번째 선택의 주제가 자주 나타난다. 호수에 도끼를 빠뜨린 나무꾼은 금도끼 은도끼를 탐하지 않았기에 제 쇠도끼와 함께 다른 도끼들을 상으로 얻을 수 있었다. 우렁각시의 남편은 아내의 조언대로 용궁에 들어가 건장한 말, 살찐 말들을 버려두고 비루먹은 세번째 말을 택함으로써 나쁜 원님을 물리칠 수 있었다. 『베니스의 상인』의 바사니오는 금상자와 은상자를 외면하고 납상자를 고른 덕택에 아름답고 부유한 포사를 아내로 맞이할 수 있었다. 그러나 리어 왕은 아첨하는 말에 현혹되어 세번째 막내딸의 진실을 받아들이지 않은 탓에 불행한 삶 끝에 미치광이가 되었다.

프로이트는 이 이야기들 속의 첫번째와 두번째 선택지가 봄과 여름을 뜻하고, 세번째 선택지가 가을과 겨울을 상징하는 것이라고 말한다. 사람의 삶으로 치자면 봄과 여름은 청년기와 장년기이며, 가을과 겨울은 노년기이자 죽음이다. 따라서 세번째 것을 선택한다는 것은 노년기를 염두에 둔 선택이라는 말이 된다. 프로이트의 말이 옳건 그르건 우리에게 늙는 일이 없고 죽는 일이 없다면 사실 입바른 진실 따위가 무슨 소용이 있겠는가. 리어 왕이 영원히 권좌에 앉아 있을 수 있었다면, 아첨보다 더 좋은 것이 어디 있었겠는가. 왜 바늘 끝 같은 진실 따위로 마음을 괴롭혀야 할 것인가. 젊음과 권력이 영원한 것이기만 하다면 우선 기분 좋은 것보다 더 좋은 것은 없을 것이다.

중국에 관광여행을 하는 사람들은 자금성을 보고 놀란다. 그 규모가 생각보다 크고 웅장해서도 그렇지만 또다른 이유도 있다. 모든 기둥에 붉은 칠을 하고 모든 장식물에 금물을 덮어씌우다니, 이게 어디 가당한 일인가. 모든 선들은 각이 졌거나 오만하게 어깨를 들어올리고 있다. 모든 집기들은 보석과 상아를 둘러쓰고 있다. 은은한 것은 어디에도 없다. 그 화려함에 깊이 같은 것은 없다. 그러나 생각해보라. 은은함도 깊이도 따지고 보면 겸손함일 터인데, 황제에게 겸손할 필요가 어디 있겠는가. 황제란 다름 아니라 뻔뻔할 권리가 있는 인간이란 뜻이기 때문이다. 그에게 세번째 선택 같은 것은 없으며, 선택조차도 없다.

　이제 황제는 없다. 그러나 주목하는 사람이 없어도 11월은 있다. 나무들은 그 순결한 등허리의 선을 드러내고, 새들은 그 맑은 생명을 뭉쳐 붉은 열매를 쫀다. (2004)

어디에나
사람이
있다

차 하나가 달려가다 오른쪽 깜빡이 켜고 차선을 바꾸려고 한다. 달리는 속도가 빠른 것도 아닌데 어느 차도 틈을 내주려 하지 않는다. 운전자들은 제 차 앞에 다른 차가 끼어들면 크게 손해라도 날 듯이 앞차 꼬리에 자기 차를 바싹 붙이곤 한다. 이윽고 깜빡이를 켠 차의 운전석 옆 오른쪽 창이 열리더니 하얀 손이 하나 나와 위아래로 날갯짓을 한다. 차 하나가 마침내 속도를 늦추어주었고 깜빡이를 켠 차는 차선을 바꿀 수 있었다. 손 하나가 참 무섭구나. 손이 마술을 부린 것은 물론 아닐 것이다. 그 손은 그저 사람의 손이다. 차 하나가 가던 길을 지체시키고 끼어들려는 것은 용납할 수 없지만 사람이 가던 길을 바꾸겠다는 데야 어찌 막을 수 있겠는가. 그런데 신기한 것은 손 하나가 나오기

전까지는 그 차에 나와 똑같은 사람이 타고 있다는 것을
우리가 미처 생각하지 못한다는 것이다.

상대방은 사람이 아니니 거기에 어떤 일을 저질러도 죄
의식을 가질 것은 없다고 가르치는 것은 전쟁을 일으키는
권력자들만이 아니다. 공격적 마케팅을 시도하는 사람들
에게도 사람은 사람으로 남아 있지 않다. 그들은 사람을
분석하여 그 속에서 조종 가능한 물건 하나를 찾아낸다.
어쩌면 범죄자들도 그렇게 생각하는 것은 아닐까. 그들은
인간의 약점을 이용하면서, 자기들은 그 약점을 이용할 뿐
이지 어떤 인간에게 해를 입히는 것은 아니라고. 아니, 그
보다는 자기 자신을 사람이 아니라고 여기는 경우가 더 많
을 듯하다. 내가 고등학교 다닐 때 못된 아이가 하나 있었
는데, 수시로 힘없는 아이들을 괴롭히고 돈을 갈취했다.
선생들이 훈계라도 할라치면 자기는 '사람의 자식'이 아니
라고 그 아이는 대꾸했다. 간간이 신문이나 방송을 통해
흉악범들의 고백을 들어보아도 자기는 다른 사람들보다
더 뛰어난 인간이라거나 다른 종류의 감정을 가진 다른 종
류의 인간이라고 믿었다고 하지 않던가. 또는 그런 뛰어난

316

인간으로 되기 위해 범죄를 저질렀다고 하지 않던가. 문맥이 좀 다른 것 같지만, 수능 시험에 부정을 저질러 온 나라를 걱정 속에 몰아넣은 학생들의 경우에도 같은 이야기를 할 수 있을 것 같다. 옛날의 커닝처럼 시험지를 바꾼다거나 쪽지를 주고받는 것이 아니라, 다시 말해서 사람과 사람 사이의 직접적인 관계가 아니라, 중간에 핸드폰이라는 기계의 중계를 받고 있으니 훨씬 더 마음 편하게 그 일에 가담하기로 결심하게 된 것은 아닐까.

어디에나 사람이 있다. 기계 뒤에도 사람이 있고 기계 속에도 사람이 있다. 내가 버린 쓰레기도 사람이 치워야 하고 내가 만들어내는 소음도 사람의 귀가 들어야 한다. 골짜기에 댐을 막으면 사람의 집이 물속에 들어가야 하고, 개펄에 둑을 쌓으면 그만큼 사람의 생명이 흙속에 묻힌다. 사람은 큰 집에서도 살고 작은 집에서도 살고 집이 아닌 것 같은 집에서도 산다.

김명인이 쓴 「우주선」이라는 시가 있다. 그 우주선은 사실 차고를 개조해 만든 방인데, 창이 없어 "막 궤도에 진입한 우주선의 선실처럼" 대낮에도 불을 켜놓아야 한다. 승무원은 할아버지와 할머니, 노인 두 사람이다. 두 노인은 거동이 불편해 우주선의 승무원이 유영하듯 걷는다. 그들의 혈육들은 저 멀리 지구에 살고 있다. "그런데 오늘, 머리에 가득 서릴 얹은/ 허름한 사내가 고등학생 돼 보일 남자앨 앞세워/ 우주선 앞에 서 있다/ 한 손엔 애기 머리통보다 조금 더 큰 수박 덩이/ 남은 한 손엔 무언가 담은 검은 비닐봉지 하나, / 빈손의 애비보다/ 양손을 노인들에게 하나씩 빼앗긴 아이가/ 오히려 몸 둘 곳이 없다/ 식구가 함께 건너지 못하는 캄캄한 하늘江이/ 저들 사이에도 흐른다는 것일까".

저 이상한 우주선 안에도 사람이 있고, 사람의 정이 있고, 사람의 슬픔이 있다. 비인간화의 문명, 그것은 참 오래전부터 들어온 이야기다. 그런데 그 비인간이 바로 나이고 우리들이다. 이런 시를 읽을 때 잠시 사람으로 되는 것이 그나마 다행한 일이다. (2004)

318

이수열
선생

　신문에 칼럼 같은 것을 오래 연재한 사람은 이수열 선생에게서 한두 번 편지를 받은 기억이 있을 것이다. 선생은 오랜 기간에 걸쳐, 주로 명망가들이 지면에 발표한 글을 오려 백지에 붙이고, 우리말의 어법에 어긋난다고 생각되는 구절들을 붉은 잉크로 수정하여, 그 필자들에게 꼬박꼬박 보내주었다. 선생이 아직도 그 일을 계속하고 있는지는 알 수 없으나, 우리말을 바로 쓰게 하려는 그 열정과 노고는 보훈처 같은 정부의 서훈 기관에 기록되어 있어야 마땅하다. 선생의 노고도 노고지만, 보람이 있기도 하고 없기도 했을 이 일을 위해 지불한 우편요금만 해도 상당한 액수가 될 것이다.

　나는 선생의 신상이나 이력에 관해서 잘 알지 못한다. 지난 90년대 초에 선생에게서 받은 편지의 발신지가 서울 은 평구의 어느 동이었다는 것을 기억하고 있고, 당신이 저술한 책의 앞날개를 읽어서 "초·중·고 교사로 47년 동안 근무하고 정년퇴임하였다"는 정도를 알고 있을 뿐이다. 내 책장에는 선생이 쓴 책이 두 권 꽂혀 있고, 서랍에는 선생의 편지가 세 통 들어 있다.

　편지를 받은 사람들이 고맙게 생각했을까. 아마 그러기도 했겠지만, 괜한 트집이라고 여기고 불평했던 사람들도 적지 않았으리라. 선생의 기준은 엄격하고 잘못을 바루는 데는 한 치의 용서도 없다. 일어식 어투인 '있으시기 바랍니다'나 '에 다름 아니다' 같은 서술에 붉은 줄을 긋는 것은 말할 것도 없고, '바탕' '선물' '위치'처럼 자체에 움직임이 없는 명사에 '하다'를 붙여서 말하는 것도 용납하지 않는다. '양호 교사가 크게 부족하다'도 '터무니없이 부족하다'로 고쳐 써야 한다. 논란이 많은 대명사 '그녀'뿐만 아니라 '그'도 선생이 보기에는 뿌리 없는 말이며, 따라서 써서는 안 되는 말이다. 국어 교과서의 글이건 헌법 조문이건 선생이 흡족하게 여길 글은 별로 없다. 제법 오랫동안 글쓰기를 수련한 사람이라고 해도 선생의 지적을 받지 않고 2백 자 원고지 열 장을 채우기가 어려울 것이다.

　나는 말에 대한 선생의 의견에 전적으로 찬동하지는 않는다. 나로서는 뿌리가 없고 본디의 결에 거슬리는 말이라고 하더라도 그것이 관용으로 굳어졌으면 그것을 새로운 뿌리로 삼아야 한다고 믿는 편이다. 어떤 표현법이 일어나 영어에서 연유한 것이라 하더라도 우리의 언중에게 그 표현이 큰 무리 없이 이해된다면 이미 우리말 속에 그 표현을 가능하게 하는 힘이 들어 있었던 것이라고 주장하기도 한다. 선생이 지향하는 순결주의가 말의 표현력을 적지 않게 억압하고 있다는 생각도 접어두기 어렵다. 지금 이 글을 쓰면서도 대명사 '그'를 여기서만이라도 써보지 않겠다고 작정하고 있지만 사실 여간 불편한 것이 아니다. 그래서 나는 선생의 충고를 일일이 따를 수가 없다. 내가 쓴 글에서 '황폐화한 마음' '자체적으로 해결한다'를 뽑아 밑줄을 그어 보냈을 때는 다소곳이 고개를 숙였지만, '어디에도 없다'를 '아무 데도 없다'로 고쳐야 한다고 했을 때는 숙였던 고개를 설레설레 흔들었다. '서로가 서로에게'라는 구절을 두고 '서로'는 격조사를 붙일 수 없는 부사라고 했을 때 나는 불평을 터뜨리고 말았다. "서로가 무슨 해병대인가. 한번 부사면 영원히 부사란 말인가."

그러나 내 글은 알게 모르게 선생의 영향을 많이 받고 있다. 내가 '꽃이 피었는가 묻는다'를 버리고 '꽃이 피었는지 묻는다'로 쓰게 된 것은 오로지 선생의 덕분이다. '그대로'나 '모두' 같은 말에 가능한 한 격조사를 붙이지 않으려하는 것도, '나의, 너의'보다 '내, 네'를 쓰려 하는 것도 모두 선생을 의식하기 때문이다. '상징주의에서부터 초현실주의까지'라든지 '여행에의 초대' 같은 말을 쓰고 나서 꺼림칙한 느낌이 남는 것도 선생이 있기 때문이다.

말에 관한 한 나는 현실주의자이지만, 선생의 순결주의 같은 든든한 의지처가 있어야 현실주의도 용을 쓴다. 선생의 깊은 지식과 열정은 우리말의 소금이다. 이 소금이 너무 짠 것은 사실이다. 그러나 고쳐 생각한다. 소금이 짜지 않으면 그것을 어찌 소금이라 하겠는가. (2005)

귀신들
이야기

　전라도의 한 섬인 우리 고향에서는 오뉘죽이라는 팥죽을 즐겨 먹는다. 큰 무쇠솥에 쌀과 팥과 물을 넣고, 소금으로 알맞게 간을 한 다음, 두 곡물의 형체가 완전히 허물어지고, 그 향미가 미묘하게 어우러질 때까지 장작으로 불을 지펴 만든 죽이다. 조리법은 이렇게 매우 간단한데 문제는 소금이다. 옛날에는 바닷물을 가마솥에 넣고 불을 때어 얻어낸 화염을 썼으나, 해방을 전후해서 더이상 제조되지 않는 이 화염의 자리를 천일염이 대신 차지하였다. 천일염은 알다시피 바닷물을 햇빛에 말려 얻은 소금이다. 오래전에 돌아가신 우리 외할머니는 죽 솥에 천일염을 넣지 않을 수 없게 된 후 제 맛을 지닌 오뉘죽을 먹을 수 없다고 마지막 병석에서까지 한탄했다. 천일염은 바다에서 그저 짠 기운만 건져낸 가짜 소금이어서 화염의 맛을 따라가지 못한다는 것이다. 그러나 오뉘죽에 넣은 소금이 화염인지 천일염인지 그 맛을 구분할 줄 아는 사람은 그때에도 별로 많지 않았다. 내가 아는 사람 가운데 외할머니가 '제대로 된 죽맛'을 기억하는 마지막 사람이었다. 그래서 나는 외할머니가 세상을 뜨면서 오뉘죽의 맛을 진정으로 아는 혀도 이 세상에서 사라졌다고 생각한다.

내가 천일염에 관해 나쁘게 말해서는 안 된다. 천일염만 하더라도 좋은 소금이다. 사실 우리 고향 섬은 한국의 중부 이남에서 최초로 천일염을 구워냈을 뿐만 아니라 단위 지역으로는 한때 가장 많은 소금을 생산했다. 그 염전의 대부분이 논과 밭으로 바뀐 지금도 시장에서 가장 질이 좋다고 평가되는 소금이 그 섬에서 나온다. 내가 그 섬에서 초등학교를 다닐 때, 몇 분 선생님들이 5학년 학생들을 이끌고 천일염의 제조 과정을 연구하여 전국과학대회에서 최우수상을 수상한 적도 있다. 바로 그 5학년에 내가 속해 있었으니 그때만 해도 나는 소년 과학자였던 셈이다. 내가 했던 일은 물론 미미하다. 선생님들이 종이풀로 염전의 모형을 만들 때 그 종이풀을 이겼으며, 3개월에 걸쳐 염전 관찰일기라는 것을 쓴 정도다. 그러나 이 덕택에 지금도 누가 염전에서 소금을 굽는 방법과 절차를 말하라고 하면, 지루함을 참고 들어줄 사람만 있다면, 두어 시간을 혼자 떠들 자신이 있다.

외할머니가 들으면 천부당만부당한 소리라고 하겠지만, 천일염이 바다에서 짠맛만 건져낸 가짜 소금이 아닌 것은 확실하다. 같은 천일염이라도 질이 다르고 맛이 다르다는 것이 그 증거일 수 있겠다. 우리 섬의 어른들은, 비록 오뉘죽의 맛에 날카롭지는 못했어도, 소금 그 자체의 맛에는 너나없이 귀신들이었다. 소금 한 알갱이를 입에 넣으면, 섬의 동쪽 염전 소금인지 서쪽 염전 소금인지, 초여름 소금인지 늦가을 소금인지, 어김없이 알아맞혔다. 내 말이 믿어지지 않을지 모르지만 맹세코 사실이다. 이 어른들은 지금 거의 모두 세상을 떴으며, 살아 있더라도 여든 줄의 노인이다. 내 또래 이후의 힘깨나 쓸 만한 장정들은 하나같이 서울 사람이 되었고, 소금의 생산 방식도 소금 맛을 망치는 쪽으로만 달라졌으니, 이 어른들을 마지막으로 소금 맛을 아는 미각이 사라질 것이며, 아예 소금 맛이라는 것조차 없어지고, 이 세상의 모든 소금은 그저 짠맛을 지 닐 뿐이리라.

　나는 방금 '소금 맛의 귀신'이라고 말했는데, 이 말은 비 유가 아니다. 흙에 따라 계절에 따라 소금 맛의 미묘한 차 이를 만드는 조화의 귀신이 개펄과 바람 속에 숨어 있고, 어른들은 그 귀신과 내통을 하고 있었으니 그들 역시 귀신 이 아닐 수 없다. 귀신들은 소금에만 붙어 있는 것이 아니 었다. 한때 이 땅에는 그런 귀신들이 참 많았다. 안방에는 술을 익게 하는 귀신들이 있었고, 건넛방에는 메주를 띄우 는 귀신들이 있었다. 또다른 방에는 엿기름을 엿으로 만드 는 귀신들이 있다. 우리 할아버지는 생전에 안방에는 결코 엿 항아리를 들이지 못하게 했다. 엿이 술을 '탁한다'는 것 이었다. '탁한다'는 말은 닮는다는 뜻이다. 엿 항아리가 안방에 들어간다고 해서 엿이 술을 닮다니, 어린 시절의 나는 이런 생각을 도저히 이해할 수 없어, 일종의 미신일 것이라고만 치부했다. 안방에는 누룩곰팡이의 뜸씨가 살 고 있고, 건넛방의 벽지에는 메주 곰팡이의 뜸씨가 스며들어 있다고 깨닫게 된 것은 아주 훗날의 일이었다.

　어느 집이건, 집에는 성주신이 있고, 부엌에는 조왕신이 있고, 변소에는 측신이 있는데, 이 신들은 모두 뜸씨들과 다른 것이 아니라고 이제 나는 생각한다. 이 신들은 우리와 함께 살아왔고, 우리와 함께 그 영검이 깊어졌으며, 또한 우리 운명의 많은 부분을 지배했다. 그것들은 우리와 숨결을 교환하고 냄새를 교환했다. 그것들은 우리의 고독한 몸을 세상의 만물과 이어주는 연결선이며, 그렇게 맺어온 관계의 흔적들이며, 세상과 사랑을 나눈 내력들이며, 우리 마음속 깊은 곳에 남은 기억의 시간들이었다. 그 귀신들의 조홧속을 몸과 마음의 가장 깊은 곳에서 느끼며 살아가는 동안, 저 오뉘죽의 마지막 혀였던 우리 외할머니처럼 우리들도 모두 죽기 전에 귀신이 된다. 그래서 이 귀신들이 없다면, 한 사람이 백 년을 살았어도, 단 한 시간도 살아보지 못한 셈이 된다.

　우리 가족이 서울로 모두 이사한 후, 어머니는 며느리인 내 아내에게 청국장 담는 법을 가르치려고, 일곱 번 콩을 삶았으나 일곱 번 모두 실패했다. 고향 집의 청국장 귀신이 서울의 아파트에까지는 따라오지 않은 것이다. 이후 나는 제사상 앞에서 절을 해도 건성으로만 한다. 이미 우리 집에 귀신이 없어졌다는 것을 알고 있기 때문이다. 귀신들은 사라졌다. 내 몸과 마음은 이 세상의 어떤 것과도 진정으로 연결되지 않을 것이며, 내가 살아온 흔적은 모두 규격 봉투에 담겨 구청의 쓰레기차에 실려갈 것이다. 요즘 말로는 이 귀신들을 뭉뚱그려 타자라고 부르는 것 같은데, 이 새로운 이름이 그 귀신들과 우리의 관계를 새롭게 이어줄 것인지, 아니면 그나마 남은 맥을 완전히 끊어놓을 것인지 헷갈릴 때가 많다. (2003)

산에는 산새
물에는 물새

『산에는 산새 물에는 물새』는 소설가 이문구 선생이 "이 땅의 손녀 손자들에게" 남기고 간 동시집이다. 아무 꾸밈이 없는, 소박하면서도 단정한 말들이 이 동시집에 들어 있는데, 모든 동시집이 다 그런 것은 아니다. 글을 쓸 때는 어떤 글을 쓰건 글재주를 내보이고 싶고 읽을 사람의 시선에 자주 굴복하기 마련이다. 동시집이라고 해서 다를 수는 없다. 어린이들의 시선이야말로 더욱 짐작하기 어려운 것이어서 글 쓰는 사람이 제가 먼저 시선을 하나 만들어놓고는 거기에 자신을 얽어매기 십상이다. 선생이 남긴 동시집에는 그런 억지와 욕심의 그늘이 없다. 아마도 이 동시들을 읽게 될 어느 아이가 선생에게 다가와 써야 할 말들을 한 줄 한 줄 골라준 것이 틀림없다. 그런데 이 미래의 아이는 반세기 전에 이문구 선생 자신이었던 그 아이일 뿐이다. 「들길에서」라는 동시 한 편을 적어본다.

발짝 소리 날아가는
바람받이 들길에
벼 이삭 줍다 말고
들비둘기 달아나고
살얼음 낀 논배미에
마른풀 우는 바람소리.
걸음걸이 다그쳐도
길이 줄지를 않네.

심부름을 다녀오는 길일까, 학교에서 혼자 돌아오는 길일까, 아이는 가을걷이가 끝난 들길을 서둘러 걷고 있는데 집은 아직 멀다. 들녘은 휑하게 비어 있고 들리는 것은 마른풀을 울리는 바람소리뿐이다. 아이는 이 쓸쓸함을 무엇이라고 생각했을까. 아니, 생각이라는 말은 이럴 때 참 불편하다. 느낌이라는 말까지도 불편하다. 아이는 그 들길에서 제 몸속으로 오롯이 한 번 들어왔던 이 쓸쓸함으로 마침내 무엇을 만들었을까. 그 아이가 소설가가 되고, 소설을 바로 쓰기 위해 여러 가지 고난을 겪을 때, 이 휘휘한 들판의 기억이 아무런 일도 하지 않았을까. 생전의 선생이 지녔던 곧은 심지나 너그러운 인품은 그 들판에 불던 초겨울의 바람과 아무런 관계가 없는 것일까.

이 동시집을 읽을 아이가 어린 날의 선생과 똑같은 고적감을 느끼며 초겨울의 들길을 걸을 기회는 매우 드물 것이다. 빈 들녘의 막막함으로 세상의 시작과 끝을 짚어보고, 마른풀을 울리는 바람소리에 제 생명을 부딪쳐보는 일이 미래의 아이들에게 반드시 필요한 것이라고 말할 수도 없다. 세상은 많이 변했고 더욱 많이 변할 것이다. 그들에게는 자기들의 의식을 키우는 자기들 방식의 삶이 있을 것이다. 미래의 아이들을 들먹일 것도 없이 벌써 대학생이 된 청년들도 마찬가지다. 지난 학기에는 보들레르의 시를 강독하던 중에, "박자 맞춰 까불리는 키 속에서 흩어지고 맴도는 곡식알같이"라는 시구에 부딪혀 키가 무엇이냐고 묻는 학생이 있었다. 지금에는 농촌에서도 찾기 어려운 키를 그가 모른다고 탓할 이유도 없고 그가 반드시 알아야 할 이유도 없다. 그러나, 가령 신동엽 시인이 "껍데기는 가라 / 4월도 알맹이만 남고/ 껍데기는 가라"라고 외쳤을 때, 거기에서 허위의 언행과 빈 관념을 배척하고 진실한 실천과 구체적 희망을 끌어안으려는 의지를 읽어내는 한 젊은이가 그 속에 키질을 하는 한 농부의 감정이 어떻게 스며 있으며 이 감정이 저 의지와 어떻게 관계를 맺는지 끝내 감지하지 못한다면 적지 않게 섭섭한 일인 것도 사실이다.

산에는 당연히 산새가 있고 물에는 당연히 물새가 있다. 그러나 그것이 당연하지 않은 날도 있을 것이다. 산새건 물새건 새가 없어지는 날은 결코 오지 않으리라고 이제는 누구도 장담할 수 없다. 그렇더라도, 산과 물이라도 남아 있을진대 산새와 물새의 기억도 함께 남아야 한다는 것이 그 새들과 함께 컸던 우리들의 바람이다. 경제에서건 정치에서건 문화에서건, 이 땅에서 무엇이든 커온 것이 있다면, 그것은 저 이삭 줍는 들비둘기와 함께 컸고, 빈 들길의 바람소리와 함께 컸기 때문이다. 우리의 열망이 그것들 속에서 커왔기 때문이다. (2003)

총기 사건의
공적 시나리오와
사적 시나리오

　전철에서, 머리를 짧게 깎은 두 젊은이가 비어 있는 좌석도 많은데 벌받는 사람들처럼 서 있다. 내가 무릎 위에 펴놓은 신문을 그들이 슬그머니 넘겨다본다. 비록 민간복을 입고 있긴 하지만 그 표정과 행동거지에서 휴가 나온 군인을 알아보지 못할 사람은 없을 것이다. 전방의 한 초소에서 일어난 끔찍한 사고가 알려진 직후이고, 그 소식을 담은 신문이 이 손 저 손에 들려 있는 터수라 그들을 바라보는 승객들의 시선이 평범하기는 어렵다. 휴가를 나와서도 이상한 자의식에서 자유롭지 못한 것이 우리네 사병들의 처지인데, 그들을 포위하고 있는 이 특별한 시선이 그들을 더욱 곤혹스럽게 만들 것은 당연하다. 승객들의 마음이 또한 그만큼 더 착잡하다. 자랑스러운 군인을 보아야 할 자리에서 안쓰러운 군인을 보는 사람들의 한숨소리가 여기 저기서 새어나온다.

이 처참한 총기 사고에 대한 당국의 발표를 곧이곧대로 믿는 사람은 드물다. 내가 학교에서 만난 복학생들만 해도 그 발표에 귀를 기울이기보다는 제각기 시나리오를 하나씩 만들어 그 답답한 마음을 달래려 한다. 모순을 비껴갈 뿐 해명해주지는 않는 이 자작 시나리오를 그들 스스로는 진실이라고 믿고 있을까. 아니, 차라리 이 사적 시나리오들을 내세워 당국자들의 공적 시나리오를 고발하고 비판하려는 것은 아닐까. 비극의 현실은 엄연히 거기 있는데 우리가 끌어안아야 하는 것은 가상의 시나리오뿐이라고 그들은 말하려는 것이 아닐까. 그러나 이 시나리오라도 만들어낼 수 있는 예비역들은 그래도 행복한 편이다. 제 불투명한 현실이 투명한 시나리오로 바뀌는 것을 바라보아야 하는 현역들, 안일한 시나리오 뒤편의 알지 못할 밀림 속에 이제 발을 디밀어야 할 젊은이들, 알려진 비극과 알려지지 않은 비극 사이에 제 귀한 아들을 떠밀어넣어야 하는 부모들의 심정은 또 무엇일까.

나는 한국의 군대에 인신의 희생을 요구하는 괴물이 있고 군을 통솔하는 자들이 복잡한 미궁을 만들어 그 괴물을 사육하고 있다고는 결코 생각하지 않는다. 나는 이런 비극이 일어났을 때 국방부의 고위 인사들이나 군대의 지휘관들이 사건을 은폐하려고만 한다고도 생각하지 않는다. 나는 오히려 이 참극에 희생된 병사들의 가족들과 함께 가장 큰 고통과 슬픔을 느끼는 것도, 그 진실을 가장 애타게 알고 싶어하는 것도 바로 그 지휘관들일 것이라고 생각한다. 그들이 진실을 말하지 않는다면 그것은 그들이 반드시 진실을 두려워하는 사람들이어서가 아니라 그들 자신도 진실을 모르고 있기 때문이라고 생각한다.

어떤 사람들은 우리 군대의 폭력 문화를 말하고 어떤 사람들은 신세대 병사들의 해이한 기강에서 그 원인을 찾으려 한다. 어떤 사람들은 개인의 나약한 의지를 탓하고 어떤 사람들은 부조리한 제도를 고발하려 한다. 이런 진단들이 잘못된 것이라고는 말할 수 없다. 문제는 이런 진단 내지는 해답들이 저마다 하나의 시나리오를 강요한다는 것이다. 진실보다 먼저 만들어진 말들은 진실보다 시나리오를 더 사랑한다. 이 사건의 진상을 캐기 위해 민간조사단을 구성하자는 주장도 온갖 시나리오를 깨뜨리자는 데 그 뜻이 있을 것이다. 그러나 민간조사단이라 한들 이들 몇 개 단어의 억압에서 자유롭지 못하다면 그 시나리오를 어느 쪽으로 유리하게 수정하는 일에서 더 나아가지 못할 것이다.

그래서 나는 민간조사를 확대한 연구 프로젝트 같은 것을 제안하고 싶다. 이 프로젝트에는 포용력 있는 군 지휘관들과 민완한 수사관들이 참여해야 할 것이다. 사회학자들과 심리학자들이 참석해야 할 것이다. 경험 많은 사건기자들이 참여해야 할 것이다. 그리고 누구보다도 먼저 한 사람 이상의 소설가가 참여해야 할 것이다. 소설가야말로 시나리오 전문가이기 때문이며, 사실과 시나리오의 접점을 그보다 더 잘 아는 사람이 없기 때문이다. 그들이 해야 할 일은 사건과 직접적으로 관계가 있는 사항들은 말할 것도 없고 아무 관계가 없을 것 같은 사항들까지 들추어내고 기록하는 일이다. 우리가 시나리오에서 벗어나는 길은 시나리오를 매끄럽게 하기 위해 제외된 요소들을 제자리에 복원하는 데 있기 때문이다. (2005)

바닥에
깔려 있는
시간

내 고향은 전라남도의 서남쪽 바다에 떠 있는 한 섬이다. 사람들이 낙도라고 부르는 그런 섬 가운데 하나인데, 나는 대학을 마칠 때까지도 내가 자란 섬이 낙도라는 생각은 전혀 하지 못했고, 그렇게 불러야 할 섬들이 어디에 따로 있는 줄로만 알았다. 멀리 떨어진 섬이라니, 어디서 멀리 떨어졌다는 말인가. 6·25전쟁 때 가족들의 등에 업혀 들어 갔다가 초등학교를 졸업할 때 떠난 섬이지만, 성년이 될 때까지 그 섬은 적어도 내 마음속에서는 세상의 중심이었다. 아니, 성년이 되고 나서도 크게 변한 것은 없다. 아직도 내게 인간의 삶이란 그 섬의 사람들이 살고 있는 삶이며, 아직도 내게 한국말이란 그 섬에서 익히고 쓰던 말이다. 사정이 그러하니 그 시절의 작은 경험들이 삶의 이런저런 고비에서 마치 전생의 기억처럼 떠오르는 것도 당연한 일이다.

내가 초등학교 4학년이 되던 해의 여름이던가, 그 섬의 서쪽 마을에 사는 아이들이 나를 자기네 동네로 초대했다. 황세기를 가득 실은 어선들이 몰려드는 오뉴월이면 바닷가의 긴 백사장에 파시가 서는 동네였다. 아이들을 따라 내가 그 마을에 갔을 때는 파시의 장사꾼들이 대부분 뒷설거지를 하고 떠난 다음이어서, 뱃사람들에게 술을 팔던 가건물 몇 채가 남아 있을 뿐이었다. 아이들은 집에서 퍼온 보리쌀을 들고 그 가게들을 차례차례 뒤졌지만 내게 사줄만한 것이 남아 있지 않았다. 마지막 집에 가서야 겨우 먼지를 둘러쓰고 있는 사이다 한 상자를 발견했다. 사이다 상자를 보리쌀과 바꿀 때 주인은 필경 아이들에게 바가지를 씌웠을 것이다. 그러나 벌써 마음이 부풀어 있던 우리는 바닷물이 멀리 밀려난 모래밭에 둘러앉아 그 사이다를 나누어 마셨다. 한 사람에게 두 병 꼴로 사이다가 돌아갔고, 손님이었던 내가 아마도 한 병쯤 더 마셨던 것 같다. 사이다도 사람을 취하게 한다는 것을 나는 그때 알았다. 머리가 어지럽고 가슴이 울렁거려 나는 모래 위에 누웠다. 해는 지고 하늘에는 별이 돋아 있었다. 달이 밝았던 것으로 기억한다. 내 옆에서 부르는 아이들의 합창이 마치 먼 나라에서 들려오는 노랫소리처럼 아득하였다. 그리고 더 먼 곳에서 바다의 파도 소리가 들려왔다. 하늘의 모든 별들이 긴 꼬리를 끌고 서서히 돌고 있었다. 모래에는 낮의 온기가 남아 있어 그것이 내 몸을 따뜻하게 덥혀주었다. 내가 어떤 커다란 손바닥 위에 누워 있고 그 손이 나를 끝없이 흔들어주는 것 같았다. 또는 내 육체가 모두 삭아내려 모래알처럼 작아진 내가 다른 모래알들 속에 묻혀 바람 따라 살랑거리는 것 같기도 했다. 시간이 얼마나 지났을까, 내가 눈을 떴을 때는 벌써 자정이 지났는데, 아이들이 나를 둘러싸고 앉아 걱정스러운 듯 내려다보고 있었다. 훗날 나는 이 체험을 두고 '시간이 바닥에 깔려 있었다'는 표현이 어떨까 생각해보곤 했다.

내 생애에 이와 비슷한 체험이 한 번 더 있었는데, 이때도 그 섬과 전혀 무관한 것이 아니었다. 지금은 어떤지 알 수 없지만, 내가 군대에 복무할 때는 모든 군인들이 1년에 사흘씩 인근의 공수부대에 들어가 특수 훈련을 받아야 하는 제도가 있었다. 완전군장으로 30킬로 구보를 하는 것이 그 훈련의 마지막 날 프로그램이다. 이 중요한 날, 나는 아침부터 미열이 있고 다리가 휘청거렸다. 그런데 그 구보를 지도 감독하는 조교 가운데 한 사람이 내 고향 섬 사람이었다. 한 5킬로 정도의 길을 달려 어느 고개를 넘을 때, 그 조교는 내 몸 상태가 좋지 않다는 것을 알아차리고, 나를 대오 밖으로 불러냈다. 잠시 기합을 주는 척하더니, 오솔길로 나를 이끌고 갔다. "이 오솔길을 곧장 따라가면 부대로 돌아가는 또다른 고갯길이 있다. 그 길목이 구보의 마지막 코스이니, 두세 시간 후 본대가 그곳을 지나갈 때 재주껏 합류하도록 해라." 나는 그가 가르쳐준 대로 그 고갯길을 찾아가 바위 뒤에 몸을 숨기고 군장을 풀었다. 때는 초여름으로 나무에는 푸른 잎들이 돋아나 있었다. 낙엽 속에 몸을 묻고 누우니 얼굴은 열기로 후끈거렸지만, 그러나 편안했다. 바람이 살랑거려 나뭇잎들을 끝없이 반짝거리게 할 뿐 만상이 조용했다. 잠시 그렇게 무료하게 시간을 보내고 있는데, 어디서 사각거리는 소리가 들려왔다. 눈을

감고 정신을 집중해도 그 방향을 가늠하기가 어려웠다. 땅
밑에서 스며나오는 소리 같기도 하고, 때로는 내 가슴 속
에서 나는 소리 같기도 했다. 시계의 초침이 울리는 것처
럼 거의 규칙적인 그 소리는 시간이 지날수록 커져 마침내
숲 전체를 고르게 덮었다. 눈을 크게 뜨고 가만히 하늘을
바라보고 있으니, 내 머리 위 오리나무 가지의 나뭇잎들이
그 사각거리는 소리에 맞추어 흔들리는 것이 보였다. 그것
은 푸른 벌레들이 오리나무 잎을 갉는 소리였다. 사각거리
는 소리는 끊어지지 않고 나뭇잎들은 금방 잎맥만 남기고
차례차례 사라졌다. 그리고 이따금씩 검은 새 한 마리가
날아와 그 벌레들을 쪼아가곤 했다. 그러나 그 숲이 평화
롭게만 느껴졌다. 나뭇잎을 빼앗기는 나무도, 나뭇잎을 갉
는 벌레들도, 그 벌레를 잡아가는 새도, 모두가 평화로웠
다. 사각거리는 소리가 비단 그물처럼 숲을 덮고 나는 그
그물에 저항 없이 갇혀 있었다. 내 몸이 아주 작아지는 것
같았다. 나는 앙상하게 남은 잎맥이기도 했고, 새의 입에
물려 하늘로 날아가는 벌레이기도 했다. 나는 구보대가 돌
아오는 시간을 초초하게 기다리지도 않았고, 거기에 어떻

게 합류해야 할지 염려하지도 않았다.

　나는 요즘 강의가 없는 날이면 집 근처의 도봉산을 오른다. 무수골에서 원통사로 가는 길이다. 휴일이 아니라서 길은 호젓하고, 항상 정해진 길이라 발길이 익숙하다. 그런데 어떤 길목을 돌아서면 뒤에서 나를 부르는 나직한 목소리가 있다. 뒤돌아보면 아무도 없다. 다만 이끼 낀 바위가 있거나 비범한 기운을 떨치며 솟아오른 나무가 있다. 그 바위와 그 나무가 나를 부른 것이 틀림없다. 아니, 그 바위와 나무를 나도 모르는 사이에 기억하고 있던 내가 그것들을 지나치며 나도 모르게 고개를 돌리는 것이리라. 그 바위와 나무에 내가 걸어두었던 내 마음이 나를 부른 것이리라. 그러나 나는 내 고향 섬과 저 구보의 고갯길에서 만났던 그 이상한 마법의 시간 가운데 하나가 나를 부른 것이라고 그렇게 믿곤 한다. 내 존재의 바닥에 아주 낮게 깔려 있던 그 시간이. (2001)

춘천의
봄

　춘천은 봄이 없다고 사람들은 말한다. 아마 그럴지도 모르겠다. 저 남쪽 땅 고흥의 금빛 들녘에 푸른 배추가 속살을 드러내고 마산에서 충무로 넘어가는 볕바른 고갯길에는 진달래가 키 넘어 피어날 때도, 춘천의 아침은 여전히 손이 시리다. 플라타너스는 지난가을의 마른 잎을 3월 중순에도 외투처럼 둘러쓰고 있으며, 이따금 강의를 멈추고 창밖을 내다보면 예술관 뒤 숲 너머로 대룡산 꼭대기에 눈 녹을 기미가 전혀 없다.

　이때쯤, 겨울 내내 방 안에만 묶어두었던 천리향을 베란다의 햇빛 속에 내놓고 싶은 마음 간절하지만, 어느 날 저녁 영하 두 단위로 떨어지는 찬 기운에 얼어 죽지 않으리라는 보장이 없다. 겨울 석 달 동안 곱게 곱게 살렸다가 봄날에 죽인 치자나무가 몇 그루였는지, 인동忍冬이라는 말은 옛날에도 있고 지금도 있다. 그러나 겨울을 견디기보다 이 3월의 춘천에서는 봄을 참기가 더욱 어렵다. 가루 죽 쑤어놓고 식힐 때까지가 어렵다는 흉년의 속담이 있거니와, 이것을 봄 흉년이라고 불러야 할까. 학교에서 집으로 돌아가는 효자동 골목길에서, 담장 너머로 솟아오른 자귀나무를 유심히 바라보면, 분명 수수알 같은 작은 싹이 돋아 있지만 그 푸른빛이 너무나 지지부진하여, 저것이 새잎으로 피어날지, 저러다 그만둘 것인지 매우 의심스럽다. 아침저녁의 찬바람이 너무 강퍅하니 기회를 엿보기가 쉽지 않을 것이다. 그러나 이 찬바람에는 위생적인 무엇이 있다.

사실 천지가 너무 성급한 남녘의 봄은 그렇다. 한 걸음 남쪽의 신마산에 오전 10시에 꽃이 피기 시작하면 오후 3시에는 풀과 나무와 사람이 들떠 있으니 하늘도 그것을 말리지 못한다. 황사와 꽃가루가 함께 섞여 날리는 남쪽 서해안의 봄에는 문자 그대로 병이 있다. 눈에 눈곱이 끼고 안구가 충혈된다. 그 고장 사람들은 그것을 눈에피라고 부른다. 눈병은 목월 시인이 윤사월이라고 부르는 계절까지 계속된다.

남녘의 봄은 찾아올 때 이미 난숙하다. 그러나 그 봄이 아무리 길어도 춘흥에 겨웠다 깨어날 때까지이다. 그래서 김영랑은 모란이 떨어질 때 울었다. 그것은 어디선가 갑자기 몰려왔다 물러가버리는 봄이다. 제주도보다 더 남쪽 먼 곳에서 실려온 박래품의 봄이다. 자연은 그것을 만들기 위해 크게 노력하지 않았으며, 사람들은 진정으로 기다리지 않았다. 춘천의 봄을 아는 내 이야기는 결코 과한 것이 아니다.

춘천의 겨울은 금강석처럼 단단하고, 봄옷을 입는 날은 짧아도 봄은 마디다. 그것을 기다리고 음미할 충분한 시간이 있다. 진해의 벚꽃이 이미 파장이라는 4월 어느 날, 기차를 타고 가평을 지나 강을 넘어들어오면 구석구석 개나리가 줄줄이 피어 있다. 그 물빛이라니! 눈부시고 찬란하나 한 오라기 방자함도 없는 고전주의의 봄이 거기 있다. 그것은 전염병이 아니며 유행이 아니다. 그것은 어디서 불려왔거나 누가 가져다준 봄이 아니며, 춘천이 그토록 모질게 만들어낸 봄이다. 그래서 그 겨울처럼 단단하며, 그 눈처럼 깨끗하다.

　춘천의 봄은 그것을 만드는 자연 그것을 기다리는 마음과 이상하게 결혼한다. 바리바리 혼숫감을 지고 가는 결혼이 아니다. 김유정이 그의 소설에 봄을 두 번 얹었던가. 여덟 해를 머슴살이하고 지게 작대기보다 조금 더 커진 주인집 딸에게 장가드는 봄이다. 그것은 봄을 위한 노동이다. 춘천은 그렇게 봄을 증명하고 봄을 완성한다. 봄의 의식화이자 내면화이며, 봄을 위한 길고 지루한 감정교육이다. 그래서 춘천을 春川이라고 불렀다는 전설이 있다. (1987)

밀림의
북소리

  지금 마흔이 조금 넘은 사람들은 그들이 초등학교 때 밤을 새우며 읽었던 연작 만화 『밀림의 북소리』를 기억한다. 탐험대를 따라나섰다가 밀림에서 홀로 길을 잃고 방황하는 주인공, 용감한 한국 소년 철민이의 모험은 그 궁핍한 시대에 그 궁핍한 아이들의 꿈이었다. 마을 신작로의 부서진 탱크는 낯선 것이 아니었으며, 아직도 천막 학교에서 공부하는 아이들이 있을 때였다. 밀림은 끝이 없이 어두웠으며 철민이는 용감했다.

  늙고 병든 몸으로 아들에게 배반당한 흑인 추장 '제가'를 도와 권력과 지위를 되찾게 하고, 식인종들에게 사로잡힌 미국 선교사의 딸 '에리자'의 목숨을 구해 그녀에게 조용한 아침의 나라를 알게 한다.

철민이의 밀림은 어떤 밀림보다도 훌륭했다. 황소보다 더 큰 개구리는 오히려 상식적이고, 희랍신화에서나 볼 수 있는 키메라와 반인반마의 괴물까지 그 숲에 살며 주인공의 생명을 위협한다. 언제나 이기는 것은 철민이다.

소년을 주인공으로 하는 밀림 소설의 원형은 아마 키플링의 『정글북』일 것이다. 이 소설의 주인공인 이리 소년 '모글리'는 제 젖어미 이리의 도움을 받아 구렁이와 코끼리 고릴라까지를 부하로 삼으며, 끝내 숲을 지배하고, 약육강식이라고 하는 '밀림의 법칙' 이상의 법칙을 원시림 속에 탄생시킨다. 그는 용감하기보다 차라리 능란하다. 그는 밀림을 제 손바닥 들여다보듯이 읽고 있으며, 그렇기에 닥쳐올 재난과 위험을 예견한다. 그는 상황을 창조하며, 따라서 싸우기 전부터 승리를 확보하고 있다.

용감한 철민이에게는 모든 것이 어느 순간 갑자기 찾아온다. 개구리와 싸우고 나면 한숨 돌릴 새도 없이 악어의 공격을 받고, 반인반마는 싸우는 소년의 등에 염치없이 화살을 겨누고 있다. 그리고 이기는 것은 언제나 철민이다. 그러나 개선된 것은 아무것도 없다. 위험과 재난은 여전히 그대로 남아 있고, 게다가 어느 날 갑자기 들이닥치게 되어 있다. 어느 날 갑자기.

이리 소년 모글리는 우여곡절 끝에 앵글로색슨족의 피를 받은 백인 소년인 것이 밝혀진다. 식민지주의자 키플링이 그 빛나는 영광을 인도 소년이나 아프리카의 얼굴 검은 아이에게 돌릴 리는 물론 없다. 그것은 백인에게나 가당한 운명이다. 그렇다면 무턱대고 용감한 철민이가 어느 날 갑자기 당하는 운명은 무엇인가?

과연 우리에게는 모든 것이 어느 날 갑자기 찾아왔다. 어느 날 갑자기 오일쇼크가 찾아오고, 어느 날 갑자기 무역전쟁이 일어나고, 어느 날 갑자기 일본은 세계 최강국이 되었다. 불구대천지 원수인 중공이 어느 날 갑자기 우리의 혈맹 미국과 손을 잡고, 어느 날 갑자기 필리핀에서는 이상한 선거가 치러졌다. 어디 그뿐인가. 어느 날 갑자기 우리의 착한 아들딸들은, 극소수라는 단서가 붙긴 하지만, 이해할 수 없는 세상에 물들어 제 목숨을 스스로 끊는다.

폐쇄사회가 당하는 가장 큰 곤경, 그것은 모든 사태가 항상 어느 날 갑자기의 형식으로 찾아온다는 것이리라.

(1986)

어려운 글
쉬운 글

"어려운 글을 읽으려고 애쓰지 말라. 그런 글은 저자 자신도 무슨 소린지 모르고 쓴 글이다." 문화비평가로 상당한 성가를 올린 어느 대학 교수의 책에, 그것도 서문에, 이런 내용의 말이 있다. 정말 그럴까. 결론을 미리 말한다면, 나는 나와 함께 공부하는 학생들이나 내 자식들이 이런 말에 현혹될까봐 두렵다.

이런 주장을 펴는 사람들의 논리는 대개 비슷하다. 글이나 말은 생각을 전달하는 데에 목적이 있는데, 읽는 사람이 무슨 소린지 모른다면 그게 무슨 소용이 있느냐고 우선 따진다. 어려운 글은 자기과시를 하려는 심리가 뒤에 있고, 그런 태도는 사람들을 억압하게 마련이라고도 말한다. 어려운 글은 반민중적이라는 이데올로기도 당연히 거기

곁들린다.

글은 확실히 쉽게 쓸 수 있는 한 쉽게 쓰는 것이 좋을 것이다. 그러나 어떤 생각이 쉽게 표현되지 않는다고 해서 그 생각 자체가 나쁜 것이거나 반민중적인 것이라고 할 수는 없겠다. 어렵게 표현될 수밖에 없는 그런 생각이 세상을 억압한다기보다는 오히려 그런 생각이 억압을 받고 있다고 해야 옳다. 어렵고 까다로운 글보다 간단명료한 구호투의 말들이 사람들을 더 억압해왔던 예를 우리는 너무 많이 보아왔다.

내가 대학원을 다닐 때 하숙을 하던 집 아주머니는 학교에 가본 적이 없지만 매우 명민한 사람이어서 혼자 글을 깨쳐 한자가 드문드문 섞인 글을 읽어냈고 쉬운 영어 책도 해독했다. 이 아주머니는 자기 집에 하숙하는 학생들이 무엇을 공부하고 있는지 늘 알고 싶어했다. 나는 내 공부가 다른 사람들에게 무슨 소용이 있고, 세상과 어떤 연결 고리를 가질 수 있는가를 알아볼 겸해서 아주머니를 상대로 내가 쓰려는 논문에 관해 이따금 이야기를 해보곤 했다. 나는 아주머니가 알아들을 수 있는 낱말과 문장을 골라 가능한 한 쉽게 이야기한다. 아주머니는 의외로 잘 알아듣고 가끔 날카로운 질문도 한다. 그러나 내가 아무리 쉽게 이야기하려 해도 그 한계가 있고, 결코 전할 수 없는 부분이 있다. 그 부분이 전체 이야기의 천분의 일에 불과하고, 그것이 비록 문제의 핵심이 아니라고 하더라도, 그 부분에 대한 내 천착은 내게 매우 중요하고 아주머니에게도 중요하다. 나는 온갖 낱말, 온갖 문장을 다 사용하여 그 부분을 더 명확히 하기 위해 심혈을 쏟는다. 아주머니가 어떻게 해도 알아들을 수 없는 이 부분에 대한 내 노력은 내 공부를 깊게 해주기도 하지만, 내가 아주머니에게 알아들을 수 있게 말할 수 있는 부분을 더 풍요롭게 만들고 더 쉽게 만들어주기도 한다. 내가 어려운 말의 도움을 받아 공부한 부분이 아주머니에게 쉽게 말할 수 있는 부분을 더 넓고 깊게 해주기도 하는 것이다.

민중이 고정되어 있는 것이 아닌 것처럼, 그 지적 상태와 정신 상태도 고정된 것이 아니다. 물론 그 말도 고정된 것이 아니다. 어려운 말은 물론 지식인이 만들어내고 학문이 만들어낸다. 학문의 어떤 부분에 어려운 말을 많이 써야 한다면 그 부분이 민중과 멀어지는 것이 사실이겠으나, 그 학문 전체를 놓고 본다면 민중과 만나는 부분이 줄어드는 것도 아니고, 민중과 멀어진다고 해서 그 부분을 포기할 수 있는 것도 아니다.

사실, 사람을 억압하는 것은 자각되지 않는 말들이고 진실과 부합되지 않는 말들이고 인습적인 말들이지, 반드시 어려운 말이 아니다. 어려운 말은 쉬워질 수 있지만, 인습적인 말은 더 인습적이 될 뿐이다. 진실은 어렵게 표현될 수도 있고 쉽게 표현될 수도 있다. 진실하지 않은 것도 역시 마찬가지이다. 게다가 억압받는 사람들의 진실이야말로 가장 표현하기 어려운 것에 속한다. 장 주네는 "자신이 배반자라고 여겨질 때 마지막 남아 있는 수단은 글을 쓰는 것"이라고 했는데, 그 말이 의미하는 바도 아마 이와 관련될 것이다. (2000)

복잡한 일

　지난 연말에 우리 집 애가 제 친구들에게 연하장을 보내기 위해 어느 인터넷 사이트에서 제공해주는 동영상 카드들을 고르고 있었다. 숫자가 많지도 않은데 실제 카드에 직접 글을 써서 보내라는 내 권유에 "그런 복잡한 일을 어떻게 해요"라고 대꾸했다.

　애가 초등학교를 졸업할 무렵에도 똑같은 말을 한 적이 있다. 제 엄마에게 운동화 끈을 매달라고 발을 내밀고 있는 것을 보고 그 정도의 일은 이제 자기 손으로 해야 한다고 내가 말했더니, "그 복잡한 일을 제가 어떻게 해요"가 바로 그 대답이었다. 신발끈을 매는 일이 그렇게도 복잡한 일인가. 그래서 내가 직접 시범을 보이며 가르치는데, 따라하는 아이의 손놀림이 둔하기 그지없었다. 애가 표나게

게을렀던 것도 아니고 자립심이 없었던 것도 아니지만, 손놀림을 훈련할 기회가 없었던 것이다. 장난감을 비롯해서 모든 생활도구가 단발성의 스냅 동작만을 요구하는 환경에서 자라왔기 때문이다. 블록 같은 장난감도 꼭꼭 눌러서 맞추었고 음식도 포크로 콕콕 찍어서 먹었고 피아노도 콕콕 눌러 쳤고 숙제를 할 때도 컴퓨터를 일찍 배워 자판을 콕콕 눌러 글자를 조립했다. 이런 단발 동작에 비해 모든 손가락이 유기적으로 협조하며 연속적으로 움직여야 하는 운동화 끈 매기는 사실 얼마나 복잡하고 어려운 동작인가.

물질문명의 시대란 역설적이게도 몸이 물질을 누리지 못하는 시대이다. 이제 육체가 물질을 접촉하는 순간이란 저 스냅 동작의 짧은 순간뿐이다. 우리는 어디서나 단추를 누른다. 옷을 입을 때도 옷고름을 매지 않는다. 글을 쓰기 위해서도 커피를 마시기 위해서도 위층에 올라가기 위해서도 우리는 단추를 누른다. 우리의 육체가 물질과 교섭할 때 느끼게 되는 다양한 감각들은 이제 누름단추의 탄력으로 통일된다. 물질로부터 듣게 될 모든 소리는 이제 딸가닥에 그치는 경쾌한 금속성의 소리로 통일된다. 흙도 물도 불도 나무도 돌도 모두 손가락에 한 번 튕겨오르는 탄력과 딸가닥으로 추상화된다. 이 말은 결코 과장이 아니다. 우리 같은 문학 선생들이 시나 소설을 가르칠 때 갈수록 힘이 드는 이유 중에 가장 큰 것은 자연 사물에 대한 학생들의 감각이 매우 둔화되어 있다는 데 있다. 몸이 물질로부터 딸가닥 이외의 다른 감각을 느끼는 일은 이제 천한 일로까지 치부되는 실정이다. 소위 3D업종이라는 것도 따지고 보면 탄력과 딸가닥의 뒤에 숨어 있는 모든 물질의 감각을 몸으로 느끼고 견디어야 하는 직종들이기 때문이다.

일상생활에서부터 정치나 학문을 하는 데 사용되는 말도 마찬가지이다. 옛 사람들은 공부를 할 때 자기가 배우는 텍스트들을 모두 쓰고 외웠다. 그래서 누가 무슨 말을 하면 그 전거를 살피기 위해 암기한 글들을 되살려냈다. 그 뒷사람들은 외우는 일이 힘들어 카드를 작성했고, 카드도 번거롭다고 여겨질 무렵부터는 간편한 인덱스 체계를 만들었다. 이제는 카드도 인덱스도 만들지 않는다. 컴퓨터에 통째로 저장된 텍스트의 낱말을 검색하면 그만이다. 낱말 하나하나가 이제 단추로 바뀐 것이다.

성현들이 무슨 말을 하였다면, 옛사람들은 그 말을 쓰고 외우면서 자기 육체 속에 새겨넣었다. 자기가 배우는 것의 의미와 자기의 몸이 하나가 되는 것이다. 그러나 우리가 컴퓨터의 검색으로만 글자들을 만날 때 그 의미는 우리 몸 속에 들어오지 않는다. 아예 그 의미 자체가 없다고 해도 과언이 아니다. 그저 그런 모양과 발음을 지니고 여기저기 외톨이로 굴러다니는 단추들일 뿐이다. 약간 유식한 말로는 이런 말로 된 단추들을 코드라고 부른다.

공자나 석가가 무슨 말을 하였건 그것들은 모두 그런 코드일 뿐이다. 공부하는 일만 그런 것이 아니라 사는 일도 그렇다. 어떤 사람이 효자라고 불리기 위해서는 정말로 부모를 잘 공양할 필요가 없다. 효도라는 코드를 이마에 붙이고 다니면 그만이다. 성실도 근면도 몸 안에 들어 있는 성실이나 근면이 아니라 얼굴에 붙이고 다니는 그런 코드일 뿐이다.

편리한 것으로 친다면 이보다 더 편리할 수가 없다. 그런데 코드에는 소비가 있을 뿐 생산이 없다는 것이 문제다.

358

누군가 좋은 옷을 만드는 사람이 있어야 다른 사람이 좋은 옷을 입고 다닐 수 있는 것처럼, 누군가 정말로 성실한 사람이 있어야 성실이라는 코드를 얼굴에 붙이고 다닐 사람도 있는 것이다. 누군가 의미를 생산해야 다른 사람들이 그 코드에 단추를 누를 수 있는 것이다. 코드는 간편한데 생산은 어렵고 복잡하다. (2001)

은밀한
시간

　몇 년 전, 그러니까 학생들이 지금처럼 너나없이 핸드폰을 하나씩 지참하고 다니지는 않았던 때의 일이다. 내 강의 시간에 한 학생이 교단에 나와 제가 작성한 보고서를 발표하고 있는데, 어디서 핸드폰 소리가 들려왔다. 학생들이 모두 자기는 아니라는 얼굴로 나를 쳐다보았다. 발표하던 학생이 갑자기 눈을 크게 뜨더니 주머니에서 핸드폰을 꺼내 종료 단추를 눌렀다. 발표는 무사히 끝났다. 나는 강평을 끝내고, 이 새로운 이기인 핸드폰에 대해 내 생각을 짧게 이야기했다. "핸드폰을 24시간 들고 다닌다는 것은 누가 자기를 부르든 24시간 대기하고 있겠다는 말이 아닌가. 옛날 노비의 신분이었던 사람들이야 주인이 부르면 지체 없이 달려가야 하니 어쩔 수 없이 대기를 해야 하는 팔자였지만, 이 민주주의 시대에 자진해서 노비가 되려 하다니 이해할 수 없구나." 학생들은 내 말을 농담으로 받아들이고 모두 웃었다. 웃음 끝에 한 학생이 이렇게 대꾸하기까지 했다. "맞아요, 선생님, 우리 젊은 사람들은 모두 사랑의 노예예요." 그래서 또 웃었다.

그런데 나는 농담으로만 그 말을 했던 것은 아니었다. 나는 누구나 타인의 시선에서 벗어난 시간을, 다시 말해서 어디서 무엇을 하는지 남이 모르는 시간을 가져야 한다고 생각한다. 그래서 나는 식구들에게도 그런 시간을 가지라고 권한다. 애들은 그 시간에 학교 성적과는 아무 관계도 없는 소설이나 만화를 보기도 할 것이며, 내가 알고는 제지하지 않을 수 없는 난잡한 비디오에 빠져 있기도 할 것이다. 어차피 보게 될 것이라면 마음 편하게 보는 편이 낫다고 본다. 아내는 그런 시간에 노래방에 갈 수도 있고, 옛날 남자친구를 만나 내 흉을 볼 수도 있을 것이다. 그렇게 해서 늘 되풀이되는 생활에 활력을 얻을 수 있다면 그 또한 좋은 일이다. 여름날 왕성한 힘을 자랑하는 호박순도 계속 지켜만 보고 있으면 어느 틈에 자랄 것이며, 폭죽처럼 타오르는 꽃이라 한들 감시하는 시선 앞에서 무슨 흥이 나겠는가. 모든 것이 은밀한 시간을 가져야 한다.

나는 사실 기계를 좋아하는 편이다. 일찍부터 타자기로 글을 썼으며, 컴퓨터도 남보다 먼저 익혔다. 진짜 컴퓨터 전문가들이 들으면 웃겠지만, 도스 시절에는 동료들 간에 컴퓨터 도사로 통하기도 했고, 새로운 프로그램을 주문하곤 집배원이 올 시간에 집 밖에 나가 기다릴 정도의 열정도 있었다. 당연히 컴퓨터에는 온갖 부속 기구를 다 장착했다. 무슨 회합 같은 데 가입하며 신상명세서를 작성할 때는 이름 적고 주소 전화번호 적고, 이메일 주소란도 당당하게 채워넣을 수 있었다. 그 후 홈페이지 주소를 적으라는 난이 새로 생기자 벌써 그 속도를 따라가는 일이 힘겨워졌다. 나는 그 난을 내가 운영하는 인터넷 문학동호회의 주소로 메꾸었다. 그러자 그런 문서에 핸드폰 번호를 적는 일이 일반화되었다. 채워넣어야 할 것을 채워넣지 못하면 무언가 부족한 사람이 되는 것 같아 찜찜한 것이 사실이지만, 그래도 나는 이 난만은 죽을 때까지 공백으로 남겨두기로 마음먹었다. 그러나 이 일도 역시 뜻대로 되지 않았다. 집안 어른이 중환으로 병원에 입원하여 정말로 24시간을 대기해야 하는 처지가 되니 나도 핸드폰을 마련하지 않을 수 없었다. 한번 사용하면 담배보다 더 끊기 어려운 것이 이런 물건들이다.

컴퓨터나 핸드폰 같은 물건들은 삶을 투명하게 만든다. 내가 어느 구석에 들어가 있어도 그것들은 나를 추적한다. 아니, 그것들이 나를 추적하기 전에 내가 어디서 무엇을 하고 있다는 표적을 내 스스로 남겨놓도록 유도한다. 내가 인터넷에서 서핑을 하며 아무리 먼 곳으로 돌아다녀도 접속하는 곳마다 내 아이피 주소가 남는다. 최근에는 내 컴퓨터에 바이러스가 침입하여 어렵사리 치료를 끝냈는데, 프랑스의 어느 사이트에서 당신의 컴퓨터가 바이러스에 감염된 것 같으니 주의하라는 메일이 배달되기도 했다. 물론 이런 투명성에는 사회적으로 유용한 점이 없지 않다. 그러나 사람살이란 묘한 것이어서 우리는 투명한 것을 요구하면서 동시에 불투명한 것을 획책한다. 산중에 수도하러 들어간 사람은 자신을 물처럼 투명하게 만들려 하면서도 세상이 알지 못하는 어떤 것이 되려 한다. 대도시에 나와 간결하고 명료한 삶을 살려는 젊은이의 욕망에는 또한 자신을 군중 속에 감추려는 열망이 함께 따라붙는다. 인터넷은 인간들의 모든 삶을 한꺼번에 끌어안기 위해 그 그물을 더욱 넓고 더욱 촘촘하게 짜겠지만, 사람들은 또 어디로 피해 달아나 은근한 사이트를 구성할 것이다. 그래서 그 그물이 더 커진다. 불투명한 것들이 투명한 것의 힘을 만든다. 인간의 미래는 여전히 저 불투명한 것들과 그것들의 근거지인 은밀한 시간에 달려 있다. (2001)

두 개의
설날

　우리 고향에서만 쓰던 속담인지 모르지만, 섣달이 둘이
라도 시원치 않다는 말이 있다. 일제강점기에 강제로 신정
에 차례를 지내게 하자, 어느 날을 설이라고 불러야 할지
몰라 망설이는 정황에서 나온 말일 것이다. 우리 집에서도
단 한 번뿐이지만 신정에 차례를 지낸 적이 있다. 신식 교
육을 받은 자식들의 강권으로 양력 섣달그믐날 밤에 차례
를 준비하던 어머니가 마침 창밖에 떠오르는 보름달을 보
고는 단호하게 고개를 내저었다. "섣달그믐에 달이 뜨다
니 이게 무슨 변고냐. 보름날에 설상을 차릴 수는 없다."
우리는 그 이후 다시 음력설로 돌아갔다.
　우리가 우리의 근육을 팔다리의 그것처럼 내 마음대로
부릴 수 있는 수의근과 내장의 그것처럼 내 의지에 따르지

않는 불수의근으로 나누어 말할 수 있듯이, 사람의 기억도 두 가지로 구별할 수 있다고 한다. 우리는 수학 공식이나 법조문이나 거래처의 전화번호를 애써 외워두고는 필요할 때마다 불러내어 사용한다. 우리에게는 이렇게 기억한 것들이 많다. 그러나 인간의 마음속 깊은 곳에는 이런 수의적 기억과는 비교할 수도 없이 더 많은 기억들이 저절로 쌓여 저절로 움직이고 있다. 어렸을 적 외할머니 댁 뒤란에서 보았던 뱀, 미술 숙제를 다 끝내지 못하고 자던 밤 어둠 속에 떨어지던 싸락눈 소리, 어느 골목에서 맡았던 음식 냄새, 제사상을 밝히던 은성한 촛불과 얼룩진 병풍, 쥐구멍에서 꺼낸 반쪽짜리 곶감, 나는 이런 것들을 애써 외워둔 적이 없지만 그 기억들은 내 몸 어딘가에 새겨져 있다가 어떤 계기를 얻어 마치 오늘 아침에 일어난 일처럼 눈앞에 선히 떠오른다. 며칠 전에도 아들이 입대 문제를 의논해와 같이 이야기를 나누는데, 초등학교 때 참새 한 마리가 열린 창문으로 들어와 교실을 난장판으로 만들었던 기억이 갑자기 떠올랐다. 그 새는 어떻게 되었던가, 누가 잡았던가, 창문 밖으로 다시 날아갔던가. 아들은 정신이 딴 데 가 있는 내 얼굴을 의아한 눈빛으로 바라보았다. 이런 불수의적 기억들은 때때로 사람들을 이렇게 당황하게 한다. 그러나 나를 걷잡을 수 없이 달뜨게도 하고, 느닷없이 습격하여 나를 고통스럽게도 하는 이 기억들이야말로 내가 이 몸을 지니고 사는 동안 세상 만물과 깊이 사귀어온 흔적이라고 생각한다. 설은 바로 이 이상한 기억들을 위해 마련된 날이다.

누구나 읽었을 『어린 왕자』에 이런 대목이 있다. 어린 왕자가 여우에게 "의례"가 무엇이냐고 묻자, "의례란 어떤 시간을 다른 시간과 다르게 하고, 어떤 날을 다른 날과 다르게 만드는 것"이라고 여우는 대답한다. 설날은 여느 날과 다른 날이다. 정성을 들여 마련한 음식들, 따뜻한 방과 다정한 말들, 갑자기 신령한 기운이 감도는 밤하늘, 차례상 앞에서 식욕을 누르는 아이의 인내심, 그리고 특히 오늘 벌어 오늘 먹고산다고 하더라도 삶의 뿌리가 어느 깊은 곳에 뻗어 있다고 다시 믿게 되는 사람들의 엄숙한 얼굴, 이런 것들이 모두 모여 이날을 여느 날과 다르게 만든다. 이날 찾아온다는 귀신들은 내가 살아오며 이 땅과 맺은 관계

들이며, 내 생애를 넘어서서 내가 핏줄로 이어받은 조상
대대의 온갖 기억들과 다른 것이 아니다. 그것들은 모두
내 무의식 속에 녹아 있다. 농부들은 설날에서 대보름을
지나 정월이 끝나는 날까지 소에게도 사람의 옷을 입히고
농기구들에게도 말을 건다. 대를 이어 농사를 지어오며 사
람들이 그것들에 쌓아놓은 무의식과 만나는 것이며, 제 깊
은 뿌리와 말을 나누는 것이라고 해야겠다. 우리의 몸속
에 녹아 있는 묵은 기억들이 귀신으로 되어 찾아오는 날
을 법과 제도가 정하기는 매우 어렵다. 그 기억들과 함께
우리의 몸과 마음속에 새겨진 오랜 습관만이 그 일을 할
수 있다.

　우리에게는 두 개의 설날이 있고 두 가지 시간이 있다. 지
구가 태양을 공전하는 주기와 비교적 정확히 맞아떨어지
는 양력의 시간이 있고, 달의 신비로운 변화를 인간의 정
서 속에 안아들인 음력의 시간이 있다. 직업인이자 생활인
으로서의 내 한 해는 양력설에 시작한다. 그러나 한 인간
으로서의 내 한 해는 또다른 정월의 첫날, 바로 이 설날에
시작한다. 나는 이날 나를 키워준 모든 것들, 이제는 내 삶

의 반경에서 멀어졌으나 실제로는 내 몸이 되어 있는 사람들을 생각한다. 이 두 개의 설이 내 표면의 삶과 내 뿌리의 삶 사이에서 내 정신의 균형을 잡아줄 것이라고 나는 믿는다. (2002)

문학적인
것들

　영화 〈박하사탕〉은 상당히 좋은 평가를 받으며 상영되었지만, 그에 대한 비판의 의견도 무시할 수 있는 정도가 아니었다. 이 비판들은 대체로 영화가 너무 '문학적'이라는 말로 요약될 수 있었으며, 은유적 가치를 띠고 등장하는 카메라나 자전거, 시간을 거슬러 거꾸로 달리는 기차, 이야기의 앞뒤로 배열된 야유회 장면 같은 것들이 그 예로 지적되었다. 이런 의견이나 지적 들의 타당성을 여기서 다시 거론한다는 것은 너무 새삼스러운 일이 되겠지만, '문학적'이면 왜 비판받아야 하는가라는 질문만은 다시 제기해볼 필요가 있을 것 같다. 문학은 나쁜 것이며, 영화처럼 뒤늦게 등장한 예술 장르의 발목을 잡는 물귀신인가.

　문학은 영화보다 더 오래된 것이지만 그렇다고 더 낡은

것은 아니다. 양식으로건 기법으로건 영화에서 새롭다고 말하는 것이 문학적 서사에서 완전히 낯선 것인 경우는 드물다. 문학이 손대보지 않은 새것은 거의 없다. 문제는 문학 자체에 있는 것이 아니라 '문학적'이라는 말에 있으며, 그 말의 함의에 있을 것 같다. 흔히 문학적이라고 일컬어지는 것들은 시인이나 소설가 또는 문학연구자들처럼 문학을 제 일로 삼고 있는 사람들이 문학이라고 생각하는 것과 같은 것이 아니다. 그것들은 문학의 낡은 인습들이며, 문학이라면 필경 그럴 것이라고 일반적으로 잘못 믿고 있는 것들이다. 그것들은 문학의 키치들일 뿐이며 키치화된 문학일 뿐이다. 문학은 '문학적'인 것을 목표로 삼지 않는다. 좋은 문학은 오히려 문학적으로 그럴듯하거나 그럴듯하게 문학적인 것들의 허울을 헤치고 사물의 본색을 보려고 애쓴다. 그래서 문학적인 것은 문학에게도 그 해악이며 그 적이다.

이 점은 반드시 문학적이어야 할 것 같은 다른 모든 작업에서도 마찬가지이다. 이를테면 번역에서도 그렇다. 우리는 생각을 말로 표현할 뿐만 아니라 말을 통해서 생각한다. 내가 어떤 것을 한국어로 생각해서 그것을 말하거나 글로 쓸 때, 그 생각이 아무리 복잡한 것이라고 하더라도 그 내용과 구조와 깊이는 우리말이 지니고 있는 표현역량의 한계를 벗어날 수 없다. 그런데 이 표현역량은 언어마다 다르다. 그것은 언어들 간에 상호 겹치는 부분이 있고 공유 영역을 벗어나는 부분이 있다.

따라서 외국어를 우리말로 번역하는 사람은 때때로 우리말의 표현역량에서 벗어나는 생각을 우리말의 표현역량 안으로 끌어들여야 하는 문제 앞에 서게 된다. 그가 이 작업에 성공하기 위해서는 우리말의 역량을 그 바닥까지 긁어야 하며, 이 작업이 성공했을 때 우리말은 충격을 받고 그 골격이 다소 흔들릴 수도 있다. 언어역량의 심화·발전이라는 관점에서는, 번역이 야기하는 이 충격과 요동은 번역으로 전달되는 정보보다 훨씬 더 중요하다. 그러나 이른바 문학적인 번역들, 그러나 실제로는 문학의 찌꺼기인 상투적 표현에 기대고 있는 번역들은 대개 우리말의 표현역량으로 감당하기 어려운 생각들을 제거해버린 가운데 이루어진다. 그래서 처음부터 우리말로 쓴 글보다 더 우리말인 이 번역들은 상투적으로 자연스럽고 상투적으로 아름답다.

영화에서건 번역에서건 '문학적'인 것들은 항상 달콤하게 속삭인다. 이게 무언지 알고 있지요, 당신 참 똑똑합니다, 그것들은 이렇게 말한다. 아첨하는 말에 귀기울이지 않기는 영화를 감독하거나 책을 번역하는 일보다 더 힘들다. (2000)

고향의
잣대

　내 고향은 전라남도의 신안군에 속하는 작은 섬이다. 신안군은 최근 몇십 년 동안 두 번 크게 이름을 날렸는데, 한 번은 그 '앞바다'에서 보물선이 발견되었을 때였고, 또 한 번은 그곳 섬 가운데 하나가 이 나라의 대통령을 배출했을 때였다. 대통령의 고향에서 요즘의 쾌속선으로 10분여 상거에 있는 내 고향 섬에서는 3천여 주민들이 거의 모두 농업에 종사하며, 부업으로 낚시질을 하고 돌김을 뜯는다. 특산물은 별것이 없다. 한때는 천일염을 많이 생산했고, 대부분의 염전이 폐쇄되어 밭으로 바뀐 지금에는 흔히 '섬초'라고 부르는 양질의 시금치를 생산해서 유명해진 정도다. 풍광이 빼어나다고 할 수도 없다. 하긴 교통이 좋은 곳이라면 해수욕장으로 한몫을 하였을 긴 백사장이 있다. 모래는 별로 쓸 데도 없이 질이 좋다. 섬의 서쪽에 솟아 있는 산은 높이가 250미터도 안 되는 야산이지만, 그래도 제법 웅장한 바위를 가진 그 꼭대기를 사람들은 천황봉이라고 부른다. 아니, 또 생각난 것이 있다. 내 고향 섬이 바로 천재 바둑 기사 이세돌의 고향이라는 이야기를 자칫 빼놓을 뻔했다.

내가 초등학교를 마쳤을 때 우리 가족이 육지로 이주했으니 내 평생에서 그 섬에 살았던 기간이 길다고는 할 수 없다. 그러나 아직도 나는 그 섬의 이런저런 해안 자락을, 이 마을 저 마을의 고샅들을, 동네에 함께 살던 어른들의 이름과 성품까지 낱낱이 기억하고 있다. 기억하는 정도가 아니라, 내 삶의 모든 표준이 여전히 그 섬에 있다. 나는 지금도 그 섬으로 세상을 잰다.

지리산의 높이는 천황봉의 네 배라는 식으로, 누가 50리라고 말하면 그 섬의 관청동에서 학교까지의 거리 다섯 배라는 식으로, 8톤 트럭을 보면 대섬 염전의 소금 백 가마니는 실을 수 있겠다는 식으로, 그 섬의 어떤 것을 떠올려야만 내게는 그 모든 길이와 무게의 구체적인 감각이 생겨난다. 계량의 단위만 그런 것이 아니다. 춤 잘 추는 사람을 보면 우리 옆 동네에 살던 단골무당의 춤사위와 우열을 견주고, 천하장사로 등극한 씨름꾼을 두고도 그 섬에서 장사 소리를 듣던 사람과 그의 결전을 가당치도 않게 상상한다. 알퐁스 도데의 소설을 읽거나 중국 영화를 볼 때도 특이한 인물이 등장하면 저 사람은 옛날 우리 옆집에 살던 누구와 같다고 생각해야 그를 깊이 이해했다고 여겨진다. 내가 전공하는 프랑스의 현대시를 읽을 때까지도 어렸을 때 그 섬에서 들었던 민요의 가락을 염두에 두어야 그 운율이 체득되는 것만 같다.

아직까지 나에게 삶의 준거가 되고 있는 이 모든 것들을 내 나름으로는 고향의 잣대라고 부른다. 이 문명된 시대에, 세계의 동쪽 끝, 거기서도 멀리 떨어진 어느 궁핍한 낙도의 문물로 세상을 가늠해야 하는 이 잣대질은 참으로 딱한 것이라고 말하지 않을 수 없다.

개항 이후 한 세기에 걸쳐 한국의 역사에 일어났던 비극들은 어찌 보면 잣대의 비극이기도 했다. 유진오 선생이 세상을 버리기 직전에 썼던 『양호기』에는 새겨들어야 할 대목이 하나 있다. 우리는 국권을 남의 손에 넘겨주었던 한말의 위정자들과 관리들이 매우 무능한 사람들이었다고 흔히 생각하지만 사실은 그와 다르다는 것이다. 나름대로 철저히 공부를 했고, 어려운 과거 시험을 통해 등용된 관리들은 능력도 출중했고 나라에 대한 충성심도 강해서 일본과의 협상 테이블에서 열정적으로 조리정연하게 사안을 따질 줄 알았다. 그러나 일본 측에서 "구미 제국의 예를 볼작시면"이라는 한마디 말만 내뱉으면, 우리 관리들은 마치 마법에 걸린 듯 주눅이 들어 꿀 먹은 벙어리가 되고 말았다고 한다. 사용하던 잣대가 달라지니 사태를 가늠할 수조차 없게 된 것이다.

우리는 이후 이 새로운 잣대의 내용을 파악하기 위해 온갖 힘을 기울였고, 길지 않은 시일에 어느 정도 성공을 거둔 것이 사실이다. 이제 우리는 한말의 관리들처럼 "구미 제국의 예"에 겁을 먹지는 않는다. 그러나 문제는 여기서 끝났다고 할 수 없다. 우리가 그 잣대를 파악하면서 또하나 알게 된 것은 그 잣대가 수시로 변할 수도 있다는 것이다. 근래 몇 년간의 예만 보더라도 강대국들의 변덕스런 잣대질에 우리가 치러야 했던 국가적 희생은 만만한 것이 아니었다. 잣대는 변하기만 하는 것이 아니라 사라지기도 한다. 최근에 유행했던 포스트모던의 담론은 이 잣대들이 이제 아무 소용이 없다는 말로 요약될 수도 있기 때문이다. 마치 어떤 경기에 참석하기 위해 열심히 훈련을 했는데, 막상 경기장에 가보니 그 시합의 규칙이 바뀌었다거나 그런 경기는 이제 열리지 않는다는 말을 듣는 것과 같은 형편이다. 물론 잣대가 완전히 사라질 수는 없다. 잣대가 변하고 사라지더라도, 그렇게 변하고 사라지게 만드는 근본적인 잣대가 그 밑에 있다. 이 잣대가 바로 저 사람들의 고향의 잣대다.

국제 외교나 통상에서 그때그때마다 현행의 잣대에만 매달리다보면 우리 같은 처지의 국가들은 늘 한 걸음 뒤지게 마련이다. 그 잣대의 향방을 예견하기 위해서는 역사를 파악하고 그 고향을 아는 일이 중요하다. 우리가 '구미 제국'을 공부할 때, 그 고대와 중세를 더듬어 그 잔뿌리까지 남김없이 캐내야 하는 이유가 바로 그것이기도 하겠다. (2001)

금지된
시간의
알레고리

   나무꾼 총각이 산속에서 길 잃은 처녀를 하나 데려와 아내로 삼았다. 여자가 들어온 후 집안의 어려운 일들이 모두 해결되고 살림도 많이 불었다. 어느 날 여자가 자기 혼자 석 달 동안 방 안에 있을 테니 아무도 들여다보지 말라고 말했다. 그 약속이 지켜지면 가세가 날로 흥왕할 것이지만, 반대의 경우에는 큰 재변이 일어날 것이라고 했다. 나무꾼은 노력했지만 마지막 하루를 참지 못했다. 창구멍으로 방 안을 들여다보니 여자는 없고 대들보만한 지네가 한 마리 있다. 그때 벼락이 치고 집이 무너졌다. 얼굴이 흉하게 변한 여자가 나타나 말했다. 나는 천년 묵은 지네다. 내가 석 달 동안 홀로 비밀한 시간을 보냈으면 완전한 사람이 되어 너와 행복하게 살았을 터인데, 네가 분별이 없어 이 일을 망쳤다. 여자는 사라지고 나무꾼은 옛날의 가난한 신세로 다시 돌아갔다. 옛이야기 '천년 묵은 지네'의 여러 버전 가운데 하나이다.

내가 어렸을 때 들은 민담 중에서 진정으로 나를 두렵게 했던 이야기가 바로 이 지네 이야기였다. 그 자발없는 나무꾼에게서 바로 나를 보았기 때문이다. 나는 술이나 청국장이 발효할 때 항아리를 열어보아서는 안 된다는 금지령을 자주 어겼으며, 돼지가 새끼를 낳을 때 우리에 쳐놓은 장막을 몰래 들춰보곤 했다. 한번은 내 잘못으로 돼지가 갓 낳은 제 새끼들을 물어 죽이는 사태가 벌어지기도 했다. 나는 벌받아 마땅한 그 나무꾼이었다. 물에 빠져 죽은 어부의 혼을 건지려고 무당이 놋그릇에 쌀을 넣고 그것을 베 폭에 묶어 바다에 던질 때도, 용머리 절벽에서 기우제를 지내는 어른들이 파도에 돼지 피를 뿌릴 때도, 나는 늘 자발없는 소리를 해서 뺨을 맞았다. 소월의 시에서처럼, "나는 어쩌면 생겨나와 이 이야기 듣는가"라고 묻는 대신 "묻지도 말아라, 내일 날에 내가 부모 되어서 알아보랴"라는 태도로 얌전하게 기다릴 수 없었던 것이 늘 병이었다.

벌써 소월의 이야기가 나왔지만, 이 금지된 질문 혹은 비밀에 붙여야 할 시간의 화두가 예술의 오랜 주제 가운데 하나라는 것을 알게 된 것은 그보다 훨씬 뒤의 일이다. 바그너의 오페라 〈로엔그린〉이 맨 먼저 떠오른다. 브라반트 공국의 공녀 엘자는 위기의 시간에 백조가 끄는 작은 배를 타고 나타나 자기를 구해주고 자기와 결혼하게 되는 백조의 기사에게 그의 출신지와 이름과 혈통을 묻지 않겠다고 약속하지만, 악한 자들의 꼬드김과 자신의 호기심을 이기지 못하여 이 금기를 깨뜨린다. 엘자는 무엇보다도 기사의 괴력이 흑마술에 의지한 것이 아니란 사실이 증명되기를 바란다. 기사의 이름은 로엔그린이며, 먼 나라의, 성배가 숨겨져 있는 아름다운 성에서 왔다. 그는 성배의 은혜로 초인적인 힘을 얻은 기사임을 이렇게 알릴 수 있었지만, 범인들이 알아서는 안 되는 거룩한 보물의 존재를 또한 이렇게 세상에 폭로할 수밖에 없고, 또 폭로하였기에 더이상 브라반트에 남아 있을 수 없다. 그는 공국을 환란에서 구하고 그 통치권을 바로 세우지만, 엘자를 남겨두고 또다시 먼 나라로 떠난다. 엘자는 슬픔에 잠겨 숨을 거둔다. 범접

할 수 없는 성배의 거룩함은 제 남편이 누구이며, 어떤 사람인지를 알려는 한 여자의 소망조차 끌어안지 못하는가.

어쩌면 그 대답은 전혀 다른 정황에서, 어느 정도는 〈로엔그린〉이 말하려는 교훈의 대척점에서, 앙드레 브르통이 내뱉게 되는 한탄의 말에서 찾을 수 있을지 모른다. 제2차 대전 때 앙드레 브르통은 미국에서 망명 생활을 했다. 인간들이 만든 물리적·정신적인 체계들이 결국 거대한 전쟁으로 귀결되었거나 혹은 그 전쟁을 막지 못했다는 사실에 브르통은 깊은 회의에 빠진다. 그는 한 정치 이론의 체계에, 정확히 말하면 사회주의 체계에 몸을 바쳤으나, 체계가 약속한 것 가운데 그때까지 도래한 것은 아무것도 없다. 그는 망명중에 쓴 『초현실주의 제3 선언 여부에 붙이는 전언』에서 '체계'에게 이렇게 말한다. "이 전쟁과, 그대의 실현을 위해 이 전쟁으로 그대에게 베풀어지는 수많은 기회가 헛된 것이 된다면, 내가 더 길게는 나 자신에게 숨길 수 없을, 알면서도 약간 우쭐거리는 어떤 것이, 근본적으로 부패한 어떤 것이, 그대 안에 들어 있다고 나는 인정할 수밖에 없을 것이다." 여기서 말하는 체계의 맨 앞자리에는 물론 사회주의 체계가 있지만, 이제 바야흐로 체계가 되어버리려는 초현실주의도 그 뒤에 서 있다. 체계에 부패한 어떤 것이 들어 있다면, 그 체계에 대한 믿음 자체도 부패한 마음의 소산일지 모른다. 그런데 브르통은 이렇게 덧붙인다. "이와 같이 옛날에 불쌍한 인간들은 호기를 부리며 악마를 질책하였고, 그래서 결국 악마가 제 모습을 드러내기로 결심했다는 이야기가 있다." 연달아 환란을 당한 어떤 사내가 조상의 무덤에 분노를 뿌렸더니 꿈에 조상의 혼령이 나타나 꾸중을 한 다음 부자가 되는 방법을 가르쳐주었다는 옛이야기를 생각나게 하는 발언이다. 옛 사내의 행동만큼 브르통의 발언은 절망적이지만, 자신이 신뢰하는 체계 또는 자기 신념의 체계에 대한 이 몰아세우기는 사물 속에, 역사 속에, 인간의 마음속에 감추어진 가능성들을 늘 현재화하려는 초현실주의의 기획과 상통하는 점이 없지 않다.

그러나 질책과 다그침으로 감추어진 어떤 힘을 지금 이 자리에 불러올 수는 있어도, 그 힘이 지금 이 자리에서 해줄 수 있는 일은 별로 없을 것이다. 어떤 초자연적인 힘이라도 지금 이 자리에 구속되는 힘은 지금 이 자리를 박차고 일어설 수 없기 때문이다. 그 힘의 자리는 시간이다. 저 금지된 시간의 알레고리는 우리가 믿고 따라야 할 시간의 알레고리이다. 모든 예술적 전위의 다그침은 역사적 시간의 파괴가 아니라 그 믿음을 가장 날카롭게 곤두세워 믿어야 할 시간과 자기 사이에 어떤 운명의 장치를 만드는 일이다. 만해 선사는 그 점에서 전위였다. 선사는 얼굴을 드러내지 않는 임과의 이별을 말함으로써 저 감추어진 힘과 지금 이 자리의 자기 사이에 인연이라는 운명의 장치를 설정하였다. (2012)

삼가
노 전 대통령의
유서를 읽는다

말귀가 어둡지 않은 사람이면 느낄 것이다. 노무현 전 대통령이 마지막 남긴 짧은 글에는 설명하기 어려운 힘이 있어서, 그의 죽음을 앞에 두고 허튼소리를 할 수 없게 한다.

죽음을 결심한 한 가장이 가족에게 당부하는 말로 쓴 이 열네 줄의 유서는 크게 세 부분으로 나뉜다.

여섯 줄로 가장 긴 첫 부분에서, 고인은 여전히 공인의 신분인 전직 대통령으로서 극단적인 선택을 할 수밖에 없었던 이유를 밝힌다. 그는 먼저 자신으로 말미암아 고통을 받고 있거나 받게 될 여러 사람들의 처지를 안타까워했다. 이 "여러 사람"은 우선 그의 가족을 비롯해서 수사중인 사건에 연루된 사람들을 겨냥하는 말일 것이나, 그에게 여전히 믿음을 지니고 그를 어떤 정치적 상징이나 그 구심점으로 생각했던 사람들도 거기서 빠질 수 없기에, 그 안타까움은 개인적인 차원을 넘어선다. 고인이 "여생도 남에게 짐이 될 일밖에 없다"고 썼을 때도, 그는 자신의 삶과 연결된 주변 사람들의 부담만을 생각한 것은 아닐 것이다. 그는 자신과 정치적인 의견을 같이했던 사람들의 역사적 희망에도 자신의 삶이 걸림돌이 될 것을 바라지 않았다. 고인은 자신의 신상에 대해서도 말한다. 건강이 좋지 않아 아무 일도 할 수 없으며, "책을 읽을 수도 글을 쓸 수도 없다"고 썼다. 창조적 활동가였던 고인은 이제 자신에게서 그 창조 역량을 더는 발견할 수 없으며, 따라서 한 인간의 위엄을 지킬 수 없다고 생각한 것이다. 이 고난 앞에서 그 위엄은 살을 찢고 뼈를 부러뜨리는 결단으로만 회복할 수 있다. 고인은 그 일을 결행했다.

자신의 죽음에 임해 가족들이 지녀야 할 마음의 태도를 말하는 두번째 부분은 세 줄의 당부와 두 줄의 이유 설명으로 되어 있다. 고인은 슬퍼하지도 미안해하지도 말라면서, "삶과 죽음이 모두 자연의 한 조각"이기 때문이라고 그 이유를 말했다. 여기에는 물론 땅과 몸이 하나라는 철학적·종교적 사유가 있지만, 비록 죽음이 인위적이라도 자기 내면의 목소리에 따른 결과이기에 자연을 거스른 것이 아니라는 생각도 있다. 고인은 누구도 원망하지 말라고 했다. 그 이유를 "운명이다"라고 짧게 썼다. 이 운명은 제 희망이 오욕으로 덮인 것을 바라보며 몸을 찢어야 하는 사람의 처절한 운명이다. 그 운명을 원망하지 않고 받아들인다는 것은 아름다운 정신이 아니면 감당할 수 없는 자기희생에 속한다. 거기에 패배주의는 없다.

고인이 자신의 장례에 관해서 말하는 마지막 부분은 세 줄로 짧다. 화장하되, "집 가까운 곳에 아주 작은 비석 하나만 남겨라"라고 당부했으며, "오래된 생각"이라는 말을 덧붙였다. 작은 비석은 공훈을 적기 위한 것이 아니다. 세우는 것이 아니라 남겨야 할 이 비석은 현재가 아니라 미래를 위한 것이다. 자신을 면목 없는 사람으로 생각했던 고인은 이렇게 그 영욕의 자리였던 생물학적 육체의 흔적을 지상에서 지우고 싶어했으나, 역사에 걸었던 기대를 끝내 접지 않았으며, 그 평가를 두려워하지 않았다. 오래된 생각은 깊은 생각이다. 그는 역사의 깊이를 믿었다.

고인은 순간마다 한 뜻을 위해 자신의 온몸을 내던졌던 사람답게 죽음 앞에서도 전적으로 죽음에 관해서만 말했다. 처절한 결단을 향해 추호의 주저함도 없었던 고인의 유서에는 짧은 문장과 비교적 긴 문장이 어울려 만드는 단호한 리듬과 처연한 속도감이 있다. 이 다감하고 열정적이었던 사람의 절명시는, 고결한 정신과 높은 집중력에서 비롯하는 순결한 힘 아래, 우리 시대의 어느 시에서도 보기 드문 시적 전기장치를 감추고 있다. 고인의 믿었던 미래의 힘과 깊이가 그와 같다. (2009)

밤이 선생이다

ⓒ 황현산 2017

초판 1쇄 발행 2017년 12월 20일
초판 2쇄 발행 2018년 8월 28일

지은이 황현산
펴낸이 김민정
편집 도한나
디자인 한혜진
마케팅 정민호 박보람 나해진 우상욱
홍보 김희숙 김상만 이천희
제작 강신은 김동욱 임현식
제작처 영신사
펴낸곳 난다
출판등록 2016년 8월 25일 제406-2016-000108호
주소 10881 경기도 파주시 회동길 210
전자우편 blackinana@gmail.com / 트위터 : @blackinana
문의전화 031-955-2656(편집) 031-955-8890(마케팅) 031-955-8855(팩스)

ISBN 979-11-961524-5-1 03810

ⓒ courtesy Galerie EIGEN+ART Leipzig/Berlin and Pace Wildenstein